優しい手に守られたい

Kanako & Ryouichi

水守真子

Masako Mizumori

EB
エタニティ文庫

目次

優しい手に守られたい

1

男の人が苦手だ。

触れられただけで寒気がするレベルなので、恋愛は諦めている。それなのに恋がしたい、なんて思ってしまった。

「疲れてる……」

呟いたひとり言は、店の喧騒《けんそう》にかき消される。

相馬可南子《そうまかなこ》は、結婚式の三次会会場である立ち飲みのイタリアンバルにいた。

雲ひとつない秋晴れの今日、新入社員の頃からお世話になっている先輩、瀬名結衣《せなゆい》の結婚式に列席した。新婦を見つめる新郎の優しい目。それを見上げて微笑む新婦。二人を慕《した》う参列者が温かい雰囲気を醸《かも》し出す、とても良い式だった。結衣の美しい花嫁姿を思い出すと涙ぐんでしまう。

いつもなら二次会さえも参加しない可南子も、今日は三次会まで参加していた。主役二人は二次会後既に帰宅しているが、未だ会場に漂《ただよ》っている幸せな空気を味わい、二人を羨《うらや》んでいる。

　恋なんて、男の人に触れられるだけで怖いのだから、まず無理なのに。

　そんな気持ちを誤魔化そうと口にしたお酒は甘くて、ごくごく飲めた。今は酔いの浮《ふ》遊感《ゆうかん》の中にいるのに、どうにも酔っている感じがしない。

「飲みすぎてない？　大丈夫？」

「大丈夫。ありがとう」

　可南子を三次会に連れてきた張本人である、同僚の井川早苗《いがわさなえ》に可南子は笑んだ。

　小さな靴に圧迫された足は、だいぶ前から温かいお湯と強めの指圧を欲している。可南子は、もうそろそろ帰れるかな、と同じテーブルで恋をはじめようとしている早苗と、彼女の想い人を見た。

　早苗は結婚式で、新郎の後輩に一目惚れをしたらしい。彼について何ひとつわからないまま二次会が終わってしまった為、三次会参加者を募られたとき、早苗は可南子の腕をむんずと掴んで勝手に挙手した。一人で近づくのはあからさまに狙っているみたいで、嫌だとか何だとか。可愛い印象を保ちながら近づきたい、という計算高くもいじらしい熱意に、可南子は負けた。

　そして、お互いを探り合う甘い時間を見せつけられること一時間近く。ようやく新郎の後輩は独身で、彼女募集中だと判明した。

わざとらしくスマートフォンを弄《いじ》った後に、可南子は二人に向けて微笑む。

「ごめんなさい。私、電車の時間があるから帰るね」

「あ、遅くまでつき合わせてごめん」

手を合わせて早苗が謝る。けれど、一緒に帰る気はないらしい。早苗の恋への素直さが羨《うらや》ましく、眩《まぶ》しい。残りのお酒を一気に喉《のど》に流し込むとカラン、と氷が唇に触れた。

「ちょっと今日は飲みすぎてるよね。一人で帰れる？　大丈夫？」

可南子がお酒に弱いことを知っている早苗が、さすがに慌てる。

「帰るだけだから、大丈夫」

せめて駅まで送ろうかという申し出を断って、財布からお金を出し、早苗に渡した。そして、引き出物の入った紙袋を持ち、新郎の後輩にぺこりと会釈《えしゃく》をすると店の出入り口に向かう。

帰ってシャワーを浴びれば、恋への複雑な想いも収まるはずだ。早く一人になりたくて、歩幅が自然と大きくなる。

しかし、歩いてみると足元が覚束《おぼつか》ない。じっとしていたときは気づかなかったが、酔いがかなりまわっていたらしい。帰れるか不安に思いながら店の硝子《ガラス》張りのドアに手を掛ける。

ふと視線を感じて顔を上げると、その扉の向こうに新郎の真田広信《さなだひろのぶ》がいた。

何故、夜十一時の三次会に新郎が。広信も可南子を見て、目を大きく開けて驚いていたが、すぐに扉を開けて入ってきた。彼は白のタキシードを脱いで、シャツとジーンズという出で立ちだ。

店員のいらっしゃいませの言葉と、店内の新郎友人が広信を見つけて歓声を上げたのはほぼ同時だった。広信は歓声に手を上げて応えてから、心配そうに可南子の顔を覗き込んだ。

「かなちゃん、こんな時間までどうしたの！　あれ……お酒、飲んでるね。けっこう、飲んだ？」

広信は、可南子の赤く染まった肌と、とろんとした瞳を見て顔を顰《しか》める。

「少しだけですよ」

「うーん。お酒に弱いって、本当だったんだね」

彼とは可南子がまだ新入社員の頃からの付き合いで『かなちゃん』と呼ばれるほどに親しい。

「広信さんこそ、何故ここに」

「ああ、三次会するって聞いたから、顔は出しておこうと思って。で、かなちゃんは今から帰るのか」

「はい。帰ります」

広信はどこか親しみを感じさせる、柔和《にゅうわ》な雰囲気をまとっている。容姿が整っているのに、それを鼻にかけるわけでもなく、とても付き合いやすい。しかし、こちらをしっかりと見据える大きな目は、ただ優しいだけではなく深い知性を窺《うかが》わせた。

先輩の彼氏だったということもありつき合いも長く、男の人が苦手な可南子でも大丈夫な数少ない相手だ。

「広信さん、もう遅い時間ですよ」

語弊《ごへい》があるかもしれないが、今日は花嫁を一人きりにしてはいけない日なのではないだろうか。

「大丈夫だよ。ちゃんと花嫁の所に帰るし、頑張ります」

広信は顎《あご》を指でこすりながら、平然と言ってのける。可南子は新郎が何を頑張るのかを想像して、顔を真っ赤にしてしまった。

しかも急に人肌が恋しくなって、心の中で頭をぶんぶんと振る。こんなに変なことを考える自分はやっぱりおかしい。タクシーを使ってでも早く帰ろう。

「それにしても、こんな時間までかなちゃんがいるとは……。あ、亮一《りょういち》！」

にやりと口の端を上げた広信の表情がとても楽しそうに見えたのは、酔いのせいだろうか。

彼が友人の名を呼んだのを聞いた可南子は、「今日はおめでとうございました」と小さくお辞儀をして、その横を通り過ぎようとした。

「待って待って、送らせるから」

「え」

そう言った広信はにこにこして、居場所を知らせるように手を上げる。可南子は彼の視線の先を見た。そして、こちらに歩いてくる男の人に思わず「あ」と声を出してしまう。どこか人を近づけない雰囲気だが招待客の中で一番の男前、志波《しば》亮一だった。

女の人に話しかけられて冷静に対応をしていた姿と、舞い上がった彼女達との温度差が印象的で、よく覚えている。

「一人で帰れます……」

広信は可南子の訴えに、笑顔のまま首を横に振った。

亮一の背の高さと筋肉質な体は人目を引く。上がり気味の眉の下に、切れ長で二重《ふたえ》の目。すっと通った鼻筋、くっきりした上唇に、少し厚い下唇。短くて硬そうな黒髪は立ち上げてセットされていた。

意思の強そうな黒い瞳は女心を掴む何かを持っている。鍛《きた》えられて引き締まった彼の体躯《たいく》を披露宴会場で見た瞬間、壁みたいだと思ったことは、本人には言えない。

その亮一が傍に来て、可南子は圧迫感に半歩下がる。

亮一は後ずさった可南子をちらりと見た後、ムスッとした表情で広信に「なんだ」と短く言った。明らかに不機嫌そうな態度に緊張してしまう。

二次会会場で結衣と会社の先輩達が、亮一は三次会には来ないと話をしていたはずだ。そのせいでほとんどの女の人は帰った。結果、三次会の新婦側の招待客は早苗と可南子の二人になったのだ。

「亮一、こちら、相馬可南子ちゃん。お酒で足元がふらついてるから送ってあげて。かなちゃん、これ志波亮一。僕の大学時代からの友人で、会社の同僚で、結衣の幼稚園からの幼馴染《おさななじみ》。亮一は新婦側の席に親族扱いでいたレベルだから、信用できるし大丈夫。送ってもらって。あいつらにはうまく言っておくよ」

こちらに興味津々《きょうみしんしん》の視線を送ってくる会社の同僚を親指で差し、彼らのテーブルへと足を踏み出した広信に可南子は焦る。

「あの、広信さん、本当に一人で帰れます！」

披露宴会場での亮一の女の人への対応からして、とてもお願いできるような人には思えない。彼は笑んでいたが、目は全く笑っていなかった。あんな目で見られたら耐えられない。

「……広信」

亮一はその体で、広信が先に進むのを防《ふせ》いだ。危険な雰囲気を察して、可南子はびくびくしながら二人を交互に見る。きっと亮一は送るのなんて煩《わずら》わしいのだろう。原因は明らかに自分だから、気が気でない。

「亮一がかなちゃんを見て、一人で帰れそうだと判断するならいいけど。じゃ、これで。亮一、頼んだよ」

笑顔を崩さずそう言って、さっさと人の輪の中に入ってしまった広信に、可南子は呆然と立ち尽くした。

斜め横にいる亮一をおそるおそる見上げると目が合った。彼は可南子の顔を数秒見て、小さく溜息をつく。それから、可南子が握り締めていた引き出物の紙袋をひょいと取り上げた。

「あ、持てます」

「とりあえず出よう」

そういえば、ずっと店の出入り口を塞《ふさ》いでいる。

「すいません、迷惑を掛けてしまって」

慌ててぺこりと礼をして頭を上げたとき、ぐらりと体が揺れた。酔いがまわった体といつもよりもヒールの高い靴のせいで、バランスを取れない。こける、と覚悟した可南子の背中に亮一の手がまわされる。薄いドレスワンピース越しに、スーツの生地の感触と体温。硬い腕で力強く支えられて息が止まった。しかし――

……嫌、じゃ、ない。

知らない男の人と肩がぶつかっただけでも冷や汗が出る。それなのに、今は不快感がない。

「す、すいません」

背後から、亮一を囃《はや》し立てる声や手を叩く音が聞こえる。彼は同僚達を一瞥《いちべつ》したが、そんなことでは歓声は収まらなかった。可南子はそちらを見られるはずもなく、顔を真っ赤にして俯《うつむ》くしかない。

「ごめんなさい。本当に、すいません」

「相馬さんが大丈夫なら、問題ないから」

予想外に優しい声が降ってきて面食らう。でも、顔を上げる勇気なんてない。

体勢を崩した状態から自分の脚でしっかり立つには、亮一の二の腕を掴まないとダメだったので、小さい声で何度も謝罪をしながら腕を借りて立つ。

けれど、急にぐらぐらと視界が歪《ゆが》んできて、可南子は咄嗟《とっさ》に額《ひたい》を手の甲でこすった。

先ほどよりも深刻な酔いの症状を認識して青ざめる。

自分らしくない恋愛への憧憬《どうけい》を抑えようと気を張っていたので、酔いがまわるのが遅くなっただけらしい。

アルコールのまわったこの状況で、すぐ傍に触れられても大丈夫な男の人がいる。背中には腕がまわったままだ。恋しかった人肌は、隣にある。

遠くに追いやっていたはずの胸の高鳴りを感じる。

可南子は懸命に頭の中で帰る道筋を辿り続けつつも、男の人を怖がるきっかけとなった昔の出来事を思い出していた。


大学に受かり、父親に一人暮らしを認められたときの浮き立った気持ちを、今でも思い出せる。

一人暮らしに最後まで反対したのはひとつ下の弟だったが、母親も終始、渋い顔だった。

母親は厳しくて、可南子にいろいろと制限をかけてきた。怪我をしてはいけないから部活は文化部。門限は平日は午後八時、休日は六時。バイトは禁止。

だから、父親が家を出て一人暮らしをしてみないか、と提案してきたときは驚いた。大学は、実家から通えなくもない距離だったが、父親なりに感じる所があったのだろう。

一人暮らしをはじめ、自由を味わい、解放された気分になると、無縁だった恋に興味を持った。恋に恋しているとも気づかず、成り行きで四年生の彼と付き合うことになったのは、五月のこと。初体験は痛いのを我慢するばかりで、その後のセックスも苦痛の時間でしかなかった。

すぐにそっけなくなった彼氏の態度に自分の落ち度を探し、数え切れないほどの溜息をついた頃には夏になっていた。

大学の木々に蟬《せみ》の声が鳴り響くのを窓越しに聞いていたとき、噂《うわさ》を耳にしたと、友人が言いにくそうに教えてくれた。

『可南子の彼、他の女の子とも、付き合ってるって……』

血の気が引き、耳が遠くなった。夏なのに、足の指先まで冷たくなったのを覚えている。

『見たわけでもないから、彼を信じてみる』

可南子の取って付けたような笑顔に、友人は俯《うつむ》いた。彼を信じたのは、若さゆえの正義感と頑固《がんこ》さだった。それはあっさりと裏切られるというのに。

夏休みははじまったが大学の図書館で調べたいこともあり、実家に帰る予定を延ばしたある日。図書館から帰った可南子は、小さなワンルームの部屋のベッドに、彼氏と見知らぬ女の姿を見た。

彼氏は胡坐《あぐら》をかいた姿勢で自分の股の上に乗せた女の豊かな胸を頰張りながら、下から突いていた。こちらに気づきもせず、汗ばんで一心不乱に女を抱く彼氏を見てぼんやりと、噂《うわさ》は本当だったんだ、と思った。彼氏の顔が全く違う人に見えて、現実感がない。

立っている可南子に気づいた彼氏が、まず怒鳴った。堂々とベッドの側で着替える女と、気まずさを隠す為か横暴になる彼氏に、悪いのは自分なのかと可南子は混乱した。

自分などいないかのように、その横を通り過ぎて玄関で靴を履《は》く女を恐ろしいと思った。

彼氏に上から睨《にら》み付けられ『誰にも言うなよ』とすごまれる。それなのに、妙に冷静な自分がいた。感情がこもらない無機質な声が、口からするりと出る。

『鍵を、返して』

その言葉に、彼氏はどん、と乱暴に可南子の肩を押して壁にぶつけ、手で圧迫してきた。じわじわ広がる痛みに可南子は顔を歪《ゆが》める。

『返して、ください、だろ？』

合鍵を渡した自分が情けなくて、涙が止まらなくなった。

『泣いたからって、許されないだろ』

暴力をふるう自分は強いとか、かっこいいと思っているのかもしれない。何をしてもいい人形扱いをされた気がして、胸をえぐられた。

肩が痛いのか痛くないのかはもうわからなかったけれど、ただ、冷たくなっていく。

『ここの家賃を払っているのは父親なの。父親に連絡させたほうがいいですか』

彼氏の顔に怯《おび》えが浮かんだ。肩を圧迫していた手が離れてすぐ、力任せに頬を打たれた。目の前が白くなって、口の中に錆《さび》の味が広がる。

『いい歳して、パパ頼りかよ。ふざけんな！』

鍵がフローリングの床に投げつけられた。それはカツンと何度か跳ねて、廊下で止まる。玄関に立っていた女がさすがに慌てた。

『やめなって、殴る必要ないじゃん！』

壁に背中をもたれさせたまま、可南子はずるずると床に尻をつく。

『お前みたいな不感症女と付き合ってやったんだ！　そんな平べったい、面白みのない体を相手にしただけ、感謝しろ!!』

嘲《あざけ》りが動揺した心に届き、根を張るように奥底に沈んでいくのを、ただ感じていた。

ドアが閉まる音がしてかなり経っても、震えてうまく動けなかった。どうにか四《よ》つん這《ば》いでドアの所まで行き、鍵をかけてチェーンをする。

そして、玄関にあったバッグからスマートフォンを取り出して、震える指先で弟に電話をかけた。

『姉ちゃん？　明日じゃなくて今日帰ってくる気になった!?　みんな待ってるよ！』

すぐに出てくれた明るい弟の声にほっとしたと同時に、涙が止まらなくなる。さっきのことは現実なのだ。頬も肩も心も、全てが痛い。

それから三十分くらいして、弟と父親が来てくれた。弟が、母親にわからないように父親を連れてきてくれたのだ。弟は可南子の赤く腫《は》れた頬を見て激怒していた。父親も、冷静に見えたが激昂《げっこう》していたらしい。しばらく経ったある日、彼氏からまた何かされるのではないかと恐れていた可南子に、手を打ったから心配はいらないと言った。

何も聞きたくなかったので、どうなったのかは知らない。ただ、彼氏は一切接触をしてこないまま卒業した。

こうして十八歳の夏から男性が怖くなった。既に七年も経ったのに、彼氏に投げつけられた言葉は胸に刺さったままだ。

月日が流れても、いまだに胸の痛みは突然に湧いてくる。けれど『ああ、また来た』と厄介事《やっかいごと》として処理できるくらいには慣れた。


三次会会場の店の外には秋の涼しい風が吹いていた。

それを心地よく感じたのは一瞬だけで、可南子の視界は徐々に黒く靄《もや》がかかっていく。

……貧血だ。

横には亮一がいる。可南子は歩く速度を落としながらも、気づかれないようにしのごうとしていた。初対面の男の人に送ってもらっている手前、具合が悪いだなんて言いだせない。

だが亮一は可南子の変化にすぐ気づいたらしく、二の腕を控え目に掴んできた。

「あ、あの」

「いいから」

焦る可南子は、道の端に連れて行かれる。背の高い彼の表情は見えないけれど、声は少し緊張しているように聞こえた。

活気あふれる大通りから細い道へ進み、飲食店が入ったビルの壁際で止まる。人通りの少ない場所で、可南子は亮一の腕を支えに立っていた。壁に突こうとした手を、彼の腕に誘導されたのだ。

人通りの多い道で立ち止まらずに済んだとはいえ、恥ずかしい上に情けない。

「すいません、体、お借りしちゃって……」

黒く塗り潰されそうな視界と、頭を揺さぶられるような眩暈《めまい》。ちゃんと自力で立ちたいのに、まだ立てない。

「無理しなくていい」

「本当に、すいません」

亮一の声は聞き間違いかと思うほどに優しい。けれど、早く帰らないと終電もなくなるし、これ以上、初対面の彼に迷惑を掛けるのは心苦しかった。

地下鉄の駅はすぐそこだし、可南子の利用する路線は基本的に空《す》いている。絶対に座れるという確信があった。ダメそうならタクシーを使って帰ればいい。

覚悟を決めて頭を上げると、大きな眩暈《めまい》がした。

「……っ」

小さく息を吐いて耐えようとしたものの、血の気が引き、力が抜けて座り込みそうになる。

　ここ連日、仕事が忙しかったので体調が悪いのかもしれない。

「……ちょっとごめん」

　亮一の言葉が遠くに聞こえる。謝るのはこっちのほうだ。だが、謝りたいのに喋《しゃべ》ることもままならない。何とか堪《こら》えていたが、もうこのまま座ってしまおうと、彼の腕から手を離す。

　しかし、亮一の腕が可南子の背中にまわされ、ふわりと抱き寄せられる。彼の硬く厚い胸に寄りかかるような体勢になったのだと理解するのに、数秒かかった。

「し、志波さん……」

「こっちのほうが楽だろ」

「あの……」

　想像以上にがっしりした体にどきどきする。亮一の胸に耳が当たり、心なしか速い心臓の音を拾う。冷えた耳たぶに、彼の体温が心地よい。

　貧血でふらつく頭でも、この状態がおかしいのはわかった。それでも、体を預けていると楽で離れられない。

　大学時代の件があって以来、男の人に体を寄せたことなどなかった。男の人に近寄られると自然と距離を取っていたくらいなのに、亮一は大丈夫だ。

具合が悪くてトラウマが出てくる暇がないのかもしれない。図々《ずうずう》しくも、もう少しだけ体重をかけ、亮一の心臓の音を聞く。すると、不思議と気分の悪さが治まってくる。

「亮一さん、体、硬いです……壁みたいです……」

「お役に立てているようで」

亮一の声からは含み笑いさえ感じ取れた。怒ってはいないらしいことに可南子はほっとする。徐々に眩暈《めまい》や吐き気が薄らぎ余裕が出てきたので、人肌の温もりを味わうように、深く息を吸った。

だが、段々と心地よさよりも、気恥ずかしさと焦りが大きくなる。

広信は亮一を同僚と紹介してくれた。つまり、亮一はＩＴ関連の大企業に勤めているということだ。それでいて見た目もいいこの人に、彼女がいないはずがない。二次会で女性に話しかけられても興味を示さなかったのが良い証拠だ。

可南子は、彼氏の浮気疑惑に悩んでいた自分のことをまざまざと思い出した。あんな思いを誰かにさせたくはないし、疑惑を持たれそうな真似もしたくない。

「ありがとうございました。もう大丈夫です」

亮一の体から離れようとすると、背中に腕がまわされて阻《はば》まれた気がした。咄嗟《とっさ》に彼を見上げたが、街灯の光が届きにくい場所にいるせいで、表情がわからない。

「あの、胸を貸していただいてありがとうございました。だいぶ良くなったので……。

その、これだと志波さん、彼女さんに誤解されてしまうから」

「亮一さん」

「え？」

「さっき、相馬さん、俺のことを亮一さんと言った」

可南子は目をしばたたかせる。言ったかもしれない。広信が『亮一』と呼んでいたのが印象に残っていたのだろう。自分の図々《ずうずう》しさに身を縮めて、慌てて謝罪を口にする。

「ごめんなさい！」

「謝ることじゃない」

「ほんとに、すいません……」

可南子は熱くなった頬を手の平で覆《おお》ってから、もう一度、体を引く。けれど、背中にまわった腕は離してくれなかった。

心臓がどくどくと大きく打ちはじめる。介抱に、何か違う意味があるように思えてしまう。

「あの」

「とりあえず、また倒れそうになったら困るから、このままで」

そう言われて身動きが取れなくなった。貧血の症状が通り過ぎた後では、ただ抱き締められているみたいで落ち着かない。それに、こんなに優しく扱われることには慣れていないし、恥ずかしい。

「志波さん。送るって、家の方向が一緒なんですか？　とにかく、彼女さんに悪いですから……」

　尋ねてはみたものの、広信が亮一へ送るように言ったのは、当然、自分と帰る方向が一緒だからだと可南子は考えていた。だが、亮一は思いもよらない答えを口にする。

「広信は俺が式場のホテルの駐車場に車を停めているのを知ってる。それで、送るように言ったんだ。あと、俺に彼女はいない。……相馬さんは、彼氏に連絡したほうがいいと思う」

　車、と可南子は絶句する。挙式があったホテルは都内でもかなり交通の便のいいところにある。それなのにわざわざ車で来たのか。都内の駐車場代がとても高いことは、運転をしない可南子でも知っていた。いや、車で来るくらいだから、家は郊外なのだろうか。それに彼女がいないならば何故、着飾った女性達に眉ひとつ動かさなかったのだろう。

　いろんな疑問が渦巻《うずま》いたが、酔いで頭がうまく働かない。

「彼氏に迎えにきてもらえないなら俺が送る。今日は飲んでないから」

　確かに亮一からお酒の香りはしてこない。けれど、こんな夜中に初対面の人に車で送ってもらうことに気後《きおく》れして、可南子は口ごもった。

「彼氏に連絡できそう？」

可南子は亮一の腕の中で力なく首を横に振る。人肌が恋しくても、そんな人を作る余裕なんてない。こんな風に何の抵抗もなく誰かの胸に体を預けられるのは、いつになるのだろう。

「彼氏はいないので、良ければホテルまで送っていただけますか。それからタクシーで帰ろうと思います」

可南子はホテル前にタクシーが並んでいたことを思い出して言う。

彼氏がいないという言葉に亮一の目元がぴくりと動いたが、可南子は気づかなかった。

「私、お酒臭いですし、粗相《そそう》があってはいけないから……」

酔っているのもあって、ちゃんとした判断ができているか可南子は不安になってくる。

焦りが濃くなり、亮一から離れようとしたが、彼の腕はそれを許してくれなかった。

「志波さん」

「気分が悪いなら、俺の家で少し休めばいい。車だったら十分もかからない。それともホテルの部屋を取ろうか」

彼が何を言っているのか理解できず、可南子はぽかんと口をあけた。心配してくれているのはありがたいけれど、さすがにおかしいと思う。

焦る一方で、亮一の体温や鼓動は変わらず心地よかった。男の人にこんな気持ちを抱いたのは初めてで、戸惑いを隠せない。舞い上がりそうになる自分が怖くて、可南子は慎重に口を開いた。

「志波さん、気持ちは嬉しいのですが――」

固辞しようする可南子の言葉尻に、亮一が言葉を被《かぶ》せてくる。

「結衣の後輩で広信とも親しい相馬さんを、下心で部屋に連れ込もうしているわけではないから」

丁寧な口調ながらどこか突き放すようで、先ほどまで高揚《こうよう》していた心が一気に萎《しぼ》んでいく。

自分に魅力がないことは、七年も前から知っている。けれど、胸に痛みが走った。

考えてみれば、こんな女の人に不自由しなさそうな人が、自分なんかに下心を抱くはずがない。

「志波さんにそんなつもりがないのはわかってます」

それに、いきなり見知らぬ酔っ払いを押し付けられて迷惑じゃないほうがおかしい。

だが、律儀な彼は友人からのお願いを断れないのだろう。

なら、彼が断れる理由があればいいのかもしれない。そう考えて、可南子は酔いの力を借りて勇気を振り絞る。けれど声はどんどん小さくなった。

「でも、その、私が志波さんを襲ったら……困ります、よね」

「力で相馬さんに敵《かな》わないとは思えない」

恥ずかしくて消えたくなるとはこのことだ。引かれるのを期待し、決死の覚悟で口にしたのに、亮一にあっさりと言い返された。

彼がおかしそうに笑い出して、可南子は耳まで真っ赤になる。

「相馬さんはそういう冗談を言うタイプに見えないから、意外だな」

暗に真面目そうだと言われて、つい反論してしまった。

「じょ、冗談じゃないかもしれないですよ」

「そうか。じゃ、襲われるのを期待して待っている。話の流れ的に、俺の家に行くってことで決まりだな」

強引な話の展開に、返す言葉が咄嗟《とっさ》に浮かばなかった。それを同意とみなしたのか、亮一は可南子の背中に置いていた腕を離す。それからとても自然にウエストに手をまわし、引き寄せてきた。

「あの」

「俺を杖の代わりだと思えばいい。可南子も倒れたくはないだろう。行こう」

笑顔で、当たり前のように下の名前で呼ばれて、呆気に取られる。普通の女の人なら勘違いをするからやめたほうがいいと注意をしたくなるところだが、喉《のど》に詰まって言葉にならない。

前から歩いてくる人は、必ず亮一に視線を止めた。何故こんな女が横にいるのだと思われているのだろうかと、可南子は俯《うつむ》く。

途中で別れて地下鉄で帰れないかと考えたけれど、亮一をうまく説得できない気がした。やはりホテルまで送ってもらって、タクシーに乗ろう。

亮一に迷惑を掛けているのが心苦しい。それでも、人に寄りかかりながら歩くのは心地いい。

可南子は酔いを言い訳に、ホテルまでの間だけはと、亮一に少し体を預けた。

目覚めると知らない天井が目に飛び込んできて、可南子は数秒固まった。慌てて上体を起こして時計を探す。ヘッドボードにある時計は朝の五時を指していた。

いつ寝たのかも思い出せずに、可南子は頭を抱えた。きっと亮一の家に泊まってしまったのだ。しかも彼のセミダブルのベッドを占領して。

「最低……」

可南子は呻《うめ》く。そして、少しずつ昨日のことを思い返す。

昨晩、ホテル前のタクシー乗り場に足を向け『帰ります』と亮一に主張した。けれど、腰にまわされた手は離れなかった。

『俺の家で休む約束をした』

亮一は唖然《あぜん》とする可南子を、強引とも言えるエスコートで地下駐車場に連れていくと、助手席のドアを開ける。一縷《いちる》の望みをいだいて彼の顔を窺《うかが》ったが、目で乗るように促《うなが》されて終わった。

諦めてお礼を言って乗った車は、すぐに亮一の自宅マンションに着いた。道を覚えられるほどの近さに驚きながらも、これなら少し休ませてもらったら帰れると楽観視してしまった。

勧められるままソファに座ると、酔いも手伝ってお尻に根っこが生《は》える。立ち上がるには、そうとうの覚悟がいるほどに。

亮一はそんな可南子を気にした様子もなく、コンビニに行っている間に汗を流すように言ってくれた。

驚いたが、彼は淡々としていて警戒心を抱かせるものは全くなかった。

親友に頼まれて、介抱しているだけ。改めてそう認識しつつ彼からタオルとTシャツ、ペットボトルを受け取ると、緊張が一気に緩《ゆる》んだ。

亮一がいたら、さすがにバスルームを使わせてもらうのは遠慮しただろう。けれど、家の主《あるじ》である彼は可南子を残して出掛けてしまったのだ。じっとしているのも落ち着かない。

美容室でセットした髪には、小さなピンがたくさん刺さっていて、頭皮がずっと痛かった。ストッキングは腰の辺りやむくんだ足を圧迫しているし、早く脱ぎたい。不満を声高に訴えはじめていた体は、温かいシャワーの誘惑に勝てなかった。

亮一は少し長めに買い物をしてきてくれたようで、髪を乾かし終わった頃に帰ってきた。コンビニの袋に入った歯ブラシとメイク落とし、下着を渡されたとき、可南子は完全に警戒心を解いた。

ここまで清々《すがすが》しく下心がない様子だと、女として見られず寂しいとさえ思えない。安心して、かろうじて残していたメイクも落とす。一日窮屈な格好をしていた為、借りた大きなシャツにほっとした。

亮一がシャワーを浴びに行ったところまでは記憶にある。

でも、自分がいつ寝たかは覚えていない。初めてのお酒の失敗が痛すぎる。すっかり冷静さを取り戻した頭は、昨晩帰るべきだったとしきりに可南子を責める。

この寝室に亮一の姿がないのは、ダイニングにあったソファで寝ているからだろうか。あのソファは、彼の高い身長には小さかった気がする。

可南子の眉間に皺《しわ》が寄った。せめて今からでもベッドで寝てもらおうと、ベッドから下りて寝室のドアをゆっくりと開ける。

ダイニングは暗く静かだった。部屋のソファの上に人影がないかと目を凝《こ》らす。亮一は見当たらない。出かけているのかと視線を動かすと、床に大きな人影があった。

「っ！」

可南子は悲鳴を上げそうになり、口に手をやる。亮一はフローリングの上で寝ていたらしい。カーペットがあるとはいえ体が痛いはずだ。迷惑を掛けた自分がベッドで寝ていたことに、心苦しさでいっぱいになる。

すぐに仰向けで寝ている亮一の傍に寄って、彼の体の脇に膝をついた。

「志波さん、ベッドで寝てください」

左の肩に触れると熱かった。可南子の指が冷たいのか、亮一の体温が高いのか、たぶん両方だろう。

その熱さに風邪でも引いてしまったのかと一瞬怯《ひる》んだものの、再び肩に手をかけ、控え目に揺する。

「志波さん」

亮一は目を開いて、可南子に眠たげな顔を向けた。暗がりの中でもわかる顔立ちの良さに、見惚《みと》れる。こんな人の体を壁や杖の代わりにしたのだから、酔いは怖い。二度と飲みすぎないようにしようと心に誓いながら、動揺で引きつった顔を彼に向ける。

「す、すいません、ベッドをお借りしていました。ベッドで寝てください。私、今から帰ります」

亮一の左腕が上がったので、可南子は傾けていた体を起こした。だが、思いがけずに彼の腕が首にまわされてゆっくりと引き寄せられる。体を支えきれずに、彼の首筋に顔をうずめる形で倒れこんでしまった。

暗い中、亮一の男らしい匂いを吸い込んで顔が熱くなる。

「志波さん！」

抗議の声など聞こえないかのようにウエストを抱え込まれ、彼の体の上に乗せられた。

全身で感じる、鍛《きた》えられた硬い体、熱い体温、呼吸。

体を起こそうとしても彼の腕に阻《はば》まれて、叶わない。どきどきと煩《うるさ》い心臓が冷静さを遠ざけていく。

「おはよう」

のんびりとした口調の亮一は、自分の上にしっかり乗るように可南子の体をまた動かした。可南子の着ているシャツが捲《めく》れて外気に触れた太腿に、硬いものが当たる。

それが何かわからない振りはできず、もう一度体を起こそうとするが、やはり亮一は離してくれなかった。

「ふ、ふざけないで……」

可南子の弱り切った声を聞いても、亮一は腕の力を緩《ゆる》めない。

「襲いに来たようなので、迎えただけだ」

耳に息がかかる近さで囁《ささや》かれる。記憶を刺激されて、昨夜の帰り道での彼との会話を思い出す。

襲うかもしれないとは言った。けれど、引かれる為に勇気を振り絞って言った冗談だ。酔っていたとはいえ、昨晩の自分が恨めしい。

「昨日はごめんなさい。ベッドで寝てくださいって言いに来ただけなの。お願い、離して」

「ベッドで襲うと言いに来たわけだ。なかなか、大胆なお誘いだな」

そう呟いた亮一は、片肘をついて上体を起こし、可南子の脇と膝の下に腕を差しいれた。

「わっ」

「暴れたら危ないからな」

彼は重さなど感じていない様子で立ち上がり、可南子は抱きかかえられたまま固まる。

あっというまに寝室に続くドアを潜《くぐ》った彼に、自分の体温が残っているシーツにゆっくり下ろされた。

可南子は、素早く体に跨《また》がってきた亮一の冷静な表情にうろたえる。

「具合はどう」

至近距離で見る彼の切れ長の目は大きくて、絵のように綺麗だった。迫力のある双眸《そうぼう》に射竦《いすく》められて心臓が痛い。可南子は、唇をわずかに開けて短い呼吸を繰り返す。

昨日の夜はそっけないほどだったのに。亮一とベッドの上にいる現実を受けいれられず、可南子は手で顔を覆《おお》った。

「お陰様で、もう、大丈夫です」

明るくなりつつある寝室で、彼の体温を肌で感じている。先ほどから心臓が潰れそうに苦しい。おまけに、ベッドの上で聞く声は色っぽく、同じ人の声色とは思えなかった。

昨夜、下心はないと言っていたし、迷惑を掛けられたから、そのお返しにからかいたいのかもしれない。けれど、冗談にしてはすぎている。

「昨日は迷惑をお掛けして、本当にごめんなさい。もう大丈夫なので帰り……」

言い終わる前に、亮一が顔を覆《おお》う手にキスをしてきた。柔らかい感触に理解が追いつくより先に、生温かいものが同じ場所を掠《かす》める。それが舌だとわかった瞬間、出したことのない声が出た。

「あっ！」

背筋にゾクリと震えが走って、可南子は逃げるようにうつ伏せになり、枕を両手で抱えて顔を埋《う》める。動悸《どうき》が激しさを増して苦しい。

「良くなったのなら、よかった」

耳元で熱い吐息と一緒に囁《ささや》かれ、そのまま耳を唇で食《は》まれた。

「んん」

亮一は可南子の黒髪をすくってよけると、耳の後ろからうなじにかけて唇を移動させていく。下腹の奥のうずうずとした感覚に、可南子はさらに顔を枕に押し付けた。

「息、苦しくないか」

亮一の気遣う声からは余裕さえ感じる。彼はこういうことに慣れていると思うと、ツキンと、胸に痛みが走った。

息は苦しいけれど、亮一に触れられるのは嫌じゃない。でも理性が、流されては駄目だと可南子をせっつく。矛盾に苛《さいな》まれながらも、肌は期待に粟立《あわだ》った。

「うっ」

亮一に熱い手で太腿の外側を往復するように撫《な》でられて、さらに頬が熱くなる。内側の柔らかい部分に彼の手が移動すると、体はわかりやすく震える。

「し、ばさん」

可南子が弱く亮一の名を呟くと、彼の動きがぴたりと止まった。ほっとしたのも束の間、右脇下に腕を差しいれられ、いとも簡単にころんと横向きに転がされる。

突然視界が開《ひら》けて、驚きに可南子の目が丸くなった。

「……あ」

「窒息《ちっそく》する」

枕から剥《は》がされて息は楽になったが、心許《こころもと》ない。何か縋《すが》るものを探す為に動かした腕ごと背後の亮一に抱き締められて、身動きが取れなくなった。

「お、襲うなんて言って、ごめんなさい……」

可南子の声が緊張で震える。昨夜のたった一言でこんなことになるとは思いもしなかった。少しの間の後、唇を引き結んだままの可南子の髪を、亮一が宥《なだ》めるように丁寧に撫《な》でる。

「可南子が謝ることじゃない」

「……」

頭を撫《な》でられるなんて久し振りだ。次第に強張っていた体が緩《ゆる》んできて、安堵にふぅと長い息が出た。

「……俺が楽しみにしていただけだ。やめてほしいなら、やめる」

彼の言葉に心がきゅっと締め付けられる。次に拒《こば》めば亮一はもう触れてこないだろう。でも、そうなるときっと寂しい。

「嫌なら、拒《こば》んでくれ」

拒《こば》まないでほしいという気持ちが伝わってくる声だった。勘違いかもしれないのに、また息苦しくなる。

亮一は強引な所はあるけれど、可南子を傷つけることはない。逞《たくま》しい腕に似つかわしくない繊細《せんさい》な触れ方をする。

「私……」

この優しい人に抱かれてみたいという思いが強烈に湧き上がった。どくん、と心臓が大きく打つ。

披露宴会場での、亮一の女の人への態度からは、付きまとわれるのを嫌っている印象を受けた。抱かれても彼の特別になることはきっとない。それでも、過去から前に進むきっかけが欲しい。

可南子が逡巡《しゅんじゅん》していると、彼は雰囲気を少し和《やわ》らげた。

「やめるか」

亮一は可南子が拒《こば》むことを前提に、はいと答えやすいように質問を変えてくれる。強引なのにどこかフェアで憎めない。

「あ……」

可南子はこくり、と生唾を呑み込む。

「あの、キ……」

やめない、と答えればいいだけなのに、キスしてくださいと言いかけて黙った。何故そんなことを口走りそうになったのか、自分でも全くわからない。

可南子が顔を青くしていると、亮一は肘をついて心配そうに覗き込んできた。

「気分が悪いなら薬を持ってくる。二日酔いか」

可南子が上を向くと、鼻が触れ合うほどの近さに彼の顔があった。気遣いの色を湛《たた》えた目が、可南子を見つめている。

「……大丈夫……」

昨日会ったばかりなのに、どうしてこんな目を向けることができるのだろう。

気づくと、可南子は衝動的に亮一の唇に自分の唇を重ねていた。硬そうな体からは想像もできないほど柔らかい。唇を離すと急に恥ずかしくなって、彼の顔を直視できないまま顔を伏せた。

顎《あご》を掴まれたかと思うと、顔を斜めにした彼が近づいてくる。一瞬のことで、目をつぶることもできない。

「う、んっ」

彼の唇に押されて、枕に頭が沈んだ。漏《も》れる息も全て捕らわれていく。入り込んだ舌に歯列や上顎《あご》を撫《な》でられて、甘いお菓子を食べたみたいに顎《あご》がぎゅっと痺《しび》れた。

「ふっ……ぅ」

激しさに目の前がチカチカする。彼の肩を押し返したが、びくともしない。

こんなキスは初めてで、口の中を侵《おか》す熱い感触にぼうっとなり、呼吸をするのがやっとな状態になった。

「可南子」

また下の名前を呼ばれて、可南子の頬は薄《うっす》らと色づく。こんなキスの後では、特別扱いをされている気がしてしまう。

「さっきの、なし」

「さっき……？」

「やめられない。だから、痛かったら言ってくれ」

亮一は可南子のシャツを捲《まく》り上げた。サイズが大きかったせいでいとも簡単に脱げてしまい、身に着けているものはブラとショーツだけになる。彼が息を呑んだのがわかった。

「ま、待って……！」

可南子は慌ててブラの上から腕で胸を隠した。亮一の焦《こ》げ付きそうなほどの視線を感じる。

いざ抱かれるとなって、本当にいいのか迷いが出た。数年ぶりで、うまくできるのかもわからない。

迷いに気づいたのか、亮一は可南子の耳朶《みみたぶ》を指でくすぐるように撫《な》でてきた。こそばゆくて、気持ち良い。

「……優しく、する」

亮一の真剣な眼差しに誘われて小さく頷くと、彼は嬉しそうに微笑んだ。たったそれだけなのに嬉しくて、迷いは消えてなくなった。

頬に触れられながら落とされたキスは、先ほどの激しいものとは全く違った。亮一の鍛《きた》えられた筋肉質の体からは全く想像できない、柔らかい唇。

やがて、下着の上から脚の間を触れられると、蕩《とろ》けていた気持ちが固くなった。

「あのっ」

「力を、抜けるか」

彼は肩に唇を落としてきた。彼の息に肩を愛撫《あいぶ》されている気がする。先を急ごうとしない様子が、息を詰めていた可南子に呼吸を思い出させた。

「は、はい」

素直に返事をした可南子を見て、亮一はおかしそうに目元をゆるめる。

「痛かったら、言えよ」

「はい……」

亮一はまた笑みを浮かべて、下着の上からまだ芽吹《めぶ》いていない敏感な場所を弄《まさぐ》った。

痛みとはちょっと違う不思議な感覚が腰の辺りにじんと広がって、可南子は無意識に膝をこすり合わせる。すると彼はショーツに手を掛け、躊躇《ためら》いなく爪先《つまさき》から引き抜いた。

「あの！」

「……肌、本当に白いな」

いきなりのことに固まったせいで、脚を閉じようとしたが間に合わない。

太腿の裏を手で押し上げられ、その間に亮一の顔が沈んでいく。自分でも見たことがない場所をじっと見る彼の目には、疑いようもない欲情が灯っていた。

「み、……見ないで」

「なんでだ。綺麗なのに」

そこに彼の熱い息を吹きかけられ、可南子は悲鳴に近い声を上げる。

「き、汚いです！」

「シャワー、浴びただろ」

「そ、それは、きのう！」

「汚くない」

脚を左右に押し広げられ、まだ膨らんでいない敏感な芽を、亮一の舌で探り当てられる。

「んぁっ」

痛くはない。けれど、変な感じだった。唾液をたっぷり含ませながら唇で啄《ついば》まれる度、体がぶるっと震える。

「ひぁ……ぅっ……」

彼の唾液が割れ目を伝って落ち、シーツを濡《ぬ》らした。それをお尻の下で感じつつ、可南子は手の甲で口を押さえて声を我慢する。

恥ずかしいばかりだった刺激が、しだいに甘い熱に変わっていく。舌で捏《こ》ねられると、気持ち良さが鮮明になってきた。

「声、我慢するな」

膨れはじめた芽に、ジュッと吸い付かれる。鋭敏《えいびん》な刺激がゾクッと背骨を駆け上《のぼ》った。

「あ、いや……っ」

口から漏《も》れるのはいや、という言葉なのに、どこか甘ったるく響く。舌で転がすみたいに芽を舐《な》め続けられ、背中が弓なりに反《そ》った。

「濡《ぬ》れたな……」

亮一は顔を離し、すっかり硬くなった芽を親指で押さえながら、蜜をまとわせた中指を割れ目に埋《う》め込んだ。息を整える暇も与えてもらえない。

するすると彼の長い指を呑み込んでいくそこに、可南子自身が驚く。

「ンンッ、あ……っ」

すっかり自分の蜜で潤《うるお》っていた中は、彼の指をしっかりと咥《くわ》える。しかも、きゅう、と締め付けた。

「……んっ」

「力を、抜いとけよ」

すぐに馴染《なじ》んだ指は、内側の壁をゆっくりと時間をかけて探りはじめる。傷つけないように優しく、最初は浅く、徐々に深く。

可南子の息は乱れ、体は勝手に彼の指を受けいれやすい角度にくねる。まるで、快楽の中に溶け込んでいくみたいだった。

「ぁ、あ、ンッ。はぁ――」

亮一の指が中をくまなく撫《な》でまわす。指先がお腹側を掠《かす》めると、可南子の体が震えた。明らかに他と違う敏感なそこをまた擦《こす》られて、堪《こら》えきれず腰が跳ねてしまう。

「あッ」

「ここか」

手の腹で芽を押さえられ、そこを執拗《しつよう》に捏《こ》ねられると、可南子は大きな波に運ばれるように、とんとんと高みへの階段をのぼりはじめる。

「あ、んっ、んっ……ふぁっ」

「いい声だ」

媚薬《びやく》同然の亮一の声に頭がぼうっと痺《しび》れて、あれこれ考えることをやめた。

このまま身を委《ゆだ》ねるから、高まった悦《えつ》を弾けさせてほしい、そんな思いを抱いて亮一を見ると、視線が絡まる。

彼は指を動かしつつ体を起こし、可南子の背中に手をまわして胸からブラジャーを素早く取る。頂《いただ》きを尖《とが》らせた小ぶりな胸が亮一の眼下に晒《さら》された。

「あっ」

「白い……」

亮一は感嘆するように息を吐き、可南子が腕で隠す前に、桃色の頂《いただ》きを口に含んできつめに吸う。

快楽の後押しは、あっけなかった。

「ふッ、あッ、ああっ……っあ……」

あっという間に絶頂に持ち上げられて、可南子の内側は亮一の指をビクビクと締めつける。

「イったか」

呼吸を整える可南子の耳元で、亮一が囁《ささや》いた。初めて達した可南子は倦怠感《けんたいかん》に呆《ほう》けたまま、返事の代わりに彼の顔へ頬を傾ける。

髭《ひげ》の感触がざらりとして少し痛い。けれど、彼が傍にいる実感に、不思議と満たされた。

「……これ以上、煽《あお》るなよ」

亮一は指を抜いて、溢れた蜜を塗り広げていく。そこは滴《したた》った蜜で既にぐっしょりと濡《ぬ》れて火照《ほて》っていて、指がなめらかに滑った。

ちりちりする感覚に奥がうずき、気持ち良さに息を吐くと、胸の頂《いただ》きに歯を立てられる。

「んッ、ふっ……ぁ」

痛みと快感の中間の感覚が、つんと体の奥に響いて、もっと欲しいと懇願《こんがん》するように胸を上げてしまう。可南子の反応に亮一はくっと喉《のど》で笑い、抜いていた指をまたずっと挿《さ》しいれた。

「ああっ」

いちいち反応してしまう自分の体が恥ずかしい。背中にじっとりと汗が滲《にじ》む。充分緩《ゆる》んだ場所に二本目の指が入ると、可南子は異物感に一瞬だけ怯《ひる》んだ。

「力を抜いて」

「んっ」

彼の言葉を聞いて体の力を緩《ゆる》める。それを確認すると、ゆっくりだった指の動きは次第に速くなった。それに反応して、可南子の喘《あえ》ぐ声も大きくなる。

「……ッ……あっんっ……あ、あっ」

ぐちゅぐちゅという音は、自分が彼を受けいれている音だ。蜜を零《こぼ》し続け、もっと深くに彼を誘おうとしている。自分の声や淫《みだ》らな水音に耳を塞ぎたいのに、シーツを掴む手は動かない。彼の熱を帯びた目に自分だけが映っているのを見たら、あの弾けそうな感覚が近づいてきた。

「あ……っ」

亮一の指は可南子が反応する場所を執拗《しつよう》に突いてくる。熱の階段を駆け上がっていく可南子の目の前に、真っ白な世界が広がる。

「んあっ、は……」

息が止まるような何かが走り抜けて、中がどくどくと亮一の指を締め付けた。二度目の虚脱に重い体をベッドに沈ませると、彼に抱き締められる。

「大丈夫か」

硬い体とは正反対の、柔らかく気遣う声。それが心の中にすとんと入りこんで、目尻に涙が滲《にじ》んだ。自分はまだ酔っているのかもしれないと思いつつ、彼の体の下で細い息を吐く。

「だい、じょうぶ」

「よかった」

亮一は可南子から体を離すと、ヘッドボードの棚にある箱の中から小さな四角いビニール袋を取り出した。彼が持っているものが何かは、すぐにわかった。避妊を考えてくれていたことにとても安心すると同時に、当たり前のようにベッドの傍に置いてあったことに心がざわつく。

唇を引き結んで息を潜《ひそ》めた可南子の頬を、亮一が手の甲で撫《な》でてきた。鎧《よろい》を着込みはじめていた心がすぐに綻《ほころ》ぶ。

「俺の子を、産んでくれるのか」

「なに――」

突拍子もない発言に、何を言っているのという言葉が喉《のど》に詰まった。

「何か、避妊具が嫌そうに見えた」

他の人の存在を感じただけです。そんなことを言えるはずもなく、可南子は首を横に振る。

亮一は避妊具を持ったまま眉間に皺《しわ》を寄せていたが、何かに気づいたように険《けわ》しい顔を緩《ゆる》ませた。

「これは昨日、コンビニで買った」

コンビニで女性用下着と一緒に買ったという意味だろうか。何とも言えぬ恥ずかしさに、じわじわと可南子の頬が熱くなっていく。

「それに家に誰もいれたことはない。勘違いされ――」

「か、勘違いするつもりはないです！」

これは今日だけのことで、亮一を束縛《そくばく》するつもりはない。けれど、彼の口からそういった話を聞きたくなくて、言葉尻に被《かぶ》せた声が大きくなる。胸の痛みを堪《こら》えつつ息をついた唇に、噛みつくような視線を感じた。

「……?」

次の瞬間、亮一に手首を掴まれシーツにきつく縫いとめられる。怒った顔をした彼と目が合った。無言のまま唇を重ねられ、可南子は目を閉じる。

「ふぅッ……ン」

滑り込んできた舌に、体は素直に火照《ほて》りを取り戻していく。彼の硬い手に胸を覆《おお》われ、指の間で頂《いただ》きを挟まれ、舌をきゅっと吸われた。蜜がまたとろりと染み出したのがわかる。

「勘違いしろよ」

肌を重ねながらの言葉は、とても甘く聞こえた。亮一は会ってからというもの、ずっと勘違いさせるような態度を取ってくる。でも、肝心な言葉は絶対に口にしない。

「そんな顔、するな……」

「顔……?」

どんな顔をしているのか、鏡がないのでわからなかった。亮一は目を細めた後、無言で着ていた服を脱ぎ捨てる。現れた硬く締まった彼の筋肉に、可南子は息を呑む。脂肪の見当たらない体躯《たいく》を目の当《ま》たりにして唖然《あぜん》とした。

「あの」

迫力に気圧《けお》されて、押しやるみたいに彼の肩へ触れる。亮一はその手首をちらりと見やった。

「……抱いていいか」

熱情を抑え込んだ声はざらりとしていた。手から力が抜ける。代わりに、お腹の底にとくとくと期待が渦巻《うずま》いた。

亮一は可南子の膝の裏に手をいれて持ち上げ、避妊具をつけた尖端を脚の間にあてがう。ぬるぬると擦《こす》り付ける動作の合間に、つぷりと蜜口を広げられた。

「あ」

「……すぐに、気持ちよくする」

濡《ぬ》れて蕩《とろ》けたそこに迷いなく押し込まれる質量は、今まで経験したことがないほどだった。じりじりと蜜路を押し広げながら入ってくる大きさに、可南子は喘《あえ》ぐ。

「待……っ」

「待てない……。悪い」

ゆるゆると腰を進める彼は、動きを止めようとしない。その代わりに、可南子の汗ばんで額《ひたい》に張り付いた髪をすくってくれる。

「あ……」

もなく重なると、また力が抜ける。

「痛いか」

「ううん……」

彼は恋人に向けるような優しい表情を浮かべて、わずかに笑んだ。唇がどちらからともなく重なると、また力が抜ける。

おそるおそる彼の肩に手をまわして、唇の形を探り合うキスに目を閉じた。中に入ってくる質量を感じて吐き出した息が、彼の唇にかかる。

「……入った」

キスに溶けながらの挿入。熱情に浮かされ溺れてしまいそうな、甘い時間。終わらせたくないと心が言っている。

彼は腰を引いて、ゆっくりと打ち付けはじめた。

「あ、んッ」

達した余韻に痺《しび》れていた体は、亮一の律動に反応して、すぐに爪先《つまさき》まで快楽を巡らせる。彼の動きに合わせてベッドは軋《きし》み、可南子の口からは堪《こら》えきれない声が漏《も》れた。

「あっ、あっ……あっ」

結合は深く、引いては奥を撫《な》でられる。ぬちぬちという粘着質な音が、部屋に甘く響く。彼はわざと音を立て、楽しんでいる様子にも見えた。

「んっ、あっ……、や、あっ、ふぁっ」

亮一はゆっくりと確かめるように中を捏《こ》ねまわしては、切なげに息を漏《も》らす。眉間の皺《しわ》は、彼も少しは気持ちが良い証拠なのだろうか。

……一晩きりの相手にこんなに優しいなんて、モテるだろうな。

自分を守る為の自嘲《じちょう》は、快楽から少しだけ気持ちを引き離した。

亮一が腰を動かす度に、宙を舞う自分の膝下が目に入る。一昨日《おととい》、丁寧に施《ほどこ》したラメが入った薄ピンクのペディキュアが揺れていた。

これが終われば、彼とはきっと二度と会わない。だから、奔放《ほんぽう》な自分でいられる。

そのとき、パンという腰を打ち付ける音と一緒に、最奥に尖端が当たった。優しかった抽送《ちゅうそう》が突然激しくなり、可南子は現実に戻される。

「だから、俺を、見ろ、って」

頬を両手で包まれて、熱と焦燥《しょうそう》が宿った亮一の目に射抜《いぬ》かれた。

「ご、ごめんなさい」

「違う。……俺が悪い」

亮一に腕ごと強く抱き締められて安堵の息をつく。後悔の滲《にじ》んだ声を聞きつつ目をつぶると、彼の高い体温と呼吸しかわからなくなる。

亮一は最奥を突いた後は動かず、髪をゆっくりと撫《な》でてくれていた。彼の指がこめかみを掠《かす》め、くすぐったさに小さく身を捩《よじ》る。それを繰り返していると、全身が熱くなり、中がひくひくと蠢《うごめ》いた。

「……動いたな」

体のことか、中のことなのか。含み笑いで答えを察したが、わからないふりをする。

亮一が再びゆっくりと動きはじめ、押し込まれる彼の昂《たかぶ》りを体中で受け止めた。

「可南子」

名を呼ばれても、呼び返す勇気はない。切なさを感じる間もなく、律動の間隔が短くなる。

啼《な》かされる声、汗ばんだ肌、滴《したた》り続ける蜜の水音。彼を受けいれる体はどこまでも淫《みだ》らで、本当に自分なのかどうかさえわからない。

「イけるか」

脚の間に滑り込んだ彼の手に、膨らんだ粒を軽くこすられた。

「ふ……ッ、あっ」

あっけなく達した可南子に、亮一は羽のようなキスを顔に幾つも落とす。

「少しは、良いか」

少しどころか、とても。そう思いつつ、彼の目を見ながらおずおずと頷く。心の奥底で、ずっと欲しかったもの――恋人に大事にされる夢を、彼は見せてくれている。

……どうして、こんなに優しくしてくれるの。

それを聞いたらお終《しま》いになってしまう気がして、可南子は疑問をぐっと心の底に押し込んだ。

代わりに、彼に与えられる愉楽《ゆらく》に背中を押されるように口を開く。

「あの、志波さんも、い、良《い》い？」

はしたない問いも、今日だけだと思えば口にできる。でも、彼の驚いた顔を見て、恥ずかしいことを口にした実感があとからついてきた。

「可南子、今日の予定は？」

「……特には」

三連休の初日にあった結婚式だったので、まだ休みは二日ある。

「なら、ここに二泊だ」

彼はベッドに手をついて上体を起こし、可南子のウエスト部分を抱えた。ぱしんという腰を打ち付ける音に、くらくらするほどの劣情を感じる。

「はっ、あ、あんっ」

「俺は、すごく、気持ち良《い》い」

激しい律動の合間、呼吸交じりの囁《ささや》きに気持ちを押し上げられた。大きな手で腰骨の辺りを掴まれるのにさえも、気持ち良さを感じる。

「あ、や、あぁ、ん、は……」

ずずず、と背骨を上《のぼ》ってくる感覚に全身が痺《しび》れた。

亮一は可南子の腰を抱えていた手を離し、そのまま両腕をついてのし掛かってきた。刺激される場所が変わって、また声を上げてしまう。

「し、ばさん、もう、だ、め」

「俺も」

亮一に花芽を弄《いじ》られながら、劣情をぶつけられる。突き上げられて、可南子はいよいよ何も考えられなくなった。

「あっ……」

やがて、意識が浮遊《ふゆう》した。一気に緩《ゆる》む体と、ひくひくと動き続ける中。何度か腰を押し付けられ、彼が小さく痙攣《けいれん》する。

「可南子……」

目を逸らすことなく名を呼んでくれる声が、耳の奥に残った。

もったいないくらいに幸せな時間は、きっと前に進む力になる。

少しうとうとしては、彼に揺らされて目が覚める。それを繰り返していたら、明るかった部屋はいつの間にか薄暗くなっていた。

体中が軋《きし》んでいるし、瞼《まぶた》が重くて目を開けていられない。どうにかこじ開けると、掛け布団を体に掛けてくれる亮一の筋張った手が視界に入った。

可南子が起きたことに気づいていない彼を盗み見る。眉間に皺《しわ》を寄せた彼の思い詰めたような横顔に、ぎゅっと目を閉じた。

……今だけ。

可南子は離れる彼の手をそっと掴んだ。

そして、この熱さをちゃんと覚えておこうと思いながら、すぅっと眠りに落ちた。

2

『おはよう。体は大丈夫か』

朝一番に来た返信に困るメールを読んだ後、可南子は自分の顔を鏡で見た。

朝なのに顔が疲れている。おまけに、体がだるい。時計の針はどんどん進んで、出勤する時刻が近づく。

クローゼットを開けて服を取り出す。黒のタックカットソーに、センターラインの入ったグレーのパンツ。無意識だったが、気分を表す色合いを選んでいた。

ただでさえ白い肌が青白く見えるので、チークと口紅で誤魔化すみたいに化粧をする。

鎖骨までの艶《つや》のある黒髪をひとつに縛り、耳には小ぶりのコットンピアスを付けた。すると、鏡の中の自分がなんとか見られるようになる。

服や化粧にあれこれ悩んだつもりはなかったものの、もう家を出る時刻だ。気合をいれる為に、いつもは避ける七センチのヒールの靴を選ぶ。

「よし」

スッキリしない気分を払おうと、背筋をピンと伸ばした。しかし、玄関を出て鍵を出したとき、急に昨晩のことを思い出す。

亮一は二泊した可南子を、マンションのエントランス前まで送ってくれた。車だったこともあって、ここで良いというお願いを彼はすんなり聞いてくれた。

車から降りてほっとしていた可南子の手の平に、亮一はジーンズのポケットから銀色の鍵を取り出して載せる。何の鍵だろうと首を傾げた可南子に、彼は笑んだ。

『俺の家の鍵』

車の中で連絡先を聞かれたことにも驚いたのに、さすがに固まってしまう。

『あの』

『また、連絡する』

驚きすぎてどうすればいいかわからない可南子を置いて、亮一は車を発進させた。

そこまで思い出した可南子は自分の頬を軽く叩き、玄関の鍵をかけて足早に駅へと向かう。

今でも元彼に投げ捨てられた鍵の残像が、ふいによみがえる。合鍵に良い思い出はない。

鍵を渡されたということは、呼んだら来ると思われているのだろう。あれだけ痴態《ちたい》を晒《さら》したのだから、そういう女だと認識されてもしょうがない。

自分の浅はかな行動を悔やむことを、昨日からもう何度も繰り返している。

出勤途中、亮一へのメールの返信や鍵についてばかり考えていたせいで、男の人とすれ違いざま肩がぶつかり、冷や汗が滲《にじ》んだ。そこでまた、何故亮一は大丈夫だったのかと悩んでしまう。

『大丈夫です。鍵を返したいので、会えますか』

そう返せば終わりなのに、たった一行のメールを送れない自分が、わからない。

会社に着いた可南子は、社内の人に挨拶《あいさつ》をしながら自分の机に手を掛ける。三連休明けのオフィスは、皆、始業ベルが鳴ってもエンジンがかからない様子で、気だるさに満ちていた。

可南子にも既に週末のような疲れがある。溜息をつくと、経理に提出する伝票をクリアファイルに入れて席を立った。

担当者に提出を終えて戻ろうとしたところで、声を掛けられる。

「可南子、おはよう！」

声の主の早苗は、机に並べてあるファイルの上から、好奇心丸出しのキラキラした顔を覗かせていた。早苗は可南子が亮一と一緒に帰ったことを知っている。無視もできず、可南子はぎこちなく笑みを浮かべて近寄った。

「早苗、おはよう」

「手短に言うよ。私が男狙いで三次会に行ったことを、二次会参加の先輩方は知ってるでしょ？　朝から先輩方に、コンパできるか……つまり、あの人を呼べるか聞いてみてって頼まれたの。結衣さん側の招待客だけど、新郎の同僚だからって」

先輩というキーワードから、『あの人』が亮一を指しているとすぐにわかった。ぎゅっと掴まれたように心臓が痛む中、可南子は答える。

「広信さん……えっと、結衣さんのご主人は、確かに彼を同僚って言ってたね」

「私も緑山《みどりやま》さんと会う機会を作りたいし、聞いてみるつもり」

「緑山さん……？」

「……相変わらず男に薄情ね。三次会で緑山ですって自己紹介したでしょう、彼」

「あ、すいません」

一緒のテーブルにいた人の名前を忘れていた手前、薄情と言われても否定できない。

そのときには既に酔っていたのだろう。

あの日のことは後悔ばかりで、あまり振り返りたくなかった。可南子は空《から》のクリアファイルを弄《いじ》りながら、この場を去るタイミングを探る。

「コンパできるといいね。じゃ、仕事あるから……」

「ちょっと待ちなさい。私が先輩方に、あの人と可南子が一緒に帰ったって話をしてないから、私の所にコンパの打診がきてるの。意味、わかるかな？」

ぴしゃりと早苗に言われて、可南子はおずおずと返事をした。

「……わからなくも、ない」

「可南子なら彼に連絡できるでしょう」

当然のように言われて、可南子は困りきった表情になる。連絡先は交換した。けれど、連絡するかどうかは別問題だ。

「……できるけど、でも」

「へぇ、やっぱり、連絡先を交換するレベルの交流があったんじゃないの」

まんまと罠にかかってしまった。焦る可南子を見て、早苗は満足げな笑みを浮かべる。

「今日のランチで詳しく聞かせてよ」

「えっ……」

「店の場所はメールするね」

「早苗、私――」

「だいじょーぶだいじょーぶ。お姉さんは怖くないから」

早苗は上機嫌で机上の書類を持って立ち上がった。可南子の返事を待つことなく経理課長の席に向かった背中は、既に遠い。

尋問《じんもん》みたいなランチになりそうだ。曖昧《あいまい》な返事はきっと許されない。でも、自分でも整理できていないことを、どう話せばいいのだろう。

そればかりに気を取られているわけにはいかず、先週の残務を確認しながら仕事をはじめる。ひとつひとつこなしていくうちに気持ちが落ち着いてきた。

やっぱり、仕事は大好きだ。表計算ソフトをカチカチと扱いつつ、可南子は微笑んだ。

可南子は主に雑貨を取り扱う会社で、商品開発部の庶務兼秘書とも言うべき業務を担当している。今みたいな季節の変わり目は、各店舗に納品する商品がどんどん倉庫に入ってきていて忙しい。毎日のように納品と検品結果の帳票がメールで送られてきていた。

商品の各店舗への割り当てを決めるのは営業だ。そして、その前に商品を簡単な画像付きのリストにするのは商品開発である。ここが遅れると営業から突き上げられるし、ディスプレイのデザイン案にも影響が出るので気を使う。これと平行して季節商品のサンプルをチェックして、各担当にまわすこともしなくてはいけない。

商品開発は、売れる商品を作らねばならないというプレッシャーがある。そのわりに、でき上がった商品がどう販売されるかを知る機会は少なかった。そこを透明にしたのは上司の磯田《いそだ》だ。彼はフェアな良い上司だが、お陰で可南子の仕事は増えている。

「無茶なことばっかり言ってくるから……」

パソコンの画面を見ながら磯田への愚痴《ぐち》を口にすると、亮一を思い出した。あの強引さからして、彼はきっとぐいぐいと仕事を押し進めるタイプだと想像がつく。

彼に甘く翻弄《ほんろう》された週末が脳裏を掠《かす》め、心がさざめきはじめた所で内線が鳴った。助かったとばかりに、可南子は受話器を取る。

「はい、商品開発です」

『あー、相馬いる？』

あまり関わりあいたくない人の声に、可南子は身構えた。

結衣と同じ営業で、社内でも『とても個性的』で通っている小宮《こみや》だ。要するに、我《が》強くて人に好かれないタイプである。

「はい、私です」

『井口《いぐち》先生の商品説明の書類が届いたから取りに来て』

「え」

ガチャンと電話を切られた。ツーツーという音をさせる受話器を持ったまましばらく固まる。電話を一方的に切られたのは初めてで、ショックを隠せない。

井口とは、季節イベントでオリジナルアクセサリーを製作してくれるフリーのデザイナーだ。営業部の結衣が彼のデザインに惚れて何度も足を運び、信頼を勝ち取ってアクセサリーを納品してくれるようになった。

いつもはクリスマスだけなのだが、今回はハロウィンでも製作してみようと、十点ほど納品予定だ。こだわりがあり、ひとつひとつのアクセサリーの物語を作ってくれるのだとか。

それをもとに、社内のデザイナーが葉書《はがき》大の紙にイラストを描き、商品販売時に一緒に梱包《こんぽう》する。

井口もそれを楽しんでくれていた。ただ、少し気難しい先生で、結衣の容姿と明るさを気に入り、仕事を請け負ってくれているところが大きい。

そして小宮は、井口がもっとも嫌うタイプだ。嫌な予感がした可南子は、磯田の席に寄る。

「磯田さん、すいません。お時間ありますか」

「なんだー」

磯田はファッション誌から抜け出してきたような清潔感がある上司だ。お洒落《しゃれ》な老眼鏡をかけ、コーヒーが入ったマグカップを片手に書類を見ていた。

「井口先生の商品説明の書類が営業に届いたそうなのですが、その、小宮さんが私にそれを取りに来いと内線してきて」

「小宮が？　そもそも井口先生、瀬名の話しか聞かないだろ。なんでだ」

「ちょうど結衣さん……瀬名さんが休みを取っているときなので引っかかって。何か聞いてますか？」

「可南子は瀬名から何か聞いてるのか？」

「聞いてないです。ただ、大事な仕事は事前に片付けるか、延ばすように手配すると聞いていました。それに、小宮さんからの内線というのが、ちょっと」

口ごもると、磯田はやっと書類から目を離して可南子を見た。小宮が結衣を敵視していて、結衣が相手にしていないのは周知の事実だ。磯田もそこは気になるのだろう。それに、商品説明ということは、もしかしたら商品開発に関わるものなのかもしれない。これも、確認しないことにはわからないが。

「とりあえず、小宮の所に行ってみるしかないな」

「うちは商品開発部ですし、他部宛の書類なら、預かるのはそもそもおかしいです。……それに、井口先生は、営業にとっても大事な先生だと思います」

磯田はそうだねぇ、と頷いた。

井口のアクセサリーはひとつ一万円を超える値段を付けている。それを客単価の安い雑貨屋に置いているにもかかわらず、必ず完売した。

　担当の結衣がいない間に何か問題が起こり、最悪、次の契約を結べなくなるのは痛手だ。

「今の段階では何とも言えないな。ただ、その書類って手書きのあれだろ？　一番避けたいのは紛失だ。小宮が何をしたいのかを探ってきて」

「わかりました。瀬名さんへの連絡もそれからということでいいですか」

「小宮しだいだな」

　確かにそうだ。新婚旅行中の結衣に連絡するのは気が引ける。可南子は時間を割《さ》いてくれた磯田に礼を言うと、すぐに同じフロア内の端、営業部へと重い足を向けた。

　小宮は近寄ってきた可南子に細長い目を向け、いつもと同様の小ばかにした表情を浮かべる。

「これ」

　座ったままの小宮が押し付けるように差し出したのは、薄いＡ４サイズの封筒。可南子のお腹に封筒の先を押し当てて小宮が手を離す。落ちそうになったので、可南子は慌てて受け取った。封筒には営業部御中とあり、特定の宛名はない。ただ差出人は井口の名前になっている。さらに封が開いていた。

　いつも井口が結衣に送ってくるもの。中身も確認できているのなら、部外の人間に預けるものではない。結衣の机に置いておくべきものだ。これは、絶対に預かりたくない。

小宮は渡したからさっさと行けという雰囲気で、体を机側に向けた。

「小宮さん、封が開いてます」

封を開けたのなら、何の意図があるのか。

「ああ、中身がわかんなかったから。郵便物は開けて確認するのが普通だろ。ほら、持っていけよ」

言っていることはその通りなのだが、これは明らかに結衣宛の郵便物だ。もし急を要する郵便物が届くようなら部内の人間に何か言っていただろうし、結衣がそれを小宮に頼むとは思えない。

「……中身の確認をさせてください。営業部宛の郵便物ですし、商品企画で預かれる書類かどうかわからないので」

小宮が小さく舌打ちしたのが聞こえた。明らかな悪意を向けられて血の気が引くのを感じつつも、立ったまま中身を出して送付状を確認する。

十枚の書類をいれているとあったので、その枚数を確認するけれど、一枚足りない。

手が震えそうになるのを堪《こら》えながら、今度は各書類の通し番号を確認する。

「小宮さん、一枚足りません」

「あぁ？」

威嚇《いかく》するような声に負けまいと、可南子は腹に力をいれた。

「一枚、足りません。送付状には十枚と書いてありますが、九枚しかないんです。欠けているのは八枚目です。確認してください」

封筒と書類を差し出すが、小宮は受け取らない。

「この状態では、商品企画では預かれません」

可南子は小宮の散らかった机の上に書類をいれた封筒を置く。すると、小宮はがんっ、と拳《こぶし》で机を叩いた。紙コップに入ったコーヒーの水面が揺れて、近くにいる何人かが振り返る。

「俺がなくしたとでも言いたいのか」

「そうは言っていません。書類が足りないと言っているだけです」

「ああっ？　商品企画のくせに営業に偉そうな口をきいてるんじゃねぇよ。どうせ売上になるのは同じだろうが。そっちがどうにかしろよ」

小宮は書類が少ないことを知っていて、押し付けようとしたのかもしれない。

もし今確認しなかったら、どういうことになっていたのだろうと思うと、ゾッとした。

「どうした？」

声を荒らげて机まで叩いた小宮に、向かいの席の上原《うえはら》が立って声を掛けてきた。

さすがの小宮も、先輩で仕事ができるこの男には楯突《たてつ》きにくいらしい。不貞腐《ふてくさ》れて黙った小宮を見て、上原は溜息をついた。

「相馬さん、状況を教えてくれるかな」

結衣も慕《した》っている上原は、可南子にとっても喋《しゃべ》りやすい相手だ。けれど、これまで無理の数々を押し付けられてきたこともあり、そんな上原相手でも営業部の人間というだけで、心を開き難《がた》い。

可南子が慎重に答えると、聞き終わった上原は渋面《じゅうめん》を作った。そして小宮の机までまわり書類を確認して、足りないことを認めた。

「開けたのはお前なんだから、井口先生に連絡をするのはお前だぞ」

「井口先生と交流がある奴が連絡したほうが、話が早いでしょ」

小宮の物言いは、暗に可南子を指していた。確かに、可南子は井口と結衣の酒の席に何度か同席したことはあるが、仕事では関わったことがない。

「瀬名が、届いたら机の上に置いておけと言ってたものを勝手に開けたんだろ」

また黙った小宮を見て、上原は再び大きな溜息をつく。ちらちらと周りからの視線を感じはじめた。

「小宮、とりあえずこれは俺が預かるからな。ごめんね、相馬さん。こっちで対処する」

「あ、はい。お手数をお掛けしますが、よろしくお願いします」

可南子は上原に頭を下げると、小宮に睨《にら》まれながら営業を後にする。

自分の机に辿り着いた途端、疲れが肩にずどんと圧《の》し掛かった。だるさがさらに増した感じがする。

「どうだった？」

会議に行こうと手帳を持って席を立った磯田が、ぐったりとしている可南子に声を掛ける。

「面倒ごとを押し付けられそうになりました」

「何だ、それ」

営業部であったことを報告すると、磯田は上原と同じような渋面《じゅうめん》を作った。

「確認をするという、初歩的ながら忘れがちなことをよく実践できました」

そう言った磯田が可南子にのど飴を投げてよこした。いきなりで受け取れず、それは床に落ちる。

「相変わらずキャッチが下手だな」

「いいんです。いただきます。ありがとうございます」

屈《かが》んで拾うと、かわいい猫のイラストが入った飴の包み紙に『ファイト』と書いてあった。笑みが零《こぼ》れる。

「はい、気持ちを切り替えて、頑張りましょう」

磯田がモテる理由はこういった気が利くところにもあった。颯爽《さっそう》と会議室へと向かう上司を見送り、可南子は椅子に座る。そしてキーボードの上に置いた、まだ冷たい手を握り締めた。

確認せずに書類を持ち帰っていたら、可南子が紛失したことにされただろう。恐ろしさに冷や汗が止まらない。

そういえば、亮一は小宮よりも背が高くて力もありそうなのに、それで脅《おど》すようなことはしなかった。押しは強かったが、手も声もずっと優しかった。

また彼のことを思い出してしまい、可南子は慌ててお茶を一口飲んだ。


可南子は悩んだ末に、小宮の件を結衣にメールした。営業がどうにかすると言っていたのだから、可南子が連絡するのはおかしいけれど、結衣の立場になってみればそのほうがいい気がしたのだ。

井口が書類の枚数を間違えるとは思えないし、事務所のスタッフもしっかりしている。送付前はちゃんと確認するだろう。

その書類がないということは、徹底的に社内を探すか、もう一度送ってもらうしかない。手書きのものなので、あのこだわりの強い先生は嫌がる可能性がある。

午前中はあっという間に過ぎ、昼休みに入った。

可南子は早苗と待ち合わせしているランチの店へと急ぐ。

『正午過ぎにいつものパスタ屋に集合。本日のランチで、魚介系頼んでおくから！』

全てを聞き出してやるという熱意に満ちたメールを読み直し、観念するしかないと覚悟を決める。

そして、混雑するエレベーターの、ちょうど一人分空《あ》いていた所にするりと滑り込んで息を潜《ひそ》めた。到着を待つ間、亮一にメールを返していないことを思い出して、頭の中で文面を考えては消すことを繰り返す。合鍵を受け取ったせいで、なんだかややこしく考えてしまう。結局全くまとまらず、一階で降りて大きな溜息を吐いた。

照明が反射する白い床をコツコツ歩き、エントランスの自動ドアを抜けると、強い日差しに迎えられる。暦《こよみ》の上では秋とはいえ、まだ木の葉も色づいていない。

昼間は汗ばむほどで、日傘を持ってこなかったことを悔いながら、長い横断歩道を渡った。

待ち合わせのパスタ屋は、手頃な値段のランチメニューが人気で、いつも混んでいる。パスタとサラダ、コーヒーと小さいデザート付きなのが女心をくすぐるのだろう。

並んでいる人の中に早苗の姿を見つけられず首を傾げていたところ、窓際の席で手を振っているのが見えた。この時間に既に席についているということは、五分前にはオフィスを出たということだ。

店員に「待ち合わせです」と言って中に入ると、満面の笑みの早苗に迎えられた。

「早いね」

「今日は早めに出してくださいってお願いしたから。魚介パスタ、注文済みだよ」

「ありがとう」

テーブルを挟んで前の席に座り、可南子は置かれた水を飲んだ。少し暑かったので、冷たい水がおいしい。

「とりあえず緑山さんに、今、コンパの打診のメールした」

「仕事が早いね……」

「で、あの人と、あの後どうしたの？」

早苗がすぐに話を切り出してきて、苦笑する。

場を繋《つな》ぐ為に水をもう一口飲んだ所で、サラダが運ばれてきた。テーブルの上のカトラリーが入った籠《かご》からフォークを出して、サラダに視線ひとつ向けない早苗に渡す。

「で、どうなったのよ」

「どうって……」

フォークを受け取りながらも、早苗は追及の手を緩《ゆる》めようとせず、可南子は考えあぐねる。どう答えていいのかがわからないのだ。

付き合うことになったわけでも、次に会う約束をしたわけでもない。……ただ寝ただけだ。

早苗は可南子がサラダを口に運ぶ様子さえもじぃっと観察してくる。だが、ふと前のめりの姿勢をやめ、大きな胸の下で腕を組んだ。

「そうか、寝たんだ。可南子のことだからそれはないかなって思ってたけど」

ごほごほと咳き込んだ可南子を前に、早苗はサラダを口に運ぶ。

どうして寝たという結論に繋《つな》がったのかわからない。

「可南子、嘘をつけないもんねぇ。バカ正直っていうか」

早苗は可南子の顔を指差した。顔に全部出ていると言いたいらしい。

「その、成り行きで、そうなったというか」

「可南子は、成り行きで男と寝るような女じゃないでしょ」

友人の温かくも厳しい指摘に黙り込んでしまう。その間に、イカと大葉の和風パスタが、おいしそうな湯気《ゆげ》を立ててテーブルに置かれた。

だが、早苗はそれを一瞥《いちべつ》もしない。どんな些細《ささい》な表情も見逃すまいとばかりの彼女の視線にたじろぐ。

「た、食べようよ」

「食べるわよ。けど、話して」

「だって、何も話すことがないもの」

パスタを口に運ぶと大葉の香りが爽《さわ》やかにすうっと抜けた。和風ソースもしょうゆベースであっさりしていて、イカの生臭さもなく旨《うま》みが口の中に広がる。

「話してくれないと、あることないこと先輩に言うわよー。午後から大変よー」

「やめてください……」

早苗は冗談っぽく言っているが、目が全く笑っていない。亮一を狙っていた先輩がいるのは確かなので、可南子は慌てる。

「早苗こそ、どうなの」

「清く正しい男女交際の段階を踏んでいます。とにかく、会う回数を増やす為なら手段を選ばないほどに」

そう言いながら、コンパの打診をしたというメールを見せつけてきた。まっとうな交際をしている早苗と違い、自分は一足飛びに寝たことを突きつけられたみたいで、なんとも気まずい。

可南子が知る限り、早苗は彼氏と別れても比較的すぐに新しい相手を見つける。そんな恋愛経験豊富な同僚の意見を聞きたいと思って、呼吸を整え、口を開く。

「あのね、合鍵を渡されたの。それでね」

可南子がぎこちなく伝えると、早苗は石像のように動かなくなった。やはり初対面で合鍵を渡すという行為はありえないらしい。

「……初めて、会ったんだよね」

「うん……」

「で、鍵なの？」

「だから、わからなくて」

彼女は腕を組んで外を見て、硬く目をつぶり、それから可南子に真顔で聞く。

「……ねぇ、本当に初対面？」

「うん」

「本当に？　初対面で鍵なんて渡さないよ。結衣さんがらみで会ったことがあるんじゃないの？」

「ないよ。あんな迫力が服を歩いてるような人、さすがに忘れない」

「思い出してみなよ。あの人、家族で新婦側の招待席にいたもん。結衣さんと親しい人だよ」

「……あ、やっぱりそうなんだ。ていうか、よく覚えてるね……」

広信が、新婦側の招待客と言っていたのは本当だったのだ。

「あのテーブル、席次を見たとき、苗字が同じ人がいっぱいいたから覚えてる。結衣さんの幼馴染《おさななじみ》の家族とかかな。可南子と結衣さんの親しさなら、会うこともありそうだけどね」

そう言って、早苗はパスタをくるくると器用にフォークに巻いて口に運んだ。

家に帰ってからもクタクタで、席次表を確認するなんて思いつきもしなかった可南子は、自分の至らなさに顔を曇《くも》らせる。

「早苗はすごいね。広信さんが結衣さんの幼馴染《おさななじみ》って言ってたよ。でも、私は会ったことない」

「会ってると思うんだけどなぁ。可南子、仕事以外は本当に鈍感だからさ」

仕事以外、と言ってもらえただけありがたい。

丁寧にここ数年の記憶を辿ってみたが、亮一の姿は見当たらない。

「何にせよ、執着《しゅうちゃく》されてるよね」

早苗の言葉に、可南子は執着《しゅうちゃく》、と繰り返す。介抱してくれていたときも、執拗《しつよう》だった気はする。腕から逃れようとして何度も腕の中に戻されたし、ベッドの上でも離してくれなかった。

紅潮する顔を誤魔化すみたいに可南子はパスタを続けて口に運ぶ。

「可南子がぽやんっとした感じだから、相手は心中穏やかじゃなくて鍵を渡したとか。ちょっとエッチなマンガなら、キスマークをつけて所有権を主張するよねー」

可南子はフォークを落とすように置いて、襟《えり》の辺りをくしゃり、と握り締めた。あの後、鏡を見たとき胸の上と鎖骨のちょうど中間地点に、赤い痕《あと》があったのだ。そこだけではないのだが、早苗が言っているのは、見えそうな位置にあったあれのことだと思う。

いつ気づいたのだろう。今日はずっと見えていたのだろうか。今日、会話した人達の顔がぐるぐる頭の中を巡る。耳だけでなく首まで赤くして涙目になっている可南子に、早苗は目を丸くした。

「マジか……。えーっと、まず、見えてない、大丈夫」

早苗は両手を広げて、どうどうと可南子を宥《なだ》めるように、手の平を上下させた。

穴があったら入りたいとはこのことで、火照《ほて》って熱を持った頬を両手で包み込む。

「もう、勘弁して……」

「いやはや、これは……」

食事を終えると、すぐに小さなコーヒーとデザートが運ばれてきた。コーヒーの香りに癒《いや》されながら、表面がこんがり焼かれたブリュレにスプーンをいれる。ざり、という音と一緒にカラメルが割れて、中のとろりとしたカスタードが顔を出す。

それを舌に載せるとバニラビーンズの香りと甘みが広がり、可南子を落ち着かせる。

「……私ならすぐに惹《ひ》かれちゃうな。ねぇ、好きになった？」

羨《うらや》ましさが滲《にじ》んだ早苗の声色に、可南子は顔を上げた。早苗はアイスコーヒーにガムシロップをいれ、その蜜をカランカランと混ぜている。

「……すき？」

好きという言葉に明らかに動揺した可南子に、早苗は苦笑を浮かべていた。

「そう、好き。好きっていうのはね、楽しいことがあったらすぐに伝えたくなったり、辛いことや悲しいことがあったら会いたくなったり。とにかく、何だか絡んじゃうことよ」

小学生でも知ってるわよと付け加えて、早苗はコーヒーを飲みながらテーブルに肘をつく。

「あー……。可南子にとっては恋愛って逃げたほうが楽なものだったのか。あの人もそれがわかっていて鍵を渡したとすれば、可南子のことをよく知ってる人よね。そして、本気」

……本気。

思いも寄らなかった言葉に、息をするのを忘れた。自分の薄く丸みの足りない体や、気の利かなさなど、足りない部分を数えると両手では足りないというのに。

本気だなんてありえないと結論付けて、可南子はカップの底に残ったコーヒーの茶色いシミをぼんやり見つめた。

「それはないよ。早苗も見たでしょう。彼の女の人に興味がない感じ」

可南子は早苗に白い目を向けられる。

「その女に、興味がなかっただけでしょう。誰にでも色目を使うなんて、ただの変態かクズじゃん」

その通りすぎて、可南子は太腿の上に手を置いた。

「あのさぁ、恋って、一方通行ではないと思うのよ。あの人は、可南子って人間は鍵という大事なものなら直接返す人だってわかってて、そういう理由がないと連絡もしてこないってことも、同じくらいわかってるんじゃない？」

「……連絡をしないといけない状況ではある」

「ついでに、可南子は結衣さんに知られたくないだろうこともわかってそう。鍵を返すのにそっちルートは使わないって思われているんじゃない」

そう言った所で、早苗のスマートフォンがブルブルと震えた。手に取った早苗は嬉しそうな声を出す。

「あ、コンパできるって。ただ、今週の金曜日で、ええっと」

現在進行形で新たなメッセージが入ってきているらしい。スマートフォンを両手で掴んで、彼からのメッセージを嬉しそうに待つ早苗は恋する女そのものだ。

「仕事の都合で集まる時間がまちまちになるけど、それでも良ければって。人数は五人くらいなら確実で、あの人も来られるかもって」

「……わ、私は仕事があるので、行けないから」

「逃げるな、可南子。大丈夫、彼が可南子をポイ捨てにしたら、結衣さんが黙ってない」

仲間意識が強い結衣だ。亮一が可南子を傷つけたと知ったら、烈火のごとく怒るのが想像できる。けれど、それは反対でもそうだろう。可南子が亮一を一方的に傷つけても、怖いことになると思う。

「寝ました、一時の迷いでした。って、結衣さんは許さないよ。それは彼もわかってるんじゃない？　わかってて可南子と寝たなら、絶対に本気だよ」

早苗に反論できないのは、それが突飛な発想ではないからだ。今のところわかっている事実、結衣や可南子の性格、それらの情報を組み立てればそう思うだろう。

ただ一点、可南子はどうしても納得できなかった。

「その、早苗の言ってることはわかるけど……私にそこまで執着《しゅうちゃく》されるような要素がないから……」

早苗は能面のごとく無表情になる。

「またきた、それ。あの男前は、美人を選んだの。私は納得しかないけどね」

可南子が反論しようとすると、早苗は聞きたくないと言わんばかりに手を振った。

「とーにかく！　恋愛するのに頭で考えすぎ！　相馬も行きますーって返事するから！　さぁ、盛り上がってまいりました」

亮一とコンパで再会なんて無理すぎる。可南子が行かずに済む方法を考えはじめたのを見透《みす》かしたのか、早苗が詰め寄ってきた。

「過去に何があったかなんて聞かないよ。けどね、恋愛なんてね、傷つけ傷ついてナンボよ」

ふいに、ベッドの上で見た亮一の思い詰めたような横顔を思い出す。きっと知らないうちに、気に障ることをしたのだ。彼は眉間に深く皺《しわ》を寄せていた。

早苗の言うことは、その通りかもしれない。でも、そう思えるだけの強さは、どうやって手にいれることができるのだろう。可南子はぎゅっと手を握り締めた。


残業なしで帰宅できた午後六時。だるさがどんどん酷くなったのもあって、可南子は寄り道せずに帰ってきた。

バッグを小さな一人がけのソファに置いてぐっと伸びをする。そのときスマートフォンの着信音が鳴った。疲れに気を取られて名前の確認もせずに出る。

「はい。相馬です」

『志波です。今、いいか』

耳元から聞こえてきた亮一の低い声に、のけぞるほど驚く。

『コンパに行くのか』

不機嫌を隠そうともしない声は迫力があった。メールの返事をしていないこともあり、その場に正座してしまう。

それなのに、声を聞けて頬は綻《ほころ》んでいく。可南子は慌てて顔の筋肉を引き締めた。

電話口から人の話し声や車の音も聞こえてくるので、どうやら外にいるらしい。まだ仕事中なのだろうか、そんなことを思いながら返事をする。

「来いと言われています。でも、仕事が遅くなるかもしれないので行けない可能性が高いです……」

すると亮一の声が、少しだけ柔らかくなる。

『……俺も後輩にコンパに誘われた。可南子の友達に頼まれたとかで、今週の金曜日にするそうだ。来いと言われてる』

コンパに行きたくなさそうな彼の態度が、何故か嬉しい。

可南子はカーペットを指で弄《いじ》りつつ言葉を慎重に選んだ。

「私もそんな感じです。ただ、あの、その、うちの先輩が志波さんに来てほしいみたいです。披露宴に来ていた人達で……」

電話口から亮一の大きな溜息が聞こえた。どきっとして、可南子は黙る。

『可南子が行くなら、俺も行く。それだけだ』

また思わせぶりな態度をとられて、どきりとした。すっかり、名前で呼ばれることも定着してしまっている。

『で、体調はどう？　無理させすぎた』

体をくまなく這《は》った、亮一の熱い手の感触がよみがえる。お腹の辺りがずんと疼《うず》いて、体が火照《ほて》った。

「だ、だいじょうぶ、で、す！」

不自然に答えると、電話の向こうから押し殺した笑い声が聞こえてきた。

『なら、よかった。それに、まだ覚えてくれていた様子で安心した』

「……何を、ですか」

『俺の体。じゃ、行かないときには連絡してほしい。また』

「ええっ」

ぷつっと切れた電話。そういえば今日は会社でも一方的に電話を切られた気がする。合鍵を返すことも伝え忘れて、可南子はぐったりとローテーブルの上に脱力した。


あまりに疲れていたせいか、そのまま寝てしまったらしい。可南子は夜中に寒気で目を覚まして、急いで着替えてベッドに潜《もぐ》り込んだ。掛け布団を顎《あご》まで手繰《たぐ》り寄せたのを、おぼろげに覚えている。

翌朝、手の中にある体温計の液晶画面を見ながら後悔する。嫌な感じの寒気だったのだから、薬を飲んでおけばよかった。

よろよろとバッグの中から手帳を取り出して、今日の仕事の予定を確認した。急ぎの仕事はなかったことに安堵し、磯田と課宛に休む旨をメールした後、解熱剤を探す。

「ない……」

風邪の引きはじめ用の薬はあるが、解熱の効能を謳《うた》ったものは見当たらない。薬を買いに外に出かけるのも億劫《おっくう》で、可南子はそのまま横になった。

思えば結婚式の日も、お酒に弱いとはいえ、少ししか飲んでいないのに貧血が酷かった。やはり体調が悪かったのだ。あの日の自分らしくない行動も、全てそのせいにしたい。

手の中のスマートフォンがメールの受信を知らせて振動した。磯田から休み受理のメールを受け取って、やっと体が休みモードに入る。

喉《のど》が腫《は》れて痛い。まだ熱が上がるのか、寒気がする。明日は出社したいので、フラフラする体で水や毛布など用意し、寝床を整えた。

ふいに、ランチのときに早苗に言われたことを思い出す。好きというのはとにかく相手に会いたくなることらしい。

ぼんやり考えていたら、熱のせいか、かつて元彼の浮気現場を目撃した痛みが唐突に胸によみがえる。

「強くなれないよ……」

ここにはいない早苗に呟く。

それでも、久し振りに誰かを知りたくなった気持ちが指を動かした。

『大丈夫じゃありませんでした』

薄暗い部屋の中、スマートフォンの液晶がやけに明るい。画面に打ち込んだメッセージは、送信ボタンを押されるのを待っている。

その画面をしばらく見つめた後、削除ボタンを押してメッセージを消した。それから、可南子は掛け布団の中に頭まですっぽりと潜《もぐ》り込んだ。


翌朝、起きると熱が下がっていた。胸を撫《な》で下ろして身支度し、早めに出社したところ、すぐに磯田に仕事を振られる。

商品コードの登録という気を使う作業の他、特定の商品在庫の確認、ピックアップした店舗の売り上げをちょっとまとめて、など。今は通常業務も忙しいのにという可南子の抗議の目をさらりとかわして、磯田は会議へと向かっていった。

溜息をつくと、パソコンがポンッという音で、新規メールを知らせてきた。可南子は件名をじっと睨《にら》んだ後、観念してクリックする。

小宮から枚数が足りない書類を押し付けられそうになって今日で三日目。可南子が休んだ昨日、井口に連絡を取った小宮は完全に先方を怒らせた。

その対応についてメールが飛び交っているのだ。可南子のアドレスも、当事者だからかCCで入っていた。返信の必要はないのだが、目を通さなくてはいけない。

小宮は謝罪していないどころか、電話で『あなたが入れ忘れたんでしょう』と言ってしまったのだとか。怒りを通り越して呆れ返る。ただでさえ電話というのは顔が見えない分、気を使うのに。

誰が、いつ、どのように井口の機嫌を取るかという具体性のないメールが続いている。このメールを休暇明けの結衣が見たら怒髪天《どはってん》をつくだろう。

小宮の件のメールは結局絶えることなく夕方まで続いた。いい加減、辟易《へきえき》していた所、可南子は会議室に呼び出された。嫌な予感しかないと顔を曇《くも》らせる。

「失礼します」

ブラインドを閉めていない会議室には西日が差し込み、全体がオレンジに色づいていた。

営業部長の津田《つだ》、営業の上原、そして磯田が座っている。肝心の小宮がいないことにホッとするが、面々の表情は暗い。

可南子もつられて同じ顔をしてしまいそうになるのを堪《こら》え、平静を装《よそお》う。

「可南子、井口先生のメールは読んでたか？」

磯田が、自分の横に座るように促《うなが》しながら聞いてきた。可南子はスケジュール帳と筆記用具を机に置き、椅子を引きつつ答える。

「だいたいは、読みました」

可南子の答えに、磯田は皮肉げに口の端を上げる。不毛なメールであったことはわかっているらしい。

「相馬さん。申し訳ないが、明日、菓子折りを持って井口先生のところに行ってほしい」

温和さゆえに営業部長に向いていないと噂《うわさ》される津田だが、可南子にはきっぱりと言い切った。営業の問題を押し付けられそうになっている。

可南子は首を少し傾げて、直属の上司である磯田に説明を求める視線を向けた。

「小宮がその場しのぎのことを言いすぎていて、俺らにも本当のことがわからん」

磯田が溜息と共に目頭を押さえ、眉間の皺《しわ》を深くした。

「瀬名が休みなのは知っているので、相馬さんから話を聞かせろと先方からのご依頼だ」

上原も疲れた様子で腕を組み、決定事項を伝えているという体《てい》で話す。

可南子は諦めて手帳を開き、ボールペンをノックしてペン先を出した。

「瀬名さんにはどう伝えていますか。それと、私は先生のところへ行って何を話せば良いですか」

可南子の態度に三人がほっとし、会議室の雰囲気が少し明るくなった。

「相馬さんが見たままを伝えて、欠番の資料をもう一度いただけるようにお願いしてほしい。瀬名は金曜日の夕方に会社に寄るそうだ。先生が相馬をご指名だと伝えると、巻き込んだことを怒っていたな」

上原が頭を撫《な》でるように掻いた。きっと小宮に何を言っても暖簾《のれん》に腕押しだったのだろう。話が通じない相手に話をするほど疲れるものはない。上原も、小宮と結衣の板ばさみにげんなりした様子で、可南子は少しだけ同情する。

「瀬名さんが、私が行くことを承諾してくれているのであれば問題ありません。菓子折りの領収書はどうしましょうか」

「営業にまわしてくれ」

「鈴木《すずき》さんに渡せばいいですか」

鈴木は可南子と同じように、営業で庶務をしている。今年入社したばかりの彼女の名前を出すと、上原は頷いた。

「先生から何時に来るように言われていますか」

「十一時だ」

「では、出社せずに直接出向きます。お菓子を買う時間も必要ですので……。磯田さん、問題ありませんか」

「問題ない」

「あと、資料のコピーをいただけますか。目を通してから伺いたいです」

向かいに座っていた上原が、手元にあったコピーを可南子に渡す。可南子はそれを受け取って、送付状など全ての書類が整っていることを確認して礼を言う。

「ありがとうございます。お借りします。今から先生に私が伺うことを電話で話しておきたいのですが、問題はありませんか」

「全くない」

営業部長の津田が苦笑した。何か問題があったのかと思い、可南子は津田の顔を窺《うかが》う。

「いや、相馬さんのほうが営業に向いてそうだと思っただけだよ」

「津田、勘弁しろよ。俺は可南子を手放す気はないぞ」

津田と磯田は笑いながら話しはじめた。可南子はどっちも嫌だと思いつつも愛想笑いを浮かべる。

三人の軽くなった雰囲気とは反対に、謝罪に行く可南子の気は重い。プレッシャーで胃がキリキリと痛み出した。

気になることは全て聞いておこうと、可南子は三人の顔を交互に見る。

「井口先生は、アクセサリーとあの書類を、ふたつでひとつの作品だとも思っていらっしゃる気がします。なので、納品された作品をこちらが紛失して、改めて無償で寄こすように言っていると取られているかもしれません。最悪、アクセサリーだけ納品され、かつ売れないという事態になる可能性もありますが……瀬名さんはその辺りは何か言っていらっしゃいましたか？」

謝罪に失敗するとは、こういうことだ。

井口の商品は売れた商品だけを買い取る受託販売ではなく、買取でこちらの在庫となる。売れないのなら社内販売にまわすのだが、せっかくのアクセサリーが一度もお客様の目に触れないのは、可南子には悲しかった。

三人の厳しい視線が一気に自分に集まって、可南子は言いすぎたかと怯《ひる》んだものの、表情は崩さない。

「営業に来ればいいのに、相馬さん」

上原はくだけた調子で言って、腕を上に伸ばすと後頭部で指を交差させた。

「小宮はその辺りが全くわかってなくてね。正直、今回はしょうがないと思っている。ただ、営業は次のイベントに影響がないようにしたい」

なるほど、と可南子は頷いた。

「そこまで相馬さんが考えてくれているのなら、こっちは何も言うことはないよ。本来なら営業でどうにかすべきことなんだ。けれど、先生が指名してきてね」

津田は肩を竦《すく》める。

「ご指名ならしょうがないですね」

溜息を呑み込んで、可南子は全てを書き込んだ手帳を閉じた。

「先生に連絡をしたいので、失礼しても良いでしょうか」

「ああ」

にこやかに見送られながら、会議室を出て自分の机に戻る。

大きく深呼吸をしてから、可南子は電話の受話器を手に取った。緊張で手が震えている。電話に出たスタッフに井口に代わってもらうようにお願いし、保留音が流れる間に、手に汗をかいてしまった。

『相馬ちゃん？』

保留音が途切れ、極度に緊張した可南子の耳に聞こえてきたのは、不機嫌など感じさせない井口の声だった。拍子抜けしたものの、可南子は頭を下げつつ口を開く。

「相馬です。井口先生、この度は」

『ああ、いいよいいよ。本当に相馬ちゃんが来てくれるんだね』

それから時間などに不都合がないかを確認すると、あっという間に電話が切れた。可南子は受話器を持ったまま呆然とする。

井口が怒って手がつけられない状態ではないとわかっただけ、明日のハードルが下がった。けれど、疲れるものは疲れる。

「はあ……」

受話器を置いて資料などを横によけると、そのまま机に突っ伏した。

明日は朝から菓子折りを買いに行って、謝罪をして、社に戻って、磯田の無茶振り仕事を片付けて、コンパで亮一に会うのだ。

「コンパ……」

あれ以降、彼から連絡はないし、可南子からもしていない。バッグの中の合鍵だけが彼との繋《つな》がりだ。それも、明日にはなくなるかもしれない。

可南子は、何も考えられないくらいの忙しさに、少しだけ感謝した。


金曜日、十一時からの謝罪の訪問は一時間半程度で終わった。頭を下げて井口のデザイン事務所を出た途端、可南子はほっとしすぎて倒れそうになる。だが、そんなわけにもいかず、すぐに気を引き締めて磯田に報告の電話をした。そして新しい資料を無事にもらえたことを、営業に伝言してくれるよう頼む。

しばらく後、可南子はコーヒーショップのカウンターに座っていた。昼食を取って社に戻ることの了承を得て、結衣にも無事に終わった旨をメールしていると午後一時を過ぎていた。

コーヒーと一緒に買ったサンドイッチは、封を開けてはみたが食指が動かず、薄いパンの端のほうが乾燥しはじめている。コーヒーも酸味が強く、口に合わない。朝は緊張から何も食べられなかったけれど、今は緊張が解けて呆《ほう》けてしまって食欲が湧かず、水ばかりを口にしていた。

机に頬杖をついて、窓から前の歩道を見る。財布だけを持つ焦った足取りのＯＬや、カバンを持って急ぐスーツ姿の会社員などが通り過ぎていく。みんな余裕がない表情だ。

可南子は自分の口角を無理やり上げようとしたが無駄だった。

井口への謝罪は、驚くほど呆気なく終わった。けれど、今日の気力全部を使い切った気がしている。

井口は飲みの席でしか会ったことのない可南子の訪問を手放しで喜び、不手際の顛末《てんまつ》を丁寧に話すと、すんなりと『もういいよ』と言った。とにかく小宮が気に入らなかったらしい。

謝罪に伺っている手前、緊張を崩さないでいることのほうが大変だった。ピンと張っていた背筋が痛いほど強張っている。

井口は事務所の中まで案内してくれて、帰り際には『今度は瀬名ちゃんとおいでよ』とニコニコ顔で言われた。

ちなみに、小宮は騒動の中心とも言えるのに、我関せずという態度を貫《つらぬ》いている。先日も堂々と旅行に行く話をしていたとかで、周りの人間が呆れていた。

「全部、小宮さんのせいだ……」

信用を築くのは難しいのに、失うのは一瞬だ。その信用を繋《つな》ぐことができたのなら、この胃の痛みも安いものである。お世話になった結衣の仕事を守れて心底ほっとしていた。

けれど、可南子の疲れはピークだった。窓ガラスに映る自分の姿をあらためて見る。白のシャツにグレーのスーツ。化粧の控えめな顔からは疲労が抜け切っておらず、目の下にクマが浮かんでいる。

確実にコンパに行くテンションではない。亮一狙いの先輩達は、化粧も洋服も完璧に仕上げてきているだろう。

考えてもしょうがないと、可南子はまだ熱さの残るコーヒーを無理やり飲み干した。からっぽの胃が驚いたのか、軽い胸焼けを感じる。サンドイッチは、ごめんなさいと手を合わせて残す。

オフィスでの仕事は何ひとつ終わっていない。

「コンパ、本当に行けないかも……」

ガラスに映る自分は無表情で、感情が見て取れない。

可南子は疲れた体に鞭《むち》を打って、椅子から立ち上がった。

到着した駅で、可南子は立ち尽くす。良くないことは続くらしく、人身事故でダイヤが乱れていた。仕方なく遠回りの路線を使ったら、動く電車に人が流れたせいで昼間だというのに満員だ。

電車を乗り継ぎ帰社した頃には、これ以上ないほどに可南子は疲労困憊《ひろうこんぱい》していた。早めに帰って仕事を片付けるつもりだったのに、既に午後三時を過ぎている。

……私、今週、何かに憑《と》りつかれている……！

近いうちにお祓《はら》いに行くべきかもと悩みながら、オフィスのドアを潜《くぐ》った。

自分の机の上には、経費精算書類や郵便物が無造作に置かれていて、乾いた笑いが出る。昨日、磯田に頼まれた仕事も終わっていない。今日は何時間の残業かと考えると気が遠くなった。

でも、残業をしてもコンパには途中参加できそうなのが、また気が重い。

磯田の席を見ると離席中で、予定ボードには『会議中』のマグネットが貼ってあった。とりあえず、井口から預かった資料を渡そうと営業に向かうが、不穏な空気に足が止まる。

オフィスの人達が皆、営業側を見ていた。椅子から立ち上がっている人もいる。

「相馬さん」

かわいい声に呼ばれ、可南子は振り向く。前髪を切りそろえた栗色のショートボブがよく似合う、営業の庶務の鈴木がそこに立っていた。ふっくらした頬には色がなくて、怯《おび》えた様子で目を潤《うる》ませている。

「どうしたの」

「津田さんが、相馬さんが帰ってきたら会議室に呼ぶようにと……」

被《かぶ》せるように会議室から大きな声が聞こえてきた。小宮の声だ。大声に体を震わせた鈴木は胸の前で両手を握っていた。可哀想なほどに、おどおどしている。

「伝言をありがとう」

文句のひとつは覚悟していたのだろうか。可南子がすんなりと受けいれると、鈴木は脱力した。

「すいません、相馬さん……」

可南子は今にも泣きそうな顔の鈴木の腕に触れる。

「鈴木さんは悪くないよ。行ってくるね」

怖がっている彼女を安心させるように笑みを浮かべた。それから、背筋を伸ばすと会議室へ向かう。小宮からはじまったこの混乱を、もう終わらせたかった。

中から聞こえる怒鳴り合いに掻き消されてしまうのか、会議室のドアをノックしても反応がない。仕方なく、ひとつ息を吐いて「失礼します」と言いながら中に入った。

いきなり声が止んで、全員の視線を一身に浴び、可南子の息が一瞬止まる。

中には営業の津田、上原、小宮と、磯田。おまけに夕方来るはずだった、新婚旅行から帰ったばかりの結衣までいた。さすがに驚いたが、ここでいつものように世間話はできない。

「お疲れ様です。井口先生からの資料を預かってきました」

「相馬さん、それ見せてもらえる？」

カツカツと寄ってきた結衣は、見たことがないほどピリピリしていた。白と黒の畦編《あぜあ》みニットにインディゴのジーンズ、ローヒールを履《は》いた姿はまさに休暇中だ。けれど、鬼気迫《ききせま》る雰囲気は、他の誰よりも勝っている。

磯田に視線をやると頷かれたので、可南子はクリアファイルから出した資料を結衣に手渡す。

「ありがとう」

結衣は見慣れた美しい笑みを浮かべた。しかし、資料を見た途端に表情を険《けわ》しくして、ぎりと小宮を睨《にら》んだ。

彼女は座っていた席に戻ると一枚の紙と、可南子から受け取った資料を並べる。そして、斜め向こうに座っている小宮に突き出すように、机の上にそれを滑らせた。

「私の机の上に、今日、井口先生から預かった資料と同じものが一枚だけ載っていた理由を、改めて説明願いたいのだけど」

「だから、俺は知らないって言ってるだろう！」

「明らかに私宛の郵便物を開け、私に連絡もせず、中身の確認もしないまま相馬さんに渡そうとし、そこで紛失がわかった。上原さんが確認したのを、その場にいた人達が見ている。それなのに、何故、私の机の上に、今日、井口先生からもらった資料があるの！」

怒りで震えながら、結衣が小宮に叫ぶ。彼女の言葉に可南子は耳を疑った。すぐに長机に近寄り手をつくと、身を乗り出して資料を比べる。

そこには同じ資料が二枚あった。一枚は、今日受け取ったものだ。

「……」

指先がどんどん冷えていき、声も出ない。

可南子が磯田に視線を向けると、彼は首を横に振った。何がなんだかわからん、といった風に。

見つかったのならよかったと言えないほど、大事《おおごと》に発展する可能性があった。社内に資料があったのなら、こんな何人もの人が煩《わずら》わされる必要はなかったのだ。

「お前がやったんだろう」

椅子のキャスターが、カーペットを滑る音がした。小宮が椅子から立ち上がったのだ。

怒りの矛先が可南子に向いたことを察した磯田が、忌々《いまいま》しげに言い放つ。

「いい加減にしろ、小宮。これでもう失礼するよ。後は営業でやってくれ。これ以上、うちを巻きこむな」

「この女が最初から全部自分でやってれば、こんな大事《おおごと》にならなかっただろうが！」

こちらに近寄ってくる小宮を、可南子はポカンと見た。彼の迫力に、金縛りにあったみたいに身動きが取れない。

鼓膜《こまく》を震わす大声が耳に痛かった。それと同じくらいの声で磯田が怒鳴る。

「小宮！　いい加減にしろ！」

「お前が数え間違ったんだよ！　俺は資料なんて知らない！　お前が謝ればいいんだ！」

矛盾とこじつけ。昔ぶつけられた暴言と、ほぼ一緒だ。少しずつ、自分の鼓動の音しか聞こえなくなる。体全体が心臓になったようだった。

自分の何が悪いのか、全くわからない。言い返そうにも、頭が反応してくれなかった。

言葉はぐるぐると絡まって喉《のど》に張りつくばかり。

奥の窓際に座っていた小宮は、可南子にずんずんと近づいてくる。

磯田が立ち上がり、結衣も少し遅れて立つ。可南子だけが、呆然と動けないでいた。

「お前が悪いんだよ！」

前に立ちはだかってきた小宮に唾を飛ばしながら怒鳴られて、瞬《まばた》きを忘れた。

さらに小宮に、持っていたボールペンで左肩を押すようにずんと小突かれる。全てがスローモーションになった。肩に触れた硬質な感触が、過去のものなのか今のものなのか曖昧《あいまい》になる。頭だけでなく、体中が真っ白になり、耳も遠くなった。

「小宮！」

磯田の声ではっとする。気づけば磯田は可南子を背中で庇《かば》うように二人の間に立ち、小宮の腕を下ろしていた。可南子はやっとふらりと一歩後ずさる。

「瀬名、可南子を上の喫茶室に連れて行ってくれ。上原、その資料が寸分違わないかを机に戻ってチェックだ。津田さん、さっきから酷いが、小宮のこれはさすがに見過ごせない。上司のあなたの判断を仰ぎたい」

「可南子」

結衣が可南子の頬を両手で包み込んで上向かせた。十センチほど高い所から見下ろされ、ぼうっとそれを見つめ返すと、結衣の顔が苦しそうに歪《ゆが》んだ。

「喫茶室に行くよ」

頷く前に結衣に手を取られて、会議室を出た。社内の気遣わしげな視線に何の反応も返せない。会議室に一番近い扉からオフィスを出る。

廊下の重い非常口を開け、荷物用エレベーターから最上階へと向かった。十五階の喫茶室は、就業時間中の為か空席だらけだった。結衣に促《うなが》されるまま、外の景色が一番綺麗に見渡せるソファに座る。

可南子はなかなか血の気が戻らない指先をただ見つめた。泣かなくなっただけ、強くなったのかな。そんなことを思う。

人に小突かれたのはこれで二度目だ。誰に恨まれることもなく生きているつもりだが、人生とはうまくいかない。自分が本当にダメな人間な気がしてくる。

すぐに結衣が注文したらしいコーラフロートが目の前に運ばれてきた。そこで、先輩に注文まで任せていたことにやっと気づく。

「結衣さん。注文、すいません」

「何を気にしているの。ほら、コーラフロートよ」

結衣の呆れ顔は、泣きそうにも見えた。

「いただきます」

「はい、飲んで！」

結衣は前のめりで可南子を急《せ》かす。何か口にしたい気分ではなかったが、逆らう気力もない。ストローをバニラアイスの横からそうっと挿《さ》せば、表面の部分にバニラとコーラが混ざる。

そのまま一口飲むと妙に懐かしい気持ちになって、張っていた気が少し緩《ゆる》んだ。

「どう？　おいしい？」

「はい、久しぶりでおいしいです」

「よかった！」

結衣は嬉しそうににっこりと笑う。可南子はつられて微笑み返した。

まだ頭の芯が麻痺《まひ》したようで現実感がない。けれど、人と一緒にいるお陰で暗い考えに引きずりこまれずに済んでいた。

この状態で好奇の目に晒《さら》されながらオフィスにいるのは辛かっただろう。磯田の機転と、連れ出してくれた結衣に感謝する。

お礼を口にしようとすると、結衣が膝に手をついて突然頭を下げた。

「可南子、ごめんなさい。小宮の件に巻き込んでしまいました」

横髪がさらりと垂れた結衣は、辛そうな顔をしていても美しい。一向に頭を上げようとしない先輩に、可南子はオロオロとする。

「あの、大丈夫です。結衣さんが悪いわけではないですし。頭を上げてください」

全ては結衣が不在の間に起こったことで、不可抗力だ。それに、謝らなければいけないのは小宮で、結衣じゃない。憧れの先輩をこんなに追い詰めた小宮には怒りが湧く。

「先生の所まで行ってもらって……、本当に迷惑を掛けました」

「井口先生は小宮さんにだけ、怒っていました。結衣さんには大変だなとさえ仰《おっしゃ》ってましたし。三人でまた飲もうとも言って下さって。あっ、ぜひ近いうちにと答えましたが……よかったですか？」

「今日にでも飲みに行きたいくらいだよ。何時まででも先生に付き合う。……本当にありがとう」

心底ほっとした様子で、結衣は少し涙ぐんだ。何度も足を運んでやっと作品を卸《おろ》してもらえるようになったのだ。留守中に全てを壊されそうになれば、泣きたくもなるだろう。

「ちゃんと謝罪もさせてくれませんでしたよ。オフィスまで案内してくれて」

「先生らしい。可南子に自分の城を案内できて嬉しかったのかもしれないね」

結衣はアイスティーにガムシロップをいれ、ストローでかき混ぜる。直接会った可南子の口から、本当に怒っていない様子を聞けて安心したようだった。

ややあって、結衣が可南子の肩を指差す。小宮に小突かれた場所だ。

「……大丈夫？」

結衣の真剣な眼差しに細心の配慮を感じ、可南子は力なく笑う。

「慣れてるから大丈夫です。痛いほどではなかったから」

あれくらいでは痕《あと》にもならないことを、可南子は身をもって知っていた。結衣は怪訝《けげん》そうな顔で口を開こうとしたが、閉じる。

「ねえ、今日はうちに泊まらない？　一人でいないほうがいいと思う。……広信の徹夜トランプに付き合わないといけないかもしれないけど」

可南子が遠慮しないように広信を道化にして、夫婦で歓迎すると言ってくれている。ありがたい申し出だが、勢いよく首を横に振った。新婚夫婦の家に泊まりに行けるはずがない。

「ありがとうございます。でも、大丈夫です。磯田さん公認で休憩もいただいていますし」

本当に大丈夫だ、震えが止まらないわけでも、涙が止まらないわけでもない。まだ現実感がないながら、普通に会話ができている。

本当にダメなときは、涙は止まらないし、力が抜けて動けない。

「……一人じゃまずそうなら、すぐに連絡してよ」

こうやって気遣ってくれる人がいるだけで心は安定する。

「はい。広信さんとトランプしたくなったら、電話しますね」

可南子の軽口に結衣は笑う。大丈夫そうだと、緊張を解いたようだ。

「あ、ところで、今日はコンパに行くんだって？」

結衣が思い出したみたいに口にしたコンパという言葉に、可南子はわかりやすく固まった。

「可南子ったら私のホームパーティにはなかなか来ないのに、早苗主催のコンパには行くなんて」

結衣は、亮一とのことをどこまで知っているのだろうか。いじけたふりをする彼女の表情からは何もわからない。可南子はコーラの上のバニラアイスをスプーンで押して、話を別の方向へ持っていこうと試《こころ》みる。

「仕事が終わるか微妙なので……。またホームパーティをする予定なんですか」

今日は外出時間が長かったせいで、デスクワークをひとつもこなしていない。仕事が終わるかわからないのは嘘ではなかった。

「あいつは来ないだろうから、コンパの雰囲気は悪くなりそうにないとは思うの」

結衣は可南子の誘導を見事にかわす。『あいつ』が、亮一を指しているとは、まだ決まっていない。可南子が引きつりそうになる頬を何とか抑えていると、結衣は首を傾げた。

「……あれ、可南子も三次会に行ったのよね？　やっぱり気づかなかったか。無駄に背が高くて、ごついのだけど。幼馴染《おさななじみ》なの」

やっぱり亮一のことだと、可南子は生唾を呑み込む。背が高くてごつい、そして幼馴染《おさななじみ》というキーワードがあてはまるのは、彼しかいない。

可南子は黙ったまま、不思議そうな結衣の顔を凝視《ぎょうし》する。結衣は可南子が三次会に行ったことは知っているが、亮一と一緒に帰ったことは知らないらしい。広信は何も喋《しゃべ》っていないようだ。

コンパに来る男性陣は、先日の三次会と面子《メンツ》が被《かぶ》っている可能性が高い。彼らには、可南子が転びかけて亮一に支えてもらい、その後一緒に帰った所を見られている。今日のコンパで、結衣だけでなく会社の人にも知られてしまうかもしれない。

その可能性に全く思い至らなかった自分が情けなくて、真っ青になった可南子は唇を噛んだ。

「もうモテ期が長すぎて、達観した奴でね。女を全て重いとかしつこいとか思って嫌がるダメな感じで……」

そう説明する結衣は、まさか可南子と亮一に何かあるとは思ってもいないのだろう。男っ気が今まで全くなかったのだから無理もない。

「……可南子?」

固まったままの可南子を前に、結衣が緊張した面持《おもも》ちになる。

「結衣さん、どうしたらいいですか。今日、先輩達に、コンパで知られちゃいます」

「小宮の怒鳴り声はオフィスに響いたはずだから、何かがあったのは、もう知ってると思うの」

「結衣さん。私、あの日、志波さんの家に、その、泊まりました……」

「だから、小宮のことは……」

きっちり三秒の間の後、喫茶室に結衣の「えええええっ」という大きな声が響き渡った。

「え、なに、そっち？　と、泊まったって、亮一の家？　家って言った？」

二人で取り乱す様子は端《はた》から見るとかなり怪しいのか、店員がちらちらとこちらを窺《うかが》っている。

「家です。私が酔っ払って。広信さんが、志波さんに送るように言ってくれて」

「広信か……」

結衣は全てを理解したと言わんばかりに、苦々しく夫の名を呟いた。ソファの背もたれに背中を預けて、腕を組んで溜息をつく。

「連絡は、ある？」

すぐに落ち着きを取り戻した結衣に聞かれた。

「一回だけ。メールも電話もいただきました。それに、コンパも、私が行くなら行くって」

「……亮一が、そう言ったの」

「そ、それと、合鍵を渡されて。結衣さん、さっき、志波さんは重いとかしつこいとかで女を嫌がるって。鍵、どうしたら」

「あ、あい、合鍵？　家の？」

「渡されるとき、家の鍵って言ってたから……。あ、もしかして、どっかのロッカーの鍵だったのかな……」

「いやいや、それはないでしょ」

結衣はあっさりと否定して、アイスティーをごくごくと飲んだ。

「亮一のことだし、同僚に聞かれたら、危なかったから送ったとだけ答えてるはず。知られた所で何の問題もないと思うよ」

亮一を悪く言っていた割には、彼のことを信用しているようだ。幼馴染《おさななじみ》というのはこういうものなのかと少しだけ羨《うらや》ましく思う。

「初対面なのに、合鍵で、何がなんだか……」

可南子の呟きに、結衣はとてもきまりの悪そうな顔をした。可南子は自分のことで精一杯で、そんな様子に気づく余裕もない。

「可南子が会いたいって思うなら、会ってやって。亮一が悪い人間ではないことだけは保証できる」

会いたいかと聞かれ、答えに詰まってしまう。彼は強引ではあったが常に優しかった。でも、合鍵は渡してくれたものの、言葉はくれない。

「合鍵は、返さないといけないので……」

ふと、結衣の手から返してもらえないかと考えた。可南子が縋《すが》るような目をしていたのだろう、結衣は首を横に振って、やんわりと拒否をする。

「自分で返してね。……大変だとは思うけど」

「……はい」

自分が預かってしまったのだから、自分で返さないといけない。

可南子は手に水滴がつくのも構わずコーラフロートのグラスを持ち上げ、ストローから一口飲んだ。


一時間ほどゆっくりして、可南子達はオフィスに戻る。結衣は一人で大丈夫じゃなさそうなら必ず電話をするように、と最後まで可南子に念を押した。

いそいそと自席へ戻る結衣の背中からは、休暇の匂いはしない。あっという間に仕事モードになれることがすごいと思う。

それに比べて自分は、と雑然とした机の上を見やる。帰社したときと同じで、郵便物や伝票が散らばっている机に、やる気がそがれるばかりだ。

どこから片付けようかと途方にくれていると、後ろから磯田に声を掛けられた。

「お、戻ったか。大丈夫か」

手帳を手にしている姿からして、どこかの会議から戻ってきた所らしい。

「お気遣いありがとうございました。大丈夫です」

「そうか、ちょっと」

磯田は机につくと、可南子を手招きした。小宮のことだと察して近寄る。

「小宮には、週明けにも人事から警告が出る。可南子への言動は看過できない。可南子は堂々としとけ。何も悪くないんだからな」

思いのほか重い事態になっていて眉を顰《ひそ》めた。責任を感じて、顔が暗くなる。

「前々から苦情はあったんだ。今日の件が決定打となっただけだ」

確かに、小宮は女子社員に必要以上に当たり散らす面があった。彼との会話の後、給湯室やロッカーで泣いている女子社員を見たことが何度もある。それで辞めた派遣社員も多いはずだ。

「すまんな。もうちょっと早く動ければよかった。まさか、ああ出るとは」

磯田が小宮との間に入って、庇《かば》ってくれたことを思い出す。

「あの、ありがとうございました。磯田さんにファンがいる理由がちょっとわかりました」

照れ隠しもあって、可南子は冗談めかして礼を言った。すると、磯田が苦笑いする。

「もう三年の付き合いだろ。俺はいつだって可南子に優しいぞ」

「優しいって言っても、頼まれていた売上のまとめは、今日中に欲しいですよね？」

「さすが、可南子」

磯田はにやりと笑った。

だが、時計は既に終業時刻の五時を指している。残業は確定だ。磯田は時計をちらりと見た後、眼鏡をとって目頭を押さえた。

「けど、今日はもう帰っていいぞ。仕事したほうが落ち着くなら、それでもいい。小宮はもう帰宅させてるから、心配せずにゆっくり残業してくれ。あと、季節はずれだが人事異動がある可能性が高い。可南子が営業に興味があると言ったとたんに異動になるから覚悟しとけ」

営業なんて、まっぴらごめんだ。性格に全く合わない。

「……私、週末にお祓《はら》いに行くつもりです」

「行っとけ、行っとけ」

磯田はおかしそうに笑った。つられて笑んでいると、ふっと小宮の姿が脳裏をよぎる。正気を失った目で、噛みつくように睨《にら》まれた。耳には、鼓膜《こまく》が痛くなるほどの大声が残っている。

小宮は一貫して可南子のせいだと叫んでいた。今もそう思っているのかもしれない。またも自分が当事者になったことをまざまざと感じて、肌が恐怖でぞくりと粟立《あわだ》った。

オフィスの時計は午後八時を指している。

全ての仕事を週明けに持ち越すのも躊躇《ためら》われ、結局仕事をしていたらこんな時間になった。

首を伸ばしてオフィスを見まわしてみると、数人、まだ仕事をしている人の姿が見える。

可南子はパソコンを凝視《ぎょうし》しすぎて、瞬《まばた》きも辛いほど乾燥した目に目薬をさす。ごろごろした感覚が多少和《やわ》らいだ目を押さえながら、小さく溜息をついた。

夕方、早苗にコンパに行くのは無理そうだとメールし、快《こころよ》く了解をもらっている。いろいろとあったのを知っているようで、労《ねぎら》われてしまった。

オフィスで残業をしていても、どことなく気を使われている。実際、精神的なショック状態は続いているので、それが伝わっているのかもしれない。頭には痺《しび》れ、胸の辺りにはずっと抓《つま》まれているような違和感。時間が徐々に治してくれると信じるしかない。

目薬を引き出しに片付けようとして、スマートフォンが目に入った。

亮一に送った、コンパに行けないというメールには返事がない。彼はそんな暇もないほど楽しんでいるのだろうか。そう思って、胸がツンと痛んだ。

合鍵を返すだけなら、今からコンパに行っても良いか早苗に電話で聞けば良い。鍵さえ返せば、亮一のことで悩む日々も終わる。

考えても何の解決にもならないのに、考えることをやめられない。けれど、かつてはそれさえも放棄して、殻《から》に篭《こも》っていた時期が長くあった。そのころに比べれば、今は一歩前進ともいえる。

可南子は気持ちをいれ替えるように背伸びをした。

これ以上残業すると来週の体調に響きそうなので、引き上げることを決める。承認印をもらわないといけない書類をまとめて磯田の机の上に置いて、パソコンの電源を落とし片付けはじめた。

仕事の区切りを付けたことでほっとしたのか、空腹が顔を出す。今日一日で口にしたのはコーヒーにコーラフロート、チョコレートのみなので、さすがに体が食べ物を欲していた。家の冷蔵庫の中身を思い出しながら、沈黙しているスマートフォンを見る。

亮一の家に泊まってからだいたい一週間。体に散らされた痕《あと》も、肌に残っていた体温も、消えつつある。

……合鍵、返さなきゃ。

もう何百回も思ったことをまた思い、スマートフォンを手に取った。観念して電話帳から彼の名前を出した瞬間、スマートフォンの画面が切り替わり、静かなオフィスに着信音が鳴り響く。

液晶に志波亮一という名前を確認し、周りを気にしつつ慌てて通話ボタンを押した。

「は、はい。相馬です」

『志波です。お疲れ。今、大丈夫か』

亮一の低い声を聞いて、カッと喉《のど》の奥が熱くなり、目に水分が集まってくる。心臓が大きく打ちはじめて、苦しい。

このまま喋《しゃべ》ると声が震えるのがわかっているので、返事ができず黙ってしまう。

『もしもし？　まだ仕事してるのか？』

熱い喉《のど》に力をいれて、独特の痛みを堪《こら》えながら、ゆっくりと声を出す。

「あ、はい。もう終わりそう、です。コンパすいません。行けなくて」

『俺も行ってない』

さっぱりと返されて、つい沈黙する。そこで、電話の向こうがやけに静かなのに気づいた。

『可南子が行くなら行くって言っただろ。あのメールをもらってすぐに会議の召集がかかったんだ。ちょうど良いから仕事を取った。ほかの奴らは行ったと思う』

頬が、かあっと熱くなった。確かに可南子が行くならコンパに行くと言っていたが、本当だとは思っていなかったのだ。

『返事がすぐできなくて、すまなかった。夕飯はどうした。まだなら一緒にどうだ』

「あの」

『食べたいものは』

「あっさりしたもの……」

『了解。九時くらいから席が取れそうな店を予約しておくが、それで大丈夫か』

「あ、はい。今、片付けていた所なので」

亮一は待ち合わせ駅を指定すると、自分もすぐに片付けると言って電話を切った。駆け足の電話で本当に会話していたのかも怪しく思える。しかし履歴《りれき》と、どきどきと煩《うるさ》い心臓が本当だと教えてくれた。

可南子はスマートフォンを、そっと机の上に置く。

亮一の声を聞いた途端、ほっとして泣きそうになった。涙を堪《こら》えて、まだ痛む喉《のど》に指先で触れる。

電源を落としたパソコンの真っ黒な画面に、見たこともない自分の顔が映っていた。

揺れる気持ちをどう扱っていいかわからないと言わんばかりの、心細そうな顔。

自分の中の彼の存在が、後戻りが難しいくらい大きくなっている。

待ち合わせの駅に着いたのは、約束の十五分前くらいだった。

駅の改札から外に出ると、太い柱の傍に、既に亮一が立っていた。柱に寄りかからない、姿勢の良い姿に心臓が跳ね上がる。改めて見ると、信じられないくらい見た目が良い。

身長が高く、人より頭ひとつ以上は出ていた。日本人離れした彫りの深い顔立ちが、何かの広告のように目に入ってくる。

凛《りん》としたスーツ姿の彼の横を通り過ぎる女の人は、必ず二度見していた。

可南子は自分の格好を見下ろす。謝罪の為に選んだシンプルすぎるグレーのスーツ上下。この地味な格好で、華やかな亮一に近寄るのを躊躇《ためら》う。

それに、ベッドの上で恥ずかしい所をたくさん見られた後で、どんな顔をして会えばいいかわからない。雑踏の中、立ち止まってしまう。

辺りを見まわしていた亮一は可南子の姿を見つけると、怪訝《けげん》そうな顔をした。それから、こちらに真っ直ぐ近づいてくる。彼の顔に微《かす》かな苛立《いらだ》ちを見つけて、可南子は身を強張らせた。

「す、すいません、あの」

目の前に立った亮一に、可南子は言葉を探す。仕事なら少しは浮かんでくる会話の糸口が、何ひとつ思い浮かばない。

可南子の顔をじっと見て、亮一は口を開いた。

「……お疲れ様」

「あ、お疲れ様です……」

ふぅと息を吐いた彼の顔から先ほどの苛立《いらだ》ちのようなものが消えて、可南子はほっとする。

「夕飯、食べられそう？」

「お腹は、空《す》いてます」

「じゃ、行くか」

亮一が可南子の前を歩く。明らかに歩く速度を合わせてくれていることを申し訳なく思い、いつもより歩みを速くした。そして、彼を左横から盗み見る。この大きな手が、優しく触れてきた。

「ぶつかるぞ」

亮一は可南子の腕を掴むと、ぐいと自分のほうに引き寄せた。力任せでないので痛くない。顔を正面に向けると、腰ほどの高さの看板が立っているのが見えた。あと少しで看板の角に腰をぶつけていたところだ。

恥ずかしさに、顔が赤らむ。

「す、すいません」

亮一は慌てて謝る可南子の腕を離すと、視線を前に向けたまま笑みを浮かべた。可南子は腕の掴まれていた場所を、もう片方の手で掴む。そこにはまだ、彼の手の熱さが残っている。

「店は近いし、そんなに急がなくても間に合う」

「え」

「歩くの、速くしているだろう」

この人の優しさは何なのだろう。可南子は言葉を失う。

「すいません……」

亮一が苦笑いしながら可南子を見た。

「可南子、謝ることじゃない」

ぐっと、心を掴まれた感じがした。低い声は、独り占めしたいくらいに優しい。

「すぐ着くからゆっくり歩こう」

疲れ果てた平日の最後、疲労が溜まり切った夜。かけられる優しい言葉を、そのまま受け入れてしまう。

この時間が、ちょっとでも長く続きますように。また女性に振り返られた亮一の横で、可南子はそう願った。

3

賑《にぎ》やかな駅前を少し離れた住宅街。連れて行かれたのは隠れ家のような和食の店だった。店に続く和風の飛び石の周りには砂利《じゃり》が敷き詰められていて、店の屋号《やごう》が描かれた和紙風の四角いシェードが格子《こうし》の扉を照らしている。店の前の植木鉢に植えられた竹は手入れが行き届いていて、店の格調高さに可南子は瞬《まばた》きを繰り返した。

あっさりしたものといえば、確かに和食だと思う。けれどこの店は簡単に入れる店構えではない。

亮一は何の躊躇《ためら》いもなく格子《こうし》の扉をカラカラと開けて、固まっている可南子へ入るように促《うなが》した。臆《おく》している可南子に、彼は微笑する。

「誰もとって食いやしない。……それとも、何か買って帰るか」

「あの、いえ、入ります」

どちらでも構わないとばかりの彼の態度は、可南子が帰ると言い出すことも予想していたようだ。

それにしても、どこに帰るというのだろう。墓穴を掘りそうな問いを口に出せるはずもなく、可南子は店に足を踏みいれた。

中に入るとふわりと品の良い出汁《だし》の匂いが漂《ただよ》ってきて、空腹がまた顔を出す。石畳の床は掃除が行き届いていて、コの字型の檜《ひのき》のカウンターは、年配客でほぼ満席だ。

「いらっしゃいませ。あら、亮ちゃん」

カウンターの中から、翡翠色《ひすいいろ》の着物を着た還暦近い上品な女性が破顔した。亮一を愛称で呼ぶほどの親しさに、店との付き合いの濃さを感じる。

「お久しぶりです。先ほど志波で電話したのですが……」

「志波さんにお声が似ていると思ったら亮ちゃんだったのね。言ってくれればよかったのに」

女性はカウンターから出て近寄ってくると、にこにこと亮一を見る。それから、人の良さそうな笑みを可南子に向けた。

「可愛い方。でも、これ以上詮索《せんさく》すると怒られるわね」

可南子は慌てて首を横に振る。亮一とは誤解される関係ではないし、可愛いというのも違う。

家族で出入りしているような店に来てよかったのだろうか、と不安になったが、彼が気にしている様子はない。彼の涼しい顔を見て、自意識過剰になっている自分が恥ずかしくなる。

「個室を予約いただいているの。ごゆっくりどうぞ」

傍にいた薄紅色《うすべにいろ》の着物を着た従業員に案内され、カウンター席の横から、蛍光色の間接照明が足元を照らす通路に出た。通路を挟んで左右に襖《ふすま》が並んでおり、そこを抜けると茶室の躙口《にじりぐち》のような障子戸がある空間に出る。個室の大きさだろう間隔で戸が並んでいて、そのうちのひとつ、『楓《かえで》』の表札が掲《かか》げられた部屋に案内された。

靴を脱いで、少し屈《かが》まないと入れない戸を潜《くぐ》る。部屋に足を踏みいれると、正面の全面ガラスの向こう側にある庭が目に飛び込んできた。広いとは言えないが、整えられた日本庭園だ。

「素敵」

思わず駆け寄って庭を見る。砂利《じゃり》の上に石の灯篭《とうろう》が置かれ、紅葉《もみじ》や竹などが美しく配置してある。地面から空を照らすように設置されたランプが、それをまた幻想的に見せていた。

疲れが吹き飛ぶというのは、こういうことかもしれない。非日常の風景に可南子は目を輝かせた。

従業員が、飲み物がお決まりのころにまた伺います、と言って戸を閉めるのを目で追ってから、亮一が口を開く。

「気に入ったならよかった。……家族で使うことが多かったんだ。昔から」

「そうなんですね」

亮ちゃんと呼ばれても、何も思わなかった頃からなのだろう。こんな大きく厳《いかめ》しい人にも小さな頃があったかと思うと、こそばゆい。

また庭に視線をやると、風で木の葉がゆらゆらと揺れていた。今日一日の出来事から切り離されて、張り詰めていた気持ちが緩《ゆる》んでいく。

「飲み物を決めないといけませんよね。志波さんは何のお酒にしますか?」

「酒を勧めるのか」

「……お酒、弱いんですか？」

可南子が意外だと言わんばかりに亮一を見ると、彼は微苦笑しながら座卓に座って脚をくつろげた。可南子は亮一の対面に座る。

「強いほうだと思う。じゃ、ビール。可南子は？」

「私は、ウーロン茶で」

「飲んでも、俺が介抱するぞ」

「……本当ですか？」

品書きの料理を見ると、多少、飲みながら食べたい。けれど、あの夜を思えばあまりにも軽率《けいそつ》だ。でも、おいしく食べる為には……と、真剣に悩んでいたら、亮一が堪《こら》えきれない様子で笑った。

「可南子は、天然とか言われるクチだろ」

「言われたことありませんよ。……やっぱりウーロン茶でいいです。料理はお任せしても良いですか？」

唇を尖《とが》らせ、おいしそうな料理が並ぶ品書きを広げて渡す。亮一は笑みを崩さないまま それを片手で受け取ると、ネクタイを緩《ゆる》めてワイシャツの第一ボタンを外した。

シャツから覗いた喉《のど》仏が、やけに色っぽい。先日はそれをかなりの至近距離から見上げていたことを思い出して、慌てて視線を逸らす。

そんな可南子を大して気にも留めず、彼は注文を取りに来た従業員に、慣れた様子で料理を頼んでいく。

ほどなくして運ばれてきた料理は、本当にあっさりしたものだった。湯葉《ゆば》のお刺身、きのこと鱧《はも》の天ぷら、炙《あぶ》った合鴨《あいがも》、伊達《だて》巻《ま》き寿司など、ひとつひとつがとても丁寧に作られていて、おいしい。見た目も美しく、味も上品な料理に、可南子の気持ちが和《なご》んでいく。極め付けは、鰯《いわし》のつみれが入った澄まし汁で、その出汁《だし》にはぁと幸せな声が漏《も》れた。

「志波さん、お出汁《だし》が本当においしいです。鰯《いわし》も臭みがなくて。あ、そうか、お出汁《だし》がおいしいから、伊達巻《だてまき》もあんなにおいしかったんですね」

幸せそうに箸を進める可南子に、ビールから冷酒へと酒を変えても、酔う気配もなく飲んでいる亮一が笑む。

「顔色が良くなってきてよかった。会ったとき、倒れるんじゃないかと思った」

そう言われてみて、箸を持つ指先にも赤みが差していることに気づいた。食事をしたお陰か冷えていた体もほかほかとしている。

「今日は本当に忙しくて。食事はチョコレートとアイスでした」

軽い気持ちで今日の食事内容を話すと、彼は表情を少し険《けわ》しくした。

「倒れるぞ」

目を逸らすことなく言われて、可南子は慌てて言い訳をする。

「今週は体調が悪かったのもあって。でも、このお出汁《だし》はどんなに具合が悪くても食べられそう」

「体調が悪かった？」

「はい、水曜は一日お休みを……」

はっとしてお椀《わん》から顔を上げる。案の定、剣呑《けんのん》な目を向けられていた。

「電話をいただいた日は大丈夫でしたよ！　次の日に熱が出ただけです。一日で良くなりました」

「そういうときは電話をしてくれ。今回は俺にも責任があるだろう。無理させたお詫びに、ここは俺の奢《おご》り」

何故亮一に責任があるのかと首を傾げた可南子に、彼は苦笑いする。

「可南子といると、良い意味で自信を失う」

亮一はグラスに少し残っていた冷酒を飲み干した。可南子は飲み物の品書きを手に取る。

「飲まれますか？」

「同じのを飲もうかな」

可南子が知っている酒飲みは、飲むけれど食べないタイプが多い。亮一は食べながらも、飲む。よく太らないなと、彼の引き締まった体を見て感心してしまう。

「あ、奢《おご》っていただく理由がありませんので、ちゃんと出します」

メニューの横に書かれている値段は、高すぎはしないが決して安くもなかった。今日は謝罪へ持っていく菓子折りを買う為に、お金を多めに下ろしていたのだから、持ち合わせに問題はない。

「その話は後でいい。可南子、食べられそうなら西京焼《さいきょうや》きもおいしいぞ」

「食べたいです！」

その後も箸が進み、会計をお願いする頃には十一時になっていた。あっさりとした質の良い食事だった為、お腹が膨れるほど食べても胃もたれはしていないが、さすがに眠い。

疲労はピークを通り越していて、どこでも眠れそうな気さえする。このまま横になれば、今日あったことなど何も考えずに済みそうだ。

クローゼットから背広を出して亮一に渡しながら、可南子はあくびをかみ殺した。すると、くつろげたシャツとネクタイを締め直した彼に話しかけられる。

「今日は酒を飲んだから車で送れない」

「あ、はい。まだ電車がある時間ですし、そんなことをお願いするつもりなんてないですよ」

　クローゼットを閉めつつ、眠たげな顔を亮一に向ける。

「……そういう意味じゃない」

　背広に腕を通した彼の、酒の香りがふわりと近づいてきた。顎《あご》に手が添えられ上向きにされ、唇が重なる。記憶の中で幾度となく再現されたものよりも熱い。甘い香りと少し湿った亮一の唇の柔らかさに、理性が飛びそうになる。つい彼の胸に手をやって、押し返してしまった。

「な、なに」

　キスされるなんて思ってもいなかった。唇が離れてむっとした顔をした彼に、クローゼットの扉に押しやられる。近づいてきた大きな体に息苦しさを感じて上を向くと、視線がぶつかった。

「し、志波さん、ここ、人が来ます。それに」

「来ない」

　脚の間に脚を入れられて、遊びの少ないスーツのスカートが捲《めく》れ上がり、腿《もも》に張り付いた。

「よ、酔ってるんですか」

　亮一は、可南子の耳朶《みみたぶ》を食《は》みながら囁《ささや》く。

「……かもな。ここと、俺の家、どっちがいい？」

お腹の奥がどくんと脈打った。相変わらず大きな手は優しく触れてくる。ここ、と言えば彼はそうするだろう。耳からうなじに軽く触れるように下がってきた唇は、あの夜を思い出させた。

「可南子」

焦《じ》れた声で返事を促《うなが》しながら体の線を探る亮一の手は忙《せわ》しい。その手が左肩に触れたとき、可南子の体は強張った。

「あ」

眩暈《めまい》が起こって視界が左右に激しく揺れ、彼の体の中でふらつく。ふいに、頭の中に夕方の会議室の映像が再現された。

耳の中で小宮の怒鳴り声が銅鑼《どら》のように鳴り続ける。もしあの会議室に人がいなかったら、磯田がすぐに庇《かば》ってくれていなかったら、持っていたのがボールペンじゃなくてナイフだったら……。最悪な状況を、頭が映像で弾き出し続けた。

想像に震えが生じて、恐怖に覆《おお》われていく。

気が緩《ゆる》んだせいだ、と冷静に答えを出す自分がいる。ショックで麻痺《まひ》していた心に急に血が通いはじめたからだろう。可南子は歯を食いしばった。

「志波さん」

耐え切れず、亮一の腕をスーツ越しに強く握る。可南子の蒼白《そうはく》な顔を見て、彼は驚いて体を離そうとした。

「志波さん、ぎゅっとしてください」

異変を感じて距離を取ってくれた亮一に、心細さを覚えて自分から近寄る。

「可南子」

「ごめんなさい、ぎゅっとしてください」

また、迷惑を掛けようとしている。亮一の胸に顔を押し付けると涙が零《こぼ》れた。拭《ぬぐ》わない涙は頬を伝って、彼の足元にぽたぽたと落ちる。

亮一の腕が背中にまわって、強く抱き締めてくる。胸が圧迫されて息苦しいのに、安心した。

可南子は彼の厚い背中に手をまわして、ありったけの力で抱き締める。すると、恐怖と不安が鎮《しず》まっていく。そのときに、やっと認識した。

……私はこの人を好きになっている。

あの日、ただ生きているだけだった体に温もりが注がれた。抱かれている間に懸命に堪《こら》えていたのは、彼に惹《ひ》かれて好きになっていく自分自身だった。

芽生《めば》えた感情は、受け取ってもらえるかもわからないのに、輝いている。

「大丈夫だ」

亮一が口にした言葉は、今一番、言ってほしいことだった。

……一緒にいてください。

言葉にできない想いを抱いて、可南子は亮一の腕の中で涙を流し続けた。


重さで目を覚ますと、亮一の筋肉質な半身が体に乗っていた。贅肉《ぜいにく》が見当たらない腕と太腿で、細身の可南子を抱き枕のように抱き締めた体勢は、潰しているみたいにも見える。

抜け出そうとするとまた抱き寄せられて、嬉しさと切なさが一緒に押し寄せた。

昨夜、一人で寝たくないと言いながら、何もしたくないと泣いて訴えたのもあって、強気に腕を払うことができない。

亮一の腕の中で何とか体を捩《よじ》って、ヘッドボードの時計を確認すると、既に朝の八時を指していた。ずいぶんと安心して寝ていたようだ。いびきでもかいていたのではないかと心配になる。

ごそごそ動く可南子に起こされたのか、彼の目がゆっくりと開いた。

「お、おはようございます」

遠慮がちに挨拶《あいさつ》をすると、亮一は何度か目を瞬《しばた》かせてから笑んだ。

「おはよう。可南子、目が腫《は》れてる」

目がぼってりと重いのは、そのせいらしい。すごく酷い顔を見せていると落ち込む。

確かに昨夜は寝入るまで涙が止まらなかった。そんな可南子を、亮一は何があったなどと聞かずにずっと抱き締めて、頭を撫《な》でてくれていた。

「……動けません」

「ああ、すまん」

好きな気持ちが膨らみすぎて、居たたまれない。浮き立つ感じが止められずに困惑する。

亮一は可南子から体をどかして起き上がると、ベッドの脇に足を下ろした。彼に背を向けられて、さっきまで感じていた体温が失われると、途端に不安になる。

「水は」

慌てて起き上がった可南子は、彼が着ているシャツの裾をぎゅっと掴んだ。

亮一は振り返って可南子の縋《すが》るような目を見ると、困ったみたいに笑む。

「水はいらないか?」

「一緒に、飲みたいです」

面倒そうな顔をせずに彼は頷き、髪に触れてきた。そのまま撫《な》で下ろしてから名残惜《なごりお》しそうに手を離す。最後に、シャツを握ったままの可南子の手を、宥《なだ》めるように握った。

「わかった」

今まで固まっていた心を彼の手でほぐされている。さらに甘えそうになるのを懸命に堪《こら》えた。

手を繋《つな》いだまま寝室から出て、亮一は冷蔵庫からペットボトルの水を出すと、可南子に差し出す。

「あの、水道のお水でいいです」

「面白いことを言う……」

「昨日もそうですが、この間もお金を出させてばかりで……」

昨夜のお店では、精算を亮一に任せてしまった。おまけに、馴染《なじ》みの店だと聞いたのに、泣きながら店を出るという大迷惑まで掛けている。

不安から、可南子は繋《つな》いだ手に力を込めた。

「そういうのは後でいい。とりあえず、水分補給。コーヒーは？」

「水でいいです」

「遠慮をしてるのか」

距離感がわからなくて、可南子は唇を引き結んで、しゅんと項垂《うなだ》れた。

酔っ払って介抱してもらったり、いきなり泣き出したのを慰《なぐさ》めてもらったり。すっぴんどころか、明るい部屋で肌を合わせて、恥ずかしいところも見られてしまった。

今も迷惑を掛けているのに、これ以上、甘えるのは良くないとはわかっている。でも一緒にいたい。けれど、迷惑は掛けたくない。この矛盾した感情にどう対処していいのかわからなかった。

「後で朝食を食べに行こう。それは可南子が奢《おご》ってくれればいい。嫌じゃなければ、泣いた理由を聞かせてもらえると嬉しいとは思っている」

亮一は項垂《うなだ》れたままの可南子の手を自分の口元に持っていくと、甲に唇を押し当てる。潤《うるお》いのある唇の感触にはっとした可南子は、目元に影を落とすほど彫りの深い顔に見惚《みと》れた。

「俺が何かしたんじゃないかと、実は不安でたまらない」

ぶわり、と可南子の目に涙が浮かんだ。亮一の目が驚きに見開いたが、それでも優しく見つめられて、嗚咽《おえつ》が込み上げてくるのを止められなくなった。

亮一にソファに誘導されて、大人しく座る。彼は繋《つな》いだ手をゆっくりと離して、ペットボトルのキャップを取って渡してくれた。

溢れて止まらない涙は、睫《まつげ》を濡《ぬ》らしながら頬にはらはらと幾筋もの流れを作る。彼はテーブルの上にティッシュを置くと、可南子のはす向かい、足を置くオットマンを兼ねている布張りのソファに座った。

「ゆ、結衣さんが」

亮一はいきなり幼馴染《おさななじみ》の名前が出てびっくりした様子だったが、可南子が週の初めから起こったことを話しはじめると、その表情をどんどん曇《くも》らせる。泣きながら話しているうちに思い出して動揺してしまったし、時系列にはなっていなかったが、亮一は口を挟まず辛抱強く聞いてくれた。

最後、小宮に至近距離で怒鳴られて小突かれたことを話している間、可南子は知らぬうちに、部屋の壁を見つめつつ、指先が白くなるまで手を握り締めていた。

「嫌なことを話させて、すまなかった」

話し終わった後に、彼は静かに言う。その優しさに縋《すが》るように、余計なことまで口走ってしまった。

「あれが、ボールペンじゃなかったらとか、誰もいなかったらとか、考えてしまって。人事から警告が出るって聞いて、恨まれたらどうしようとか、怖くて」

また喉《のど》が詰まって話せなくなり、涙が溢れてくる。

「普通の反応だと思う。自分を責めるな」

膝の上で握り締めている手を、上から亮一に握られた。その手を酷く熱く感じて、自分が極端に冷たくなっていることに気づく。

「昨日、シャワー浴びてないだろ。風呂を溜めるから入ってきたらいい」

亮一の提案に放心状態のまま、こくりと頷《な》いた。お風呂に入れば、少しは落ち着くかもしれない。彼は良い子だとばかりに頭を撫でる。

「ところで、結衣もそこにいたんだよな」

「はい。……あ」

そういえば、結衣に亮一とのことを話してしまっていた。亮一に責められるのではないか、とまた涙腺《るいせん》が全開になる。

「どうした。結衣にも何かやられたのか」

「ち、違います。ゆ、結衣さんに、ごめんなさい、ばれました。いえ、ばらしました」

「何を」

「その、先週、志波さんの家に泊まったことと、その……」

亮一はあっさりと受け流した。

「謝ることじゃない。可南子がこんなに早く結衣に話したのが、予想外ではあるが」

「お、怒らないんですか？」

「怒ることじゃないだろ」

頭を撫《な》でてもらえる心地よさに身を委《ゆだ》ねる。亮一は結衣にこの関係を隠すつもりはなかったのだ。

……彼は、どうしたいのだろう。

好きだという気持ちが、自分を欲張りにさせる。彼も、少しは自分と同じ気持ちを持ってくれているのだろうか。

風呂に湯を溜める為に立った亮一を見送って、可南子はソファの上で膝を抱いた。その隙間に顔をうずめて考える。

いつも、ちゃんとしようとしてきた。だが、亮一の前ではそれができない。人を好きになるというのは、こういうものなのだろうか。

自分の立て直し方を忘れてしまいそうで、可南子は膝を抱く腕に力を込めた。

肩まで浸《つ》かるほど、なみなみとお湯を張ってもらったお風呂に脚を伸ばして入れる贅《ぜい》沢《たく》に、可南子の頬が緩《ゆる》んだ。家のユニットバスではこうはいかない。

ずいぶんと体が冷たくなっていたようで、体がじっくりと温まっていくのが心地よい。洗った髪をひとまとめにしている最中、亮一が頭を撫《な》でてくれた感覚がよみがえった。

腫《は》れぼったい瞼《まぶた》に指で触れると、やはり浮腫《むく》んでいる。こんな顔を見せても、彼は嫌な顔ひとつしない。

可南子は湯船のへりに腕を置き、その上に頬を載せた。そして、完全な目隠しにはなっていない浴室のすりガラスのドアを見る。その向こうに誰もいないことに、安堵と落胆を同時に覚えた。

少し気を抜けば、小宮のことを思い出して不安になる。けれど、こういう問題は時間が解決してくれることを知っていた。会社に行けば気が張り、いつも通り過ごせることもわかっている。

耐え難く感じるのは、今のような隙間の時間だ。不安感が押し寄せているのに何もできず、悪い方向に考えがちになる。かといって無理やり考えを良い方向へ変えても、後で無力感に襲われる。感情の嵐が過ぎ去るのを待つしかない。

大学時代に彼氏とのことがあった後、何度もこの波を経験した。

「……ふぅ」

何を期待していたかもわからないまま、もう一度湯船に肩まで浸《つ》かって脚を伸ばす。膝を曲げてみたり伸ばしてみたりを無意味に繰り返していると、静かな浴室に水の音が響く。

動きを止めると、音がない空間が広がった。途端に暗い場所へ心が落ちそうになる。

「大丈夫。……大丈夫」

声に出して自分に言い聞かせる。涙がまた溢れそうになり、可南子は湯船の中で膝を強く抱えた。

すると、突然、視界が真っ暗になる。電気が消えたのだ。

「な、なに」

停電かと思ったが、自動湯沸かし器のリモコンはついている。その薄明かりだけが、浴室をぼんやりと照らしていた。浴室のドアの向こうを見ても真っ暗で、徐々に不安が増してくる。

何か起こったのかと、湯船から出ようとした所で、ギッという音がして浴室のドアが開いた。

「っ！」

驚きすぎてビクリと体が跳ねる。入ってきた人影は紛れもなく亮一で、可南子は目を零《こぼ》れんばかりに見開く。その後、慌てて湯船の壁側に寄り、彼に背を向けた。

先ほどまでかなり大きく感じていた浴室が急に狭く感じる。頭の中は大パニックだった。心臓が喉《のど》から出てしまうのではないかと思うほど、鼓動が速くなっている。

「あ、あの、すいません、出ます」

何にせよ亮一のほうを向かねばならないものの、そんな勇気は持ち合わせていないけれど、このまま一緒に裸で浴室にいる度胸もない。

「大きめの風呂だから大丈夫だ」

ざあっとシャワーを出して体を洗いはじめた亮一は、抑揚《よくよう》なく言った。その冷静そのものの声に、変なのは自分なのかと、可南子は混乱してしまう。

「あの……私、邪魔ですよね？」

できれば、目をつぶってもらえないだろうか。そうしたら、さっと出て行ける。

だが、可南子の遠まわしすぎるお願いは一蹴《いっしゅう》された。

「邪魔じゃない。俺が邪魔ってことか？」

「いえ、そういうわけでは」

背中を向けたまま口籠《くちご》もった。そして、沈むように顎《あご》すれすれまで湯に浸《つ》かる。なんだかよくわからず内心、一人で頭を抱えていると、連続的に聞こえていたシャワーの音がやんだ。

「俺も入る」

「え……」

「湯船」

「だって、お湯、すっごく、溢れますよ」

「問題はそこか」

亮一の笑いを含んだ声が近い。顔を合わせない会話の後、可南子の右側に筋肉質な脚が入ってくる。

「本気ですか！」

急いで自動湯沸かし器のリモコン側に移動して、そこで小さく縮こまる。後ろから大きな波が、ざばざばと可南子のいるほうへ打ち寄せてきた。

亮一が湯船に座るとお湯がぐわっ、と盛り上がり、すごい音を立てて湯船から溢れ出した。清々《すがすが》しく小気味良い音に、可南子は呆気にとられる。

「ちょっとごめん」

横から腕が伸びてきて、亮一は自動湯沸かし器の電源を消した。本当に真っ暗になった浴室に体を強張らせると、彼の腕にウエストを捕らえられ、ゆらりと抱き寄せられる。

「可南子、体をこっちに向けて」

言われるままそろりと体を半回転させた。湯船は亮一が脚を伸ばせるほどは広くなく、彼は爪先《つまさき》を湯船の向こう側の端に付け、膝を折って両端に寄せている。可南子はその両脚の間に膝をついた姿勢で、亮一と向き合った。

「あの……」

可南子が亮一を見下ろす形になり、胸が彼の目の前に晒《さら》される。しかし、ほとんど何も見えない暗やみが、恥ずかしさを軽減させた。

彼の体温を身近に感じると、さっきまで懸命に一人でも大丈夫と言い聞かせていた気持ちがいとも簡単に崩れていく。

亮一の右手に左頬をふわりと包み込まれた。その熱い手に全てを預けたい気持ちを抑えて、可南子は小さく吐息を漏《も》らす。

「目がすごく腫《は》れていて……見苦しくてすいません」

もう取り繕《つくろ》える気はしないが、いつもは少しはマシだと伝えたくなる。

「可愛いよ」

亮一の言葉は弱い所にするりと入り込んだ。けれど、頑《かたく》なままの心はすぐに否定の言葉を口にする。

「そんなこと、ないです」

我ながら、面倒くさい女だと思う。けれど、これ以上優しい言葉を掛けられたら、のめり込むことを止められない。

自分を守ろうとする可南子の心を読んだように、彼はぼそりと言った。

「俺が嘘をつく必要はないだろ」

頬に添えられていた亮一の手が、胸の膨らみに移動する。手の平で膨らみを持ち上げるみたいに揉《も》まれて、息がすぐに乱れた。

「んっ……」

視覚を奪われているせいか、彼の手の厚みまでも感じてしまう。なだらかだった胸の先は、親指で往復されるとすぐに起き上がる。

あの夜を思い出して、お腹の奥のほうがうずうずとし出した。

「綺麗だ」

「ちがっ、あっ」

亮一は可南子の口を塞《ふさ》ぐかわりに、胸の先を唇で啄《ついば》んだ。口の中に含まれたまま、硬く膨らんだそこを舌でなぞられる。唾液で濡《ぬ》れる感触は、お湯とは明らかに違う。ぬるつきに下腹部の重みがずんと増し、思わず彼の頭を抱き寄せてしまった。

「ああっ」

そのまま軽く歯を立てられて、声が浴室に大きく響いた。体がお湯で温まっている為か、気持ち良さが血と共に全身を駆け巡る。

可南子がお湯の中の太腿をこすり合わせると、彼は指を脚の間の敏感な部分に沿わせた。

「んっ」

ビリ、とした刺激に腰から力が抜けて、湯船の中にぺたりと正座するように座り込んだ。甘ったるくてじんじんとする、行き場のない昂《たかぶ》りが中で燻《くすぶ》っている。

「何もする気はなかった。けど、可愛かったから、つい」

彼に指の甲で頬を撫《な》でられた。可愛いとか綺麗とか、そういう言葉の前に、欲しい言葉がある。相手の優しさが自分の勘違いだったらと思うと、怖くて可南子からは何も言えない。

切なさと苛立《いらだ》ちが混じった感情のまま、彼の高い鼻や、眉と目の間の窪《くぼ》みに、ふわりと触れていった。唇に触れると、柔らかさが自分の唇によみがえる。

浴室の暗闇が、恥じらいを隠してくれる。彼の幅広の肩に両手を置いて、自分の唇を近づけた。

……好きです。

言葉にできない気持ちを乗せて、唇を重ねた。やっぱり柔らかい。唇は彼の体の中で一番柔らかい場所な気がする。可南子が唇を離すと、亮一は長い息を吐いた。

「……暑いし、腹も減ったし、出よう」

嫌だったのかもしれない、と慌てて亮一の肩に置いていた手を、ぽちゃんと湯の中に隠した。動揺を察したのか、亮一の手は可南子の頭をぽんぽんと優しく叩く。

「俺も健康な男なんだ。髪も濡《ぬ》れてるし、調子に乗って、可南子がまた体調を崩したら大変だ」

「……なら、どうして」

どうして、電気を消してまで入ってきたの。素朴《そぼく》な疑問だった。こんな雰囲気になるのは、わかっていたはずだ。

「可南子は一人にすると、いろんなところに、余計な力をいれはじめる」

どきりとした。力を抜いてやれ、と仕事でもよく言われる。自分はそんなにもわかりやすいのだろうか。

「俺は、ほとぼりが冷めるまでここに住むよう、可南子を説得しようと思っている」

暗い中、瞬《まばた》きを数度。合鍵でもかなり悩んだのに、今度は同棲《どうせい》を勧められるとは。彼の考えていることがわからなすぎて戸惑う。

「一人にするの、俺が不安なんだ」

確かに今の可南子は小宮の件と、過去の出来事を重ねて取り乱している。

「心配してくれて、嬉しいです。でも」

そこまでしてもらう理由がなかった。それに、出会って一週間の男の人と住むなんて考えられない。亮一が好きだと気づいた今は、なおさらだ。

傍にいると言ってくれただけで、本当に嬉しかった。

「……でも、大丈夫です。気を使わせてしまって、すいません」

前ほど悪くないのだからと、手を強く握り締める。

亮一は、湯の中の可南子の震える手を探り当てて握った。

「可南子。こういうのを、大丈夫とは言わない」

亮一の手はとても熱い。彼の手に触れた安心感が、何重もの鎧《よろい》を着込もうとしていた心を、じわじわと溶かしていく。同時に、自分がどれほど彼に頼ってしまっているかを痛感して辛くなった。

「志波さん……」

縋《すが》るような、弱々しい声が出た。きっと今、鏡を見れば泣きそうな顔をしているだろう。

「鍵はもう渡してるから問題がないだろ。家事とか、そういうのをさせようと思ってるわけでもない。この間みたいに、抱くつもりもない。ただ、俺が心配なんだ」

優しい言葉は、拒否するのが難しい。フラフラと亮一の手を取りそうになる。でも、欲しい言葉をくれない彼を信じるのは、こわい。


それから、可南子は大丈夫です、と何度も主張した。けれど、亮一に説得され続け、根負けする形で、一週間だけ世話になることになった。

亮一の手を離すことができなかったのだ。彼が引かなかったことを理由にしている自分はとてもズルいと、可南子自身もよくわかっている。

週末は初めての夜が嘘のように、抱き締めてもらいながら寝るだけだった。亮一の腕にすっぽりと包まれる安心感に、不安はいつの間にか薄れていた。


月曜日、どう返そうかと悩んだ合鍵を使って、可南子はドアを閉める。ドアノブを引いて、鍵がかかっているのを確認した。

キーケースを閉じようとして目に入った、自分の家の鍵と、亮一の家の鍵。気恥ずかしさを隠すように、可南子は出社することに気持ちを向けた。

初めて利用する電車の為、人の多さや流れなどの勝手がわからない。遅れないよう早めに家を出たところ、始業の三十分前には会社に着いてしまった。

自分の机の下にバッグを置いて、パソコンの電源を入れてから、コーヒーを淹《い》れる為に席を立つ。

オフィスの端には、社員が使える冷蔵庫などの他に、業務用のコーヒーメーカーがある。可南子は心ここにあらずのまま、コーヒー豆と水をセットして、スイッチをオンにした。こぽこぽと音を立てながらコーヒーが落ちはじめると、オフィスにいい香りが充満する。

可南子はその香りを胸いっぱいに吸い込んで、ふーっ、と長く息を吐き出した。すると、朝のことがよみがえる。

『いってきます』

『いってらっしゃい』

ぎこちない見送りのあいさつの後、先に家を出る亮一にキスをされた。額《ひたい》にではあったが、朝から心臓が飛び出そうになった。

亮一は身長が高い上に姿勢が良く、筋肉質で迫力がある。そんな彼が身を屈《かが》め、長い指で可南子の前髪をかき上げてきたのだ。近づいてきたあまりに整ったパーツに、恥ずかしくて目をつぶり——

可南子はそこではっと我に返り、熱くなった顔を両手で冷やすように包む。気を引き締めてサーバーからコーヒーをカップにいれたが、少し零《こぼ》してしまった。

「落ち着こう、私……」

入社して以来、零《こぼ》したことなどなかったのに。コーヒーを布巾《ふきん》で拭いて、台を綺麗にする。

コーヒーの入ったカップを持って慎重に自分の席へと戻ると、さっそく早苗が声を掛けてきた。

「おはよう」

彼女は緩《ゆる》やかに巻いたダークブラウンの髪をふわふわとゆらめかせている。まつげエクステも欠かさないしっかりメイクに、シンプルなカーキのカットソーワンピース。大振りのネックレスは、ピアスと同じラインだ。休日明けの早苗に、死角はない。

「あ、おはよう」

精神的な疲れが抜けない可南子には眩《まぶ》しくて、目を細める。

「金曜日のコンパは問題が全くなかったから心配しないで」

「……コンパ」

「可南子、本当にこういうことに無関心というか薄情よね……。今回はそれどころじゃなかっただろうけど」

呆れたように腰に手をやった早苗を見て、コンパの存在を完全に忘れていたと気づいた。心の中で、ダラダラと冷や汗を流す。

「ほんっと、ごめん！　先輩達は大丈夫だった？」

「うん、なんか、相当面白い人が来てさ。皆で大盛り上がり。カラオケまで行っちゃったよ」

「よかった」

先輩達が目当てにしていたはずの亮一も行っていない。それでも楽しかったならよかったと、可南子は胸を撫《な》で下ろす。

早苗は椅子に座っている可南子の傍にしゃがんで、こっちに顔を近づけろと指招きした。なので、上体を屈《かが》めて早苗に顔を近づける。

「さっき、総務の部長が人事の課長と話してたんだけど」

この会社には、総務部内に人事・労務・法務・経理の四課があった。早苗は経理なので、そういう話は耳に入りやすい。小宮の話だろうかと少し身構える。

「あの人、金曜日には営業から人事付けになることを通達済みたい。以前、派遣会社からも苦情が入ってたらしくて。ほら、営業の庶務をしてくれてた派遣社員さんが何人も辞めてるでしょう」

やはり小宮のことだった。確かに、三ヶ月契約のはずの派遣社員が一ヶ月ほどで来なくなったり、酷いときは数週間でいなくなったりということが、二年くらい続いた気がする。それで今年から正社員が庶務をすることになった。

「あれも、あの人のせいって話みたいで。今回は、手が……出ちゃったんだよね？」

聞きづらそうに早苗が可南子の顔を窺《うかが》う。もうそこまで知っているのかと、苦笑いするしかない。

「手というか、ボールペンで肩を小突かれた。怒鳴られながら」

「そっか……」

早苗は自分のことのように不快感を露《あらわ》にした。

話す間に、軽いショック状態を追体験して体温が下がっていく。しかし、顔が引きつりはしたが、耳が遠くなったりはしなかった。

亮一と過ごしたことでかなり楽になっているのだろう。感謝しつつも少し複雑になった。本当はちゃんと、一人で向き合わなくてはいけないからだ。

「とりあえず、あの人は今日は出社しないって。だから、心配せずに一日過ごしてください」

早苗は立ち上がると、にこりと微笑んだ。心配してくれていたのだと気づいて、何だか照れくさくなる。

「ありがとう。お陰で仕事に集中できます」

結衣も始業ベルが鳴る前にカツカツと可南子の横に来て手を握ると、「何か困ったことがあったらすぐに言って」と言い残して風のように去っていった。

午前中、可南子は人事に呼び出された。

簡単な事情の聞き取りということだが、男の人事課長ではなく女の課長代理が相手だ。話しやすいようにと柔和《にゅうわ》な態度を崩さない課長代理とは対照的に、可南子の横に同席していた磯田は、腕を組んで眉間の皺《しわ》を深め、珍しく難しい顔をしていた。

可南子は先週の初めからの出来事を、努めて冷静に話す。小宮との件を話すときは声が震えたけれど、それでも淡々と話すことを心がけた。磯田を残して会議室を後にすると、二十分もない面談だったのに、疲労感だけが残る。

昼食後、社内が何となく騒がしくなったが、気にせずに仕事をしていると「小宮、退職だって」という会話が耳に入ってきた。

どきどきしながら作業の手を止めて、社内で使用しているソフトウェアのアイコンを開き、その中にある社内掲示板のボタンを押す。

そして、小宮が営業部から総務部人事課付になったという、人事異動の文書を読む。その次に、総務部人事課付から自主退職になった文書を読んだ。

「たい、しょく」

ぽつりと呟くと、罪悪感のようなものが可南子の胸に広がっていく。

「これ、自主退職だから。会社側が何か勧告したわけではない」

可南子が開いていた画面を、洒落《しゃれ》た老眼鏡をかけた磯田が後ろから覗き込んでいた。冷たく言い切った声は、周りの人間にも聞こえる大きさだ。

可南子は今朝からずっと、社内の人にちらちらと窺《うかが》われていた。朝、人事に呼び出されたことで、小宮が可南子に何かしたのは本当らしいとオフィス内に知れ渡ったせいでもある。

結衣は、小宮が書類をわざと隠して自分を陥《おとしい》れようとしていたと公言していたし、金曜日の小宮の怒鳴り声は社員ほぼ全員が聞いていた。

可南子を責める視線ではないが、人から絶えず見られているのは気持ちの良いものではない。まずは一週間の辛抱だと腹をくくる。

「辞めたいと申し出があり、会社も引き止めなかった。それだけだ。そんなものを見てる暇があるってことは、売上のデータはまとめ終わったんだろうな」

「すいません。まだです……」

「今日の四時までにプリントアウトしておいてくれ。それを持って会議に行くからな」

「は、はい！」

チェックとプリントアウトを考えると、四時はギリギリだ。集中して取り組まないと間に合わないかもしれない。

「季節商品のサンプルもどんどん上がってくるぞ。辞める人間のことより、目の前の仕事だ」

可南子に言っているようで、商品企画部全員に伝えている言葉は、部内の雰囲気を引き締める。磯田の声の大きさは、可南子への視線に対する牽制《けんせい》も兼ねているのだろう。

手帳を持って会議室へと向かう磯田に、心の中で感謝する。

気を取り直してパソコンに視線を戻すと、人事異動の文書が再び目に入った。

退職、と頭の中でゆっくりと読み上げると、気分が沈んだ。退職の日付は三週間後になっている。引継ぎ後に有給消化へ入るのか、今日から全く出社しないのか。今日は出社していないそうなので後者のように思えるが、日付からだけではわからない。

自分のせいでないのは理解している。でも、感情的な部分がついてこない。過去に感じた恐怖も微妙に混じって、新たな不安を作り出してしまっていた。

だけど、今日も亮一の家に帰れる。彼は遅くなるとは言っていたが、夜を一人で過ごすことにはならない。不安で押し潰されそうになっても、手を伸ばせば人の体温がある。

可南子はソフトウェアを閉じて、売上データをまとめている表計算ソフトを表示させた。

残業になっても、帰ったら亮一に会える。磯田の指定した四時まで、あと二時間半。

そう思うと、キーボードを叩くスピードがほんの少しだけ上がった。

恋は、難しい。好きになったら、相手にも同じ気持ちを期待してしまう。

遅くなると言っていたはずの亮一は八時には帰宅して、一緒に夕食を取ることになった。黙々と夕食を食べていく亮一に、可南子の胃はキリキリと締め上げられている。

夜七時くらいに、亮一に夕食を作るとメールをしたのだが、返信がなかったのでそのまま作ってしまった。でも、ちゃんと許可をとらず、余計なことをしたのでは、と可南子は心の中で冷や汗を流し続けている。

亮一の家に世話になると決めた週末、家から衣類などと一緒に、冷蔵庫の食材なども車で運んでもらった。食材を捨てること、一週間も外食をすることに抵抗があったのは可南子だけで、彼には関係ないと気づいたときには遅かった。食べ物の好き嫌いも聞いていない。

帰宅した亮一は、料理している自分を見て顔を曇《くも》らせた。それを思い出した可南子は目を潤《うる》ませる。

メインは鶏《とり》の照り焼きにトマトと千切りきゅうりを添えた。副菜に軽くゆでたキャベツに塩こぶと、ごま油を混ぜたものだ。それに玉ねぎと油揚げの味噌汁とご飯。

そういえば結衣が『亮一は女を全て重いとかしつこいとか思って嫌がっている』と言っていた。手料理は重い部類に入るだろう。頭痛を覚え、食事をする手が止まる。

「何か、あったのか」

亮一に話し掛けられてびくっと可南子の体が震えた。彼は眉をひそめて箸を置く。

「可南子」

「ご飯とか作らないほうがよかったですよね。ごめんなさい。メールの返信も待たずに……。よく考えたら、メールじゃなくて、電話すればよかったんですよね」

「何のことだ」

「すいません、その、やっぱり、私、かえ」

「帰ると言ったらその場に押し倒して、足腰立たなくする」

あの夜のような色が灯った亮一の視線に、可南子は慌てて口を噤《つぐ》んだ。体がだるくて、うまく動けなかった日を思い出して、頬を赤らめる。

「食事を作らせて、すまないと思ってる。弁当にしようとも言ってなかった。メールにも気づいてなかった。……自分に、腹が立っていた」

「あの」

「全部おいしいから、こっちは嬉しい。けど、可南子も働いてるんだ。無理をしないようにしてもらいたい」

全部おいしいと言われて緊張から解放される。胸のつかえが取れると、自然と笑みが浮かんだ。

「口に合ったようでよかったです。それと、お気遣いありがとうございます」

亮一はばつが悪そうに、可南子の顔から視線を逸らす。

「食べ物の好き嫌いを聞いてなくて……。もしよかったら、教えてくださいね」

また、おいしいと思ってもらいたい。同時に、嫌われたくないという感情が浮かび上がる。

亮一を好きだと認識してから、感情は勝手に振り子のように揺れ動く。

「ありがとう。それと、これからは、敬語はなしで」

彼はそう言うと、鶏《とり》の照り焼きの最後の一切れを口に運んだ。

広信が、亮一と結衣は幼馴染《おさななじみ》と言っていた。三人とも年齢が同じならば、自分より五歳は年上のはずだ。そう考えた可南子は困った顔を向けた。

「敬語はなし、ですか」

「ああ、なしで。あと、結衣から聞いた話だと小宮って男、出勤せずに退職だそうで。ということは、可南子はここに三週間いることになる。仕事から帰ってまで敬語使うのは疲れるだろ。ごちそうさまでした」

律儀に手をあわせた亮一に、可南子は慌てて「お粗末様でした」と返す。それから三週間は……と言葉を濁《にご》す。

一週間も一緒にいてもらえば気持ちは落ち着くはずだし、落ち着かせないといけない。

「志波さん、今、結衣さんって……。結衣さんはもしかして、私がここにいることを知っていますか？」

「土曜日から知ってる」

そういえば朝、結衣に『何か困ったことがあったらすぐに言うように』と言われた。

小宮のことだと思っていたが、亮一のことだったのだ。恥ずかしさに、可南子は真っ赤になって項垂《うなだ》れた。

「……敬語を、そうだな、十回を使ったら、約束は反故《ほご》にする」

「敬語を十回使ったら、反故《ほご》……。あの、何か約束していましたっけ？」

「ここにいる間は抱かないって約束。敬語十回で抱くから、そのつもりで」

茶化すような口調から、亮一が楽しんでいることが伝わってくる。聞き間違いでなければ、彼は抱くと言った。

「あの、ちょっと待ってもらえますか。私、三週間も迷惑を掛けられません」

「二回」

「……もうカウントされるとも聞いてないです」

「三回。これ、寝る前に十回いくな」

「志波さん……」

「四回」

「え、名前も!?」

名字で呼んだだけだ。遠まわしに下の名前で呼べと言われているのは、気のせいだと思い込む。

亮一は機嫌良さそうに、食べた皿を重ねて立ち上がった。

「お茶は俺が淹《い》れるけど、可南子はまずよく噛んで、無理のない量を食べること」

可南子は自分の皿に目を向ける。鶏《とり》の照り焼きにいたっては一切れも食べていない状態だった。付け合わせの野菜だけがなくなった皿は、いろどりが悪い。

「……子供扱いするの、やめてください」

亮一の機嫌を窺《うかが》って、食べるのが疎《おろそ》かになっていただけだ。よく噛んで食べろだなんて小学生みたいな扱いだと、不貞腐《ふてくさ》れてしまう。

「五回」

「うそ……」

亮一は愉快そうに笑いながら、台所に食器を持っていく。本当に迂闊《うかつ》に喋《しゃべ》れないことに気づいて、食べることに集中するが、あまり箸が進まない。

台所からお皿を洗う音がした後、彼は急須と茶筒、マグカップをトレイに載せて戻ってきた。お茶といってもティーバッグか何かが出てくると思っていたので、失礼とはわかりつつも、凝視《ぎょうし》してしまう。

「……志波さん、マメですね……」

「七回」

「何も喋《しゃべ》れない……」

「お、敬語を脱した」

遊ばれていると不貞腐《ふてくさ》れながら食事を続けていると、目の前で亮一が、電気ポットで沸かした湯をマグカップに注いだ。次に、手よりも小さい茶筒から、さらに小さい茶さじを使って急須に茶葉をいれた。マグカップにいれていたお湯を急須に注ぎ、蓋をするとそのまま動かさずに、肘をついて見ている。

彼が繊細《せんさい》に緑茶を淹《い》れていることに、驚きを隠せなかった。

「あの、すごく、ちゃんと淹《い》れるんですね」

「癖みたいなもんだな」

先日、連れて行ってもらったお店、お茶の淹《い》れ方、そして綺麗な箸使い。亮一は育ちがいいのだろうか。可南子が眉根を寄せていると亮一はふっと笑った。

「八回」

やっぱり何も喋《しゃべ》れない。黙って食事を済ませて、ごちそうさまでしたと手を合わせた。彼が淹《い》れてくれたお茶のマグカップを受け取って礼を言う。

このまま流されたら、三週間もお世話になってしまう。これ以上迷惑を掛けるのはやりきれない。

「志波さん。三週間もお世話になるのは長すぎだと思うんです」

「はい、呼び方も込みで十回。ここまで早いとは思わなかった」

緑茶を飲みながら笑う亮一の横顔に見惚《みと》れつつも、流されてはいけない、と可南子は膝を正した。

「私、敬語のカウントに加わったつもりはありません」

「さっき敬語を使ってなかったときがあったけど、あれは何だ」

「……志波さん、真面目に話を」

「俺はどこまでも真面目だ」

真剣な顔で言い返されて、可南子は言葉に詰まる。確かに、冗談で自分の家に泊まれとは言えないだろう。取り乱して泣いたことを心配してくれたのだ。あのとき、自分が冷静であれば、こういう事態にはなっていなかった。

「一週間、泊めていただけるだけでありがたいと思っています。その間に、自分のことは自分で――」

「ここにいたくない理由があれば、聞きたい」

いたくない理由。それは亮一を好きになってしまったから。すぐに浮かんだ答えは、口に出せなかった。

「これ以上、迷惑を掛けたくありません」

そして、嫌われたくない。心は正直で、決して口にできない言葉がぽんぽんと出てくる。口から出る優等生な台詞《せりふ》は、どこか上滑りだ。

可南子は場を取り繕《つくろ》うように、淹《い》れてもらった緑茶を一口飲んだ。口当たりがまろやかで、渋みの中にちゃんと甘さが感じられる。

「お茶、おいしい」

「それはよかった。可南子が淹《い》れてくれたほうじ茶もおいしかった」

先日、連れて行ってもらった和食の店でのことだ。個室の中に、ポットと茶器セットがあったから、可南子が淹《い》れた。

「可南子も、ちゃんと淹《い》れてくれただろう」

可南子は顔を上げる。熱湯を注いで淹《い》れたことを言っているのだろうか。

「……ほうじ茶と緑茶は、淹《い》れ方が違いますよね」

「そうだな。全然違う」

男の人と真面目にお茶の淹《い》れ方の話をしていることが何だかおかしくて、可南子は笑ってしまう。

「可南子は、食事にこだわりがあるのか」

「うーん。というより、おいしいものは、おいしくいただけたらいいなと」

「違いがわかる女ってやつか」

「何ですか、それ」

顔を見合わせて、笑った。こういう何かを共有する穏やかな時間も、嫌われた瞬間になくなり、寂しさがはじまるのだ。

「……志波さん。どうしてここまでしてくれるんですか。この間、会ったばっかりなのに」

亮一の目を見て聞くと、彼の顔色が変わった気がした。

可南子はお茶の水面《みなも》に視線を移して、続ける。

「私、本当に迷惑ばかり掛けてしまって、申し訳なくて。志波さんの生活リズムを明らかに壊しているし、一人の時間を邪魔してますよね。それで」

「俺は迷惑だと思ってない」

「でも」

「迷惑じゃないんだ」

一瞬だけ見えた彼の切なそうな表情は、あっという間に消える。彼は何かを隠している。そう直感した。

「お茶、うまかったか」

「……おいしかった」

敬語が抜けたのは、彼の隠し事について考えていたせいだ。直接聞いてもきっとはぐらかされるだろうし、問いただすほどの勇気はない。

「敬語、そのまま抜くように。敬語カウントはたぶん十八。……約束は反故《ほご》だな」

彼の嬉しそうな笑顔は、偽《いつわ》りには見えなかった。今度はわざと敬語を抜く。

「しつこい……」

「今頃、気づいたか」

亮一は眉尻を下げて穏やかに笑んだ。彼の気持ちがわからない。けれど、淹《い》れてくれたお茶はどこまでもまろやかで、品の良い甘さがある。

彼自身もこんな風にわかりやすければいいのに。可南子はそっと心の中で呟いた。

4

彼女を知ったときから惹《ひ》かれていた。

離す気がないと言ったら、どんな顔をするだろう。

「大丈夫だ」

亮一は、寝ている可南子の背中を撫《な》でながら囁《ささや》いた。

彼女は華奢《きゃしゃ》な体を守るように丸めて、明らかに何かを耐えている。眉間に刻まれた皺《しわ》に、強くつぶった目。引き結んで強張った唇。

心配と怒りが、同時に込み上げてくる。

「……大丈夫だ」

可南子の髪はずっと触っていられるほど柔らかい。宥《なだ》めるみたいに頭を撫《な》で続けていると、次第に寝顔が安らかになる。ほっとしていたら、彼女は鼻頭を擦《こす》り付けるように胸元に入り込んできた。

寝間着越しでもわかるなめらかな肌からは甘い香りがする。すぐに痕《あと》がつく白い肌と、素直に火照《ほて》る可南子の体を思い出して、亮一は顔を顰《しか》めた。

「……我慢」

繊細《せんさい》なのか不敵なのか、先にベッドに入った彼女はぐっすりと寝ている。それだけ疲れているということだろう。起こしてまで抱く気はない。

可南子のか細い寝息を指で確かめる。耳を澄ましてやっと聞こえる呼吸は、止まっているのではないかと思ってしまうほど小さい。

先日、幼馴染《おさななじみ》の結衣から『可南子を傷つけたらコロス』というメールが届いた。相変わらずの率直な物言いに傷つきはしないが、自分の信用のなさは身に染みる。

告白されて女性と付き合い、振られて別れる。それを繰り返してきたことは間違いない。

呼吸を確認した亮一は、可南子の頭に唇を落とす。

こうやって肌が触れ合う距離にいるだけで奇跡だ。それはわかっているのに、次々に欲しくなる。柔らかい笑顔、手作りの食事、……可南子の気持ち。

酔って弱った可南子を連れ込んだ次は合鍵で、今は会社の一件で彼女を引き止めている。こうでもしないと、可南子は腕をすり抜けて距離をとるはずだ。

初めて会ったと言わんばかりの顔を向けられ、丁寧に挨拶《あいさつ》されることを想像して寒気がした。

今の自分は、疚《やま》しさを誤魔化すように彼女に優しくしている。それなのに可南子は感謝の表情を浮かべる。そんな彼女を正視できないのに、目の端で仕草の全てを目に焼き付けていた。

……思春期の中学生か。

自分自身に呆れるが嫌な気はしない。可南子を知ってから、自分の価値観は崩れ、これまでは考えられなかったことを恥ずかしげもなく行動に移している。

「ここに来た女は、可南子だけだ……」

結衣は広信としか来ないから、カウントしない。このことを起きている可南子に伝えたら、どういう反応をするだろう。初めて抱いた日に『勘違いするつもりはない』と強く言われてから、伝えるのが怖くなった。怖い、と感じる自分はとうの昔におかしい。可南子の小さな寝息に集中しているとどんどん眠くなる。亮一も安堵の中で目を閉じた。

待ち合わせは夜七時、家の最寄り駅の改札口。一人だと詰め込みがちになる仕事を減らし、間に合うように調整した。今日の夕食は弁当にして、一緒に買って帰ろうと可南子と約束したからだ。

思い返せば、これまで付き合った彼女とは平日に会ったことがない。終電で帰るのが当たり前のような忙しさだったのもあるし、何よりも自分が仕事を優先させてきたのだ。振られて当然で、それを気にしたこともなかった。

今振り返れば嫌な奴で、結衣に煩《うるさ》く言われていた意味がよくわかる。

定期券をかざして改札を通りながら辺りを見まわす。雑踏の中に可南子の姿はない。腕時計は七時を指していた。

「……メール」

連絡をもらっていたのかもしれない。会社から支給された電話があるので、プライベートのスマートフォンはバイブにしている。これで、昨日も可南子からの連絡に気づけなかった。自分の学習能力の乏《とぼ》しさを罵《ののし》りながらスマートフォンを探す。

「志波さん、お疲れ様です」

背中を控え目につつかれて振り返ると可南子が立っていた。すらりとした首筋を露《あらわ》にした、ひとつにまとめた髪。落ち着かない気持ちを鎮めるように、彼女は乳白色のパールのピアスに触れている。

「……お疲れ様」

会えたことへの安堵に口元を綻《ほころ》ばせ、すぐに可南子のうなじから漂《ただよ》う色香に見惚《みと》れる。

だが、彼女の目の下にある薄《うっす》らとしたクマを見て、鞄の持ち手を握る手に力を込めた。

……一人にできるわけがないだろう。

可南子は会社について一切喋《しゃべ》らない。結衣にメールをして状況を聞くと、幼馴染《おさななじみ》はそんな自分を揶揄《やゆ》することなく詳しく返信してくれる。

金曜日にあった件は会社の隅々にまで知れ渡っているらしい。社内で小宮を庇《かば》う人間はいないが、可南子はどうしても渦中《かちゅう》の人として話に出てきてしまう。黙々と仕事をしているのがまた注目を浴びるそうだ。好奇と同情の視線はしんどいだろう。

帰ると言い張る彼女を留めているのは心配だからだ。自分自身に大丈夫だと言い聞かせている姿を見ると、守らないといけないと思う。

けれど、傍にいる為にこの状況を利用しているという後ろめたさは、常に付きまとう。

ふっと暗くなった気持ちで辺りを見ると、通りすがりのサラリーマンが彼女に物欲しそうな視線を寄越していた。亮一は自分の疚《やま》しさを追い払うようにサラリーマンを睨《にら》む。

「ごめんなさい」

突然謝られて可南子に視線を戻すと、彼女は桜色の唇を噛み締めて下を向いていた。

「何に、謝っているんだ」

笑ってほしいのに、こんな顔ばかりをさせている。結衣や広信に見せる打ち解けた表情を知っているぶん、もどかしい。

「少し前に着いたから、そこの雑貨屋さんを見てまわっていて……」

つい先ほど確認したときは、待ち合わせ時刻丁度だった。可南子を不安にさせるほど不機嫌になっていたのかと思うと情けない。昨日と同じだ。

だが、可南子はやはり男の視線に気づいていないのだと安堵もした。後ろめたく感じながらも、このまま無関心でいればいいと思う。

亮一は可南子の視線を独占する為に袖を少し上げて、腕時計で時間を見せた。

「ほら、時間丁度だ。可南子も俺も悪くない」

「……あ、はい」

素直に覗き込んできた彼女から、シャンプーの甘い香りがした。いつか、こんな隙を他の男に見せる日がくるのだろうか。自分にだけにしてほしいという気持ちが、言い訳を口にさせる。

「怒っているように見えたならすまない。可南子の姿が見えなかったから、俺がまた連絡を見落としているんじゃないかと思ったんだ。……昨日と同じことをやると落ち込むだろ」

できるだけ丁寧に説明をしながらも、どこか無愛想な口調になってしまった。可南子を怯《おび》えさせる度に、自分はこんなに不器用ではないはずなのにとはがゆい。

「志波さんも、落ち込むんですか」

時計から顔を上げた可南子は、意外だと言わんばかりに目を丸くした。

亮一は昔から冷静すぎると言われてきたが、そうあるように努力しただけだ。それに、今だって可南子の前では冷静になれていない。

「俺は可南子にどんな風に見えているのか、聞きたい所だな」

「……」

可南子の視線が泳いだのを見て、あまり良い評価ではないと察する。

初めて会った頃からそうだが、可南子は自分に好意を向けてこない。初対面の異性からすらも熱烈な告白をされてきた亮一にとっては、新鮮だった。

だからだろうか、可南子の前では長年かけて作り上げた自分が綻《ほころ》ぶ。

「……壁みたいって言っていたよな」

「私、口にしてましたか！　その、とても、大きかったから……。失礼なことを言って、すいません」

焦る姿が可愛くて、話を続けたくなる。好きな子に意地悪をしたくなる気持ちをこの歳で知るのも、可南子相手なら悪くない。

「壁みたいなのは本当だろう。昔から結衣には無駄にデカいと言われてる。行こうか」

結衣の名前を出した途端、可南子の緊張がふっと緩《ゆる》んだ。その表情には自分には向けられない柔らかさがあった。もどかしさを感じつつ彼女の肘に触れて歩きはじめる。

「身長が高いのは不可抗力だ。体もストレス解消のジムを続けているから維持できているだけで、こだわりはない」

「え、嘘」

「嘘って、なんだ」

じっと体を見てじわじわと赤くなる可南子が、自分の裸を想像しているのかと思うとおかしくなった。ちゃんと意識してもらえているのがわかって、肩に入っていた力が抜ける。

「変なことを思い出しているとぶつかるぞ。ああ、そうだ。帰ったら一緒に風呂にでも入るか。想像通りか、確かめられる」

「ちがうちがう、ちがうの！　そんなことを想像してないから！　あ、ジムって、いつ行ってるんですか」

顔を真っ赤にして、敬語が抜けるほど力強く言われて、ますます意識されているのを感じた。彼女の困惑や怯《おび》え以外の表情を見られるのは酷く嬉しい。声も心なしか弾んだ。

「ジムは水曜日の会社帰りと、休みの土曜日」

「あ、なら、明日行くんですね」

「いや、明日はやめておこうかと思ってる」

「どうして？」

可南子は歩きながら、不安そうな顔を向けてきた。

「……可南子を一人にできない」

違う、可南子と一緒にいたい、だ。心配なのは本当だが、自分が傍にいたい気持ちのほうが強い。

自分を偽《いつわ》った言葉は、彼女の顔を寂しげに曇《くも》らせた。

「あの、行ってくださいね。私、大丈夫なの。志波さんの邪魔はしたくないんです」

邪魔じゃないと言っても、可南子は信じてくれない。これ以上は、言葉で伝えるにはまだ早い。

亮一は溜息をついた。可南子に重荷に思われるのは嫌だ。

「……行けばいいのか」

「行ってくださいね！　約束！　指切りげんまん」

可南子が真剣な顔で小指を差し出してくる。細くて小さな指には、こちらの毒気を抜くような愛らしさがあった。ややあって、可南子の真面目そのものだった顔が崩れる。恥ずかしいことをしたとでも言いたげに、頬が引きつりはじめた。

彼女のくるくると変わる表情をもっと見たい。

「指切り」

亮一は引っ込みそうになった可南子の小指を、自分の小指で捕まえた。彼女の指はひんやりと冷たい。

息を呑んだ可南子と視線が絡まって、緊張が生まれる。

「嘘ついたら、どうなるんだ」

「……針千本」

「なら、約束を守ったらどうなる」

「……え？」

「何か、良いことはあるのか。ご褒美《ほうび》的な」

可南子は焦った様子で手を引こうとしたが、指に力を込めて引き止めた。

「ゆ、指切りですよ。そういうの、変だと思います……」

「なら、針千本を呑もう。用意しとけよ」

「ええっ」

彼女の綺麗な形の唇が、ぽかんと開く。どんな顔も、全てが大事に感じる。

「楽しいことを考えたほうが良くないか」

「……楽しいって、志波さんが、ですよね」

「お互いが楽しめればベストだ」

亮一が笑みを浮かべると、可南子はますます困惑した様子で眉間に皺《しわ》を寄せた。お互いの好きなものを知らないから、思い浮かばないのだ。二人の間にまた距離を感じて、言い出した亮一が傷つく。

可南子は首を傾げながらも、律儀に聞いてきた。

「……何が、いいですか?」

ちゃんと応えようとしてくれているのは、亮一の生活パターンを崩すのが嫌で、週末には家に帰るつもりだからだろう。

そんなに俺といたくないのかと、歪《いびつ》な感情が心を覆《おお》った。そうじゃないと理性ではわかっていても、感情はなかなかついてこない。

「可南子」

亮一は目を細めて、絡ませている小指を彼女の肩辺りまで持ち上げる。

「……わたし?」

「抱くって言ったの、うやむやにしようとしているだろう」

「……っ！」

「針千本でもいいぞ」

可南子のピンと伸びた背筋と上下する肩が動揺を表していた。彼女の耳がどんどん赤くなる。あの夜を思い出していると思うと、たまらない。

返事を急がせたいのを我慢して、じっと待つ。

「き、金曜日、なら……。翌日仕事がある日は、ちょっと……」

照れを隠すように、可南子は瞬《まばた》きを繰り返した。

こんなに素直に返事をもらえるとは予想していなかった。可南子に、自分が男として限りなく好意的に意識されている。彼女の色づいた肌は、拒否をしていない。

亮一はにやけてしまった顔を咄嗟《とっさ》に天に向けて隠す。

「ジムに行く。楽しみだ」

繋《つな》がったままの可南子の小指が、熱を持った気がする。

「指、切った」

ぎゅっと力を込めてから彼女の小指を離した。大人には不似合いな遊びの儀式は、なまめかしい色合いを残して終わる。

「弁当、どこで買おうか。何が食べたい」

可南子は気持ちを宥《なだ》めるみたいに、俯《うつむ》き加減に手の甲を撫《な》でていた。

「あ、あっさりしたもの」

「あっさり……うどんでも食べて帰るか」

「……あ、おうどん。食べたい」

顔を上げた可南子が嬉しそうに笑みを零《こぼ》した。彼女のふわりとした笑顔に計算はなくて、いつもハッとさせられる。

可南子が喜ぶもの……うどん。心に書き留めてみて、庶民的なワードにふっと笑ってしまった。パスタ、パエリア、パニーニ、もっと女性誌が特集するようなお洒落《しゃれ》なものがあるだろうに。

「あ、でも、お弁当って言ってましたね」

「外で食べよう。片付けもしなくていい」

「なら、私に奢《おご》らせてくださいね！」

収入が違うと言っても聞きいれてもらえないのは、もうわかっていた。大仰に肩を竦《すく》めながら亮一は嘯《うそぶ》く。

「俺は、三杯は食べるぞ。いいのか」

途端、可南子に会ってから一番の笑顔を向けられて時間が止まったように感じた。生気に輝いている彼女は美しくて、目を奪われる。

「望むところですよ」

何故か得意げな彼女は楽しそうで、亮一は甘い余韻に呆《ほう》ける。

ずっと、これからもずっと、この笑顔が見たくてたまらない。渇望《かつぼう》が焦りを呼び起こして、胸が苦しくなった。

……俺は、どうすればいい。

亮一は嬉しさと苦さが混じった息を長く吐いた。

＊＊＊

一週間で帰るという話はうやむやになったまま、金曜日になった。

出勤した可南子はパソコンの電源をいれて、スマートフォンを机の上に置き、手帳を開く。メールソフトが起動し新規メールを読み込むほんの少しの間、机の上にある書類を確認した。今日も、いつも通りの一日がはじまる。

商品開発部はあっという間に日常を取り戻していた。当事者の一人である可南子が黙々と仕事をしていたのもあって、社内で小宮のことは過去になりつつある。

小宮はこのまま出勤せずに、有給消化後に退職になるという噂《うわさ》が流れていた。それが本当だろうと社内の人間が信じたのは、今日まで小宮が実際に出勤してこなかったからだ。

彼が担当していた店舗を急に割り振られた各営業は、かなり忙しくなったようだが、商品開発には関係のないことだった。

今日は早苗に飲みに誘われている。そういったことも、日常が戻ったと感じる要素のひとつだ。書類から画面に目を移すと、その詳細が書いてあるメールが来ていた。店の情報だけを自分のスマートフォンに転送した途端、新規メールを知らせて画面がチカチカと光った。

「……しょうがない」

呟いて、亮一のスマートフォンのメールにもそれを送る。そして所定の位置に置こうとすると、また光った。もちろん彼からのメールで、その内容に可南子はやっぱりと思う。

『終わったら迎えに行く。電話をくれ』

こうなると決定事項だから返信も不要だ。可南子は提出する書類を手に持ち、立ち上がった。

この一週間で、亮一という人を少し知った気がする。仕事が忙しく、終電になる日も多いこと。水曜日の仕事の後と土曜日の朝のジムが、ストレス解消になること。お酒にとても強いこと。どこでも寝られること。気に入らないことがあるとムスッとした顔をするが、引きずらないこと。大きい体に似合わず、妙な所で子供っぽいこと。

ただ、すごく優しいのは変わらない。可南子は熱くなった頬を冷やすように手で触れた。可南子の気分が落ち込んでいると、さりげなくお茶を淹《い》れてくれたり、傍にいてくれたりする。男の人は気が利かないとよく聞くけれど、彼は何かが違った。

「優しいけど」

……何を考えているのか、わからない。

可南子は誰にも聞こえない声で呟く。

今日、彼に抱かれる約束をしていた。今夜、飲みに行くと知った亮一は、ムスッとしているはずだ。

彼は、自分を抱くことを良いことだと言った。好きな人に抱きたいと言われるのは嬉しい。でも、軽い女だと思われているかもしれなくて不安だ。最初の夜のせいだとわかっていても、時計の針は戻せない。

書類を提出して席に戻ると、パソコン画面にはスクリーンセイバーが起動していた。マウスを少し動かしてそれを止めたところ、早苗からのメールが開いた。業務外メールを開いたまま席を立ったことに焦りつつ、画面を閉じようとして宛先欄が目に入る。

何か引っかかる感じがして、カーソルを持っていき、まじまじと見た。

「人数が多い……」

先輩や後輩も入っている。二人で飲むと思っていた可南子は、仕事のフリをする為、手元にあった仕事内容のマニュアルのファイルを持ち立ち上がった。

「経理に行ってきます」

辺りの人に聞こえるように言うと、経理へと足を向けた。肝心の早苗は電卓をゆっくり叩きながら伝票を確認している。可南子は彼女の傍に屈《かが》んだ。

「仕事中にすいません。わからないところの確認をしたいのですが」

可南子が適当にファイルを開いて早苗に指差すと、彼女は伝票から顔を上げて鼻白む。

「検品の流れ？　うちと関係ないけ、ど……」

「早苗、飲むって話、メールの宛先が多くない？」

ぐい、と顔を寄せたが、早苗は悪びれた様子もなく頷いた。

「ああ。その話ね。小宮さんについて語る会になったの。あの人、相当に嫌われてるんだね」

「……どこをどうやったらそんな会に」

「可南子が、小宮さんの文句も言わずに仕事をしてたら、そんな会に」

可南子は渋い顔になってしまう。

「だって、仕事は待ってくれないよ」

「あまりにも健気《けなげ》に見えるのよ。ただでさえ儚《はかな》げ美人の相馬可南子が、黙々と仕事をしててごらんなさい。同情の的よ。文句も、言、え、ず、に、仕事してると思われるでしょう」

知らないうちに噂《うわさ》が一人歩きし誤解されていて、嘆息する。

「違うよ。今週は磯田さんの仕事の振り方がすごくて、文句を言う暇もないんだよ」

「えー、否定したら、私が悪者っぽくない？」

マニュアルの書類が詰まった、とじ厚が80ミリのパイプ式ファイルは重い。仕事のフリをする為に片腕全体を使って何とか開いていたが、観念して閉じた。

磯田は可南子を気遣ってか、今週は余計なことを考える暇もないくらいに仕事を振ってきた。可南子自身、部内の人に気を使ってもらっているので、普通でいなければならないと平静を装《よそお》っている部分もある。

「宛先は全部見た？　私、人選はちゃんとしたよ」

早苗はそう言うけれど、人選をしてもらえたから話せるとは限らない。沈黙すると、早苗はファイルを可南子から取り上げて捲《めく》りはじめた。

「いつも同じ間違いをしてるとは思ってたけど、これ、マニュアルが違うわ。この経理書類、日付は月末でお願いします」

ある振替伝票について書いてある部分に、蛍光ピンクの付箋《ふせん》を貼られる。

「あ、本当だ。ありがとう。訂正しておきます」

「それと、普通は良いことなんだろうけどさ。可南子は人の噂話《うわさ》をしないように、聞かないようにしているから、何かあったときに抱え込みすぎるのよ。今日は皆の愚痴《ぐち》を聞いてみなさい」

早苗の言葉が心の柔らかい部分に直球で飛び込んできて、ぐっと喉《のど》が詰まった。充血しはじめた目に力を込める。

人に迷惑を掛けないようにと心掛けても、そんなの無理なのは知っていた。だからこそ、せめて自分でできることは自分でしようと足掻《あが》いている。

その姿が人を心配させてしまうのなら本末転倒だ。亮一が家にいるように言ってくれるのも、そういう部分があるせいかもしれない。飲み会の帰りに迎えに来ると言うくらいだから、彼の目にも不安定に見えるのだろう。

「わかった……。ありがとう」

可南子は頷き、にこりと笑った早苗からファイルを受け取って自席に戻る。

気づくと、いろいろな人に支えられている。感謝しつつ、可南子はパソコンに打ち込む書類を捲《めく》った。

その日の仕事終わり、小宮繋《つな》がりで十名程度が集まった飲み会は、魚介の新鮮さと日本酒が自慢の居酒屋で行われた。座敷席の個室で、部署や席順など気にせず、横に長い机を皆で囲む。酒も入り饒舌《じょうぜつ》になってくると、遠慮のない小宮への愚痴《ぐち》が繰り広げられた。

今まで言えなかったことをやっと口に出せる。そんな解放感に高揚《こうよう》してか、自然と声が大きくなり、飲み会は盛り上がっていた。

運ばれてくる料理を取り分けながら、可南子は話に耳を傾ける。他人《ひと》はうまくやっているように見えていたが、こうやって話を聞いてみると、皆、何とかこなしているだけだとわかった。肩に力がガチガチに入っているのは、自分だけではないと理解して楽になる。

「大変だったね」

食事もそこそこに、ウーロン茶を飲みつつ人の話に相槌《あいづち》を打っていると、斜め前に座る先輩に話し掛けられた。曖昧《あいまい》に笑んで頷くと、抱えていたものが少し軽くなる。

あの日の会議室であったことは可南子が話すまでもなく、社内のほとんどの人が知っていた。それもあってか、興味本位で話を聞こうと身を乗り出す人はいない。

根掘り葉掘り聞かれる心配がない中、可南子はゆっくりと返事をする。

「大変でした。でも、素直に書類を受け取っていたほうが、もっと大変だったかもしれません」

「あーわかるわかる。小宮、そういう所があったよな。突然、押し付けてくる系」

「そうなんですか」

「そうそう。結衣とかは被害を受ける前にやり返せたけど、人ってあんな強くないじゃん、普通」

今日は参加していない結衣の猛者《もさ》ぶりに同意するように、皆が笑う。本当にその通りだと、可南子も笑った。それをきっかけに、ぽつぽつと会議室での出来事を語る。こうすればよかったなどと意見してくる人はいなかった。

「あんな大声で怒鳴られたらショック受けて当然だよな。会議室の怒鳴り合いが外まで聞こえてきてさ、あれはこっちまで胃が痛かった」

「当然ですか……」

「当たり前だろー」

喋《しゃべ》る間も心臓は痛かったが、会議室での話を人にできたことが嬉しい。ショックを受けたままでなく、前に進めているのを実感して食欲が湧いた。いつもより箸が進む中、少し遠くに座っている早苗と目が合う。

早苗が無理やり連れ出してくれなければ、まだ自分の殻《から》に引き篭《こも》っていたはずだ。ありがとうと唇を動かすと、頼りになる同僚は白身魚の唐揚げをこんもりと取り分けはじめ、それを身を乗り出して渡してくる。

「可南子、元気は食べることから湧いてくる！」

もっと太れ、と付け加えてカラッと笑う早苗に、可南子は笑みながら素直に唐揚げへ箸を付けた。

魚介の出汁《だし》が出た鍋で雑炊《ぞうすい》を作っていたとき、膝の上に置いていたスマートフォンがブルブルと振動した。画面に『志波亮一さん』と名前が表示されている。

「すいません。失礼します」

鍋の火加減をお願いして、スマートフォンを持って立ち上がり、可南子は個室から廊下に出た。

「もしもし」

電話に出ながら腕時計を見る。終了予定と知らせた時刻まであと三十分だ。

『もしもし、志波です』

無愛想にも聞こえる、耳に響く低い声。連絡をもらえたことに頬が緩《ゆる》む。

『飲み、まだ終わってないだろ。近くに仕事ができそうな店があったからそこにいる』

既に店の近くにいるということに驚くと共に、仕事という言葉に気後《きおく》れしてしまう。

「あの、仕事が忙しいですよね。私、ちゃんと志波さんの家に帰ります。大丈夫ですから」

亮一がハードワークなのは、この一週間でよくわかった。家で仕事をしているのが普通だし、パソコンを立ち上げていなくても、会社から支給されているというタブレットでメールをチェックしている。

ただでさえ家に押し掛けて邪魔になっているのだ。それに今日は小宮の件を話せたこともあって、そこまで心配されなくても大丈夫だと思える。

「本当に、大丈夫」

『それ、迎えに来るなって言ってるのか』

そういう意味じゃない。でもこのニュアンスは、電話で話すには難しい。亮一の溜息が聞こえて、可南子は黙ってしまう。

『とにかく、迎えに行く。また後で』

「……はい」

彼は引こうとすると追いかけてくる。電話を切った可南子は壁に背中からもたれた。彼は相変わらず優しくする理由を教えてくれない。それでも好きという気持ちは大きくなっていく。

俯《うつむ》き加減に席に戻ると、飲み会の面々は小宮から受けた『被害』で面白おかしく盛り上がっていた。その話を聞くことで、可南子の中のしこりが小さくなっていく。

そこで、ふと思う。

小宮のことが完全に大丈夫になれば、亮一との関係はどうなってしまうのだろう。

気持ちを知りたくても、彼は口にしてくれない。心配だと言うだけだ。一緒にいるのに感じる寂しさが、ずっと胸に詰まり続けている。

傷つかないように着込んだ鎧《よろい》が、剥《は》がれ落ちそうだ。可南子は無理やり笑って皆の会話に参加した。

飲み会は時間通りにあっさりと終わった。何人かのメンバーは、カラオケで二次会をすることにしたらしく、可南子はそれをやんわりと断って別れる。

亮一に連絡しようとスマートフォンを取り出す前に、雑踏の向こうから本人が歩いてくるのが見えた。可南子が皆から離れたのを見越したように現れた彼の姿は、金曜日の疲れなど感じさせない。

近寄ってきた亮一は、酒気のない可南子に表情を綻《ほころ》ばせる。

「お疲れ様。飲んでないな」

「飲んでないです。私、今連絡しようとしてて」

「偶然だ。もうそろそろかと思って店を出たら可南子がいた」

そんな偶然でさえ嬉しい。うまく言葉を継げない可南子の手から、亮一はバッグをさりげなく取った。

「あの、持てます」

バッグを取り返そうと亮一の指に触れる。持ち手を強く握っていて、バッグを離してくれそうにない。

「帰ろう。疲れただろう」

「はい……」

可南子は諦めて、歩き出した亮一の傍に寄る。彼の家にいるのは一週間か三週間か、その話は宙ぶらりんのままだ。バッグには財布も鍵も入っていた。自分の家に帰ると言い出させない為に、バッグを人質に取られたようにも感じる。

可南子は歩調を合わせてくれる彼の横顔を見上げた。

「どうした」

視線を感じたのか、亮一に見下ろされる。

「自分のバッグ、持てます」

「知ってる。俺が持ちたいんだよ」

「……人質みたい」

「うまい言い方をする」

不敵な笑みを浮かべた彼が背中に触れてきた。指は背筋に沿って下りてくる。

「っ……」

今夜、抱く。そんな思惑を感じさせる触れ方は、嫌でも初めて肌を重ねた夜を思い出させた。汗ばんだ熱い体、口の中を貪《むさぼ》る舌、焦らすみたいに中を捏《こ》ねる指、打ち付ける腰と淫《みだ》らな水音。

可南子は乾いた口の中を潤《うるお》すように生唾を呑み込んで、慌てて飲み会の話題を出す。

「今日、小宮さんと何があったか、会社の人に話せたんです。一人だったらもう少しかかったと思います。いろいろ話を聞いてくれてありがとうございました」

連れ出してくれたのは早苗だが、一週間、不安定な可南子の傍にいてくれたのは亮一だ。

「へえ。よかったな」

「やっと志波さんに迷惑を掛ける日々が終わるかと思うとホッとします。もう、いつでも帰れそう」

さっきまで笑っていた亮一が押し黙った。

「帰れそう、ね」

彼の口調がおかしいのに気づかなかったのは、周りが煩《うるさ》かったせいだ。今日の飲み会は駅から少し離れたガード下の飲食店であった。駅に近づくにつれ、歩道は狭い所が多くなるし、人の密度が高くなる。

「お世話になっているのが、おかしかったから」

運悪く信号に捕まってしまった所で、可南子は言った。

「志波さんも広信さんにお願いをされたから、面倒を見てくれたのが最初で……その」

喋《しゃべ》っていると、どんどん話の流れがおかしくなる気がして口を噤《つぐ》んだ。

一緒にいればいるほど亮一に惹《ひ》かれて、離れがたく思ってしまう。彼は同情で家に置いてくれている。そう強く信じていないと、苦しさだけが濃くなっていく。

少しの沈黙の後、可南子は当たり障りのない話を持ち出す。

「人、やっぱり多いですね」

信号待ちの人がどんどん増えてきて、完全に人に埋《う》もれてしまった。他人との密着度に体を強張らせながら亮一をちらりと見る。彼は人より頭ひとつは出ていて、人混みの息苦しさとは無縁そうだ。いいな、と思っていると、手を握られた。

「……ッ」

外でこんなにしっかり手を握られたのは初めてで、心臓が跳ね上がった。見上げると、苦しげな色を湛《たた》えた彼の目に見下ろされていて、たじろいだ。

「あの」

「迷惑じゃない」

繋《つな》いだ手の平の窪《くぼ》みを指の甲で撫《な》でられて、背筋にぞくっとしたものが走る。そんな反応を示した自分が恥ずかしくなって、足元に視線を落とした。

「迷惑じゃないと、ずっと言っている」

亮一の親指が、波を描くように手の平を撫《な》で続ける。あの夜の歓《よろこ》びが体の奥にぽつぽつと灯り出した。理性にひびが入ってきて手を引こうとしたが、強い力でぐっと阻《はば》まれる。

「自分が大丈夫だと思っているときほど危ないんだ。三次会の後もそうだっただろう」

結衣の結婚式の日、酔って貧血を起こしたことを指摘されて、どきりとした。信号が青になって人が一斉に動き出しても、亮一の手は離れない。

「ああいう隙に付け込む奴もいるんだ。わかってるのか」

彼の怒りを含んだ口調に、飲み会後の浮ついた気持ちが萎《しぼ》んでいく。他の誰でもない、亮一からの言葉だからこそ、とても効いた。

隙だらけだと言われたようで情けない。思えば、小宮は可南子が文句を言わないと判断したから書類を押し付けたり、小突いてきたりしたのだ。元彼も、同じだ。

駅前に差し掛かると、人がだいぶまばらになった。亮一は駅には向かわず、そのままタクシー乗り場へと歩みを進める。

「本当に、もう大丈夫」

やっと口にできた言葉は強がりだと思われるかもしれない。けれど、大丈夫だと言っていないと、心が折れそうだった。

亮一は静かに声を荒らげる。

「だから、今は一人になるなと言っている。下心がある奴もいるんだ」

「でも、だって、そんな風に私は見られないから。志波さんも、大丈夫でしたし」

混乱しつつも咄嗟《とっさ》に反論したが、自分でも空回《からまわ》りしたのを感じた。亮一は三次会の帰り、酔った可南子を前に下心はないと言った。可南子も、魅力に乏《とぼ》しい自分が誰かに下心を持たれるはずがないと思ったから、ついていった。でも――

亮一の切れ長の目に、それでどうなったと問われるように見られて、可南子は言葉を失う。

「下心があったんだよ」

終電までまだだいぶ時間のあるタクシー乗り場は空《す》いていた。そこでやっと亮一と手が離れて、解放された手を体の横に垂らす。

既にドアを開けて待っているタクシーに、亮一は先に可南子を乗せてから乗り込んだ。彼は運転手に行き先を告げると、シートの背に体を預けて目をつぶる。

ドアが閉まって、可南子は信じられない気持ちで亮一の横顔を見つめた。

高く通った鼻筋の峰《みね》はやや尖《とが》っていて力強い。意思の強そうな濃い眉の真下にある閉じた目を、睫《まつげ》が綺麗に縁取《ふちど》っている。

亮一の顔からは、感情が見て取れない。肝心な所で、彼は答えを隠してしまう。

ふいに、くっきりとした線で描かれたような彼の上唇が動いた。

「気づかないほうが、おかしいだろ」

可南子はのろのろと自分もシートに体を預けた。完全に凍らせていたはずの心は、とっくの昔に溶け出している。殻《から》の中には戻るには、もう想いをぶつけるしかない。

タクシーの窓から流れるネオンを窓枠に額《ひたい》をくっつけて見ていたが、そのうち可南子もゆっくりと目を閉じた。


特に会話らしい会話もないまま亮一の家に着いた。彼はさっとシャワーを浴びた後、仕事をすると言ってパソコンを開く。可南子はゆっくりと湯船に浸《つ》かった後、感情の読めない彼の横顔に「おやすみなさい」と声を掛けて寝室に入る。

ひんやりと冷たいベッドに足を滑り込ませ、ひとり、寝返りをうった。肌寒さに、肌掛けを肩まで引き寄せる。ドアの下の隙間から、隣の部屋の明かりが漏《も》れてきていた。

閉めたドアの向こうにいる亮一に聞きたかった。

……下心って、何ですか。

体は疲れている。けれど、コーヒーを飲みすぎた日のように頭が冴《さ》えてしまい眠れない。

可南子はまだベッドの中が体温で温まらない内に起き上がると、部屋の電気もつけず、ベッドの足元側にあるクローゼットを開けた。しばらく世話になると決まったときに亮一が半分ほど空《あ》けてくれた場所で、自分の服が当然のように下がっている。暗闇に浮かび上がる服を、左から右に順に手で触っていく。

下心というのは、とても軽い気持ちのはずだ。だから可南子の想いは、彼にとって重いものになる。

ふと、亮一が結婚式で女の人に向けていた、冷静で事務的な目を思い出す。あの目が自分に向けられることを想像してぞっとした。気持ちを隠しながら、あと二週間もここにいるのは無理だ。

可南子はクローゼットを閉めて、大きく息を吸って吐いた。勇気を出してドアを開けると、物音に気づいた亮一がノートパソコンから顔を上げる。

「眠れないのか」

寝間着姿の可南子の思い詰めた様子に、彼の眉間に皺《しわ》が寄った。

「どうした」

亮一は開いていたノートパソコンを閉じて、横に置いていた書類を束《たば》ねると、その上に置いた。

そんな動作さえも好きだと思ってしまう。けれど、何もかもがわからないまま、好きな人の家に居続けることができるほど、神経は太くない。

可南子は覚悟を決めて口を開いた。

「……亮一さん、私」

「亮一さん」

繰り返されて、可南子は自分の口を手で押さえた。許可も得ず下の名前で呼んだことに気づいて目を泳がせると、亮一は弱く笑んだ。

「やっと壁を取り払ってくれたみたいで、こっちは嬉しいんだけどな」

亮一は可南子の髪の中に手櫛《てぐし》のように指をいれて、呆れた顔をする。

「まだ濡《ぬ》れてる」

「大丈夫です……」

「乾かすか」

「放っておけば乾きます」

頑《かたく》なな可南子に、亮一は噴き出した。

「けっこう大雑把だよな」

「志波さん……私、やっぱり帰ります」

「大雑把な上に頑固《がんこ》だ。亮一でいい」

亮一は可南子の両肩に手を置いて溜息をついた。肩に触れられても、辛い記憶が勝手に走り出すことはない。ただ温かくて嬉しい。

「結衣から俺のこと、何か聞いてるんだろ」

どきりとした。彼は、確信があるような顔で促《うなが》す。

「なんて聞いたんだ」

「……モテ期が長くて、女の人を重いとかしつこいとか思ってる、と」

「そうか。結衣が言いそうなことだな」

亮一は否定しなかった。しかも、顔色ひとつ変えない。それを肯定と受け取って、可南子の胸に鈍い痛みが走る。

「さっき、亮一さん、し、下心があったって。私、ないって思ってて」

「下心がないと、本気で信じていたことのほうが意外だ」

「だって、私、昔」

勝手に口が動いて、心臓が早鐘を打っている。小宮のこと以上に話しづらい。でも面倒な女だと思って引いてくれれば、今ならまだ傷は浅い。

「平べったい、面白みのない体とか、ふ、不感症とか、言われたから。魅力がないって、わかってるの」

こんなことを告白できるくらい、亮一に心を預けてしまっている。

言い終わるとゆっくり抱き寄せられ、目の前が亮一の男らしい体でいっぱいになった。これで最後になるかもしれない。思い出を作るように大人しく彼の腕の中に収まる。

亮一の反応を待つほんの少しの間が、とても長く感じた。

「あれが演技だったら、俺はすごいショックだ」

「……あれ？」

「抱いたときのこと」

喉《のど》が嗄《か》れるほど啼《な》いたことに触れられて、かっと耳まで熱くなる。亮一の硬い背中に腕をまわして、恥ずかしさを隠すみたいに額《ひたい》を強く押し付けた。

「……俺が、忘れさせる」

こそばゆい言葉に目を見開いた。彼がどんなつもりで言っているのか、想像がつかず困惑する。下心とは、どういうものなのだろう。期待してもいいものなのだろうか。

亮一の言葉が欲しくて、勇気を振り絞って口を開くと、指先が微《かす》かに震えた。

「私……。私、亮一さんのことが、好きです」

亮一の手が可南子の頬に下りてきて、やや苦しく感じる角度まで顔を上げさせられた。

「……重いから、もう、ここに、お世話に、なれない……」

斜めに傾けた亮一の顔が近づいてきて、可南子は唇を軽く啄《ついば》まれる。

「んっ」

彼の二の腕の辺りのシャツを掴んで、優しいキスが心の奥深くまで染み込んでくるのを受けいれた。亮一の舌が唇の合間から滑り込んできてたじろいだが、おずおずと舌を絡ませた。彼の頬を包む手に力が入る。急《せ》くようなキスの合間にする呼吸は、とても熱い。

お腹の下のほうにじくじくとした熱いものが溜まって、耐えられなくなる。

「……っ」

力が抜けて崩れた体を亮一に受け止められた。それから、息ができないくらいの強さで抱き締められる。

「重くてしつこいのは、俺のほうだ」

亮一の声には、何故か暗い響きがあった。

「あの……好きで、いいの？」

亮一の腕に抱き潰されながら、恐る恐る聞く。

小宮のことは、今だって、怖くないと言えば嘘になる。けれど、人の温もりがないと落ち着けないわけではない。今日、飲み会で冷静に話せたことが何よりの証拠だ。

だから、好きという気持ちが迷惑なら、もうここにはいられない。

「駄目だと、言えるはずがない」

煙《けむ》に巻かれたような答えに、寂しさが濃くなった。彼の気持ちがわからないまま、腰の辺りに腕をまわされて、そのまま持ち上げられる。軽々と持ち上げられたのは二度目だ。

「頭、気をつけて」

寝室に続くドアの上の枠を指しているとわかり、頬が熱くなる。

「あの」

「今夜、抱くって言ったろ」

「でも、私」

「俺は、ずっといてくれて構わないんだ」

唐突に、早苗の『ねぇ、本当に、初対面?』という言葉がよみがえった。この間よりも丁寧に記憶を辿るが、やはり亮一の姿は見当たらない。彼のどこか思い詰めている様子は不自然なのに。

……私達、どこかで会ったことがありますか?

運ばれたベッドの上で、覆《おお》い被《かぶ》さってきた彼の頬に手を触れた。暗がりの中で彼の顔を真剣に見つめたが、記憶は沈黙したままだ。

亮一の唇がうなじに触れた瞬間、そんな思考は四散した。服を脱がされてしまうと、疑問を持ったことさえ遠くに追いやられた。

猫が伸びをするのに似たうつ伏せの姿で、可南子は恥ずかしさに耐える。亮一にお尻を突き出すこの体勢は嫌なのに、内腿に溢れた蜜が伝った。

「二本目」

「ん、ああ……っ」

中が力強く吸い込んだかのように、ずぶりと指が収まった。亮一は指を無理に動かさない。可南子の反応を見ながら、中を探るみたいに撫《な》でてくる。体勢は恥ずかしいけれど、指の動きに体を委《ゆだ》ねると、背骨をぞくぞくと快感が上っていく。

「う……っあんっ」

「本当に肌が白いな、可南子は」

背中を撫《な》でつつ中をかき混ぜるように指を動かされて、可南子は軽く達してしまい、ひくひくと彼の指を締め付けた。

「はっ……、ん……、っはぁ」

「イったな」

可南子は震える腕を立てて体を支えていたが、ついにベッドの上に崩れ落ちる。

「し、ばさ……」

亮一の指が中から後ろ側を擦《こす》った。達したばかりの身には強い刺激に、目の前に火花が散り、噛み殺せなかった声が漏《も》れる。

「ひ、ぁッ……」

「可南子、間違ってる」

指は激しく動いているのに、口調は優しい。その差にどうにかなりそうになって、シーツをぎゅっと握り締めた。

「りょ、いち……さん。も……ダメ……」

また軽く限界を迎えたのに、まだ一度も繋《つな》がっていない。もっと刺激が欲しくて、うつ伏せの状態から首だけ振り返り、後ろにいる亮一をねだる目で見てしまう。

熱く見つめ返されたと思うと、仰向けにされた。

「いい顔だ」

「ああっ」

ぐるりと指が中でまわって声が出る。亮一は空《あ》いている手で可南子の髪を撫《な》でた。髪の一本一本にも感覚が宿っているのかもしれない。大事にされているのがわかる触れ方にうっとりとすると、きゅっと中が締まった。

「締め付けた」

「言わないで……っ」

亮一の指に反応してじっとり汗ばむ体は、自分のものじゃないみたいだ。気持ちよくて歯茎《はぐき》さえじんじんする。

「気持ち良いか」

「りょ、う、いちさん、だから。きもち、いい」

深い気持ちよさに体を委《ゆだ》ねていると、言葉は理性を通さなくなる。亮一だから、こんなにも良い。

「……俺を喜ばせて……それで……」

亮一は言いかけて止める。代わりに、いつもはひっそりと隠れている赤く膨らんだ芽を、親指で押すように撫《な》でた。

「ひあっ」

敏感な場所を強く弄《いじ》られて熱が集中する。ずくずくと中が蠢《うごめ》き、解放されたいと訴えていた。

「んっ、あっ」

彼の指がさらに細かく動き出す。芽に触れていた指も一緒に動いて、可南子は既にしわくちゃのシーツを掴んだ。声を押し殺し、短い吐息を漏《も》らしていると、亮一が不服そうに言う。

「声が聞きたい」

中と外、一緒に刺激されながら、可南子は何とか首を横に振った。

「と、なり。き、聞こえる」

先日、帰宅した際に隣の人と会ったのだ。同じくらいの年の男性だった。顔を合わせて挨拶《あいさつ》をしてしまったこともあり、万が一にでも聞こえたらと思うと恥ずかしい。

「……ここ、壁は厚いはずだ。しかも、今更だろ」

「そ、ゆ、問題じゃ、な、い。あっ」

耳元に口を寄せた亮一に耳朶《みみたぶ》を舐《な》められて、肌が粟立《あわだ》つ。指の動きは止まらず、体を巡る悦《えつ》は急《せ》かすように勢いを増している。

「ああっ、もう……ッ」

可南子が喘ぎ声を漏《も》らすと、亮一は満足げに息を吐いた。

「……今度、旅行でもするか。全室離れの温泉にでも行こう。そうしたら思う存分、声を出せる」

二人でどこかへ行って、同じものを見て、思い出を共有する。想像するだけで嬉しかった。自分にこんな感傷的な部分があるとは。悦楽が増し、可南子は甘ったるくて熱い息と一緒に返事をする。

「行きたい……」

「ああ、行こう」

芽を押し捏《こ》ねられたのと、亮一の息が唾液で濡《ぬ》れた耳に掛かったのは同時だった。背筋に波のように押し寄せた快感が激しく弾けて、息が止まる。

「……っ」

どくどくと鼓動が耳の奥に響いている。可南子の虚《うつ》ろな目を、亮一が覗き込んできた。

「大丈夫か」

倦怠感《けんたいかん》はあるものの、気遣われたのが嬉しくてこくりと頷く。亮一は可南子の太腿を手の甲で撫《な》でると、着ていたシャツを脱いだ。それから避妊具を取り出すと、彼はぽつりと言う。

「俺は、可南子の体……好きだ」

突然の言葉に、最初は耳を疑った。意味が理解できた可南子は、暗がりの中で再び息を止める。

……下心って、体。

初めて聞けた、ずっと待っていた好きだという言葉の対象はとても限定的に思えた。さっき話した、体を揶揄《やゆ》された過去をフォローしてくれているのだろうか。彼が好きでいてくれるのは嬉しいのに、違和感が増す。

「あ……」

どういう意味ですかと聞こうにも、怖くて口に出せない。

自分の気持ちを守るように、可南子は肌掛けを顎《あご》の辺りまで引き上げて、良い意味を探そうとする。

だが、考えれば考えるほど、体の関係でしかないという意味に聞こえて、ぐらりと視界が揺れた。

準備をし終わった亮一に腕を掴まれ引き寄せられる。抱かないという選択肢はなさそうだった。肌掛けが体から落ちる。

彼の手に、胸を下から持ち上げるみたいに揉《も》みしだかれた。

「ぁっ」

好きな人に触れられた肌は、一瞬で熱を取り戻す。すぐに立ち上がった胸の先に吸い付きながら、亮一は可南子をベッドに横たえる。

亮一は優しい。けれど可南子の体に飽きたら、その優しさはなくなるのだろうか。自分の勘違いかもしれないと、縋《すが》るように何度目かの勇気を振り絞る。

「……好き、です」

亮一は無言のまま、一瞬体を硬くした。それを肌で感じて、可南子の目の前が真っ暗になる。彼の優しさを、自分と一緒にいたいと思ってくれているからだ、と期待してしまっていた。でも、きっと違うのだ。

好きになってごめんなさい、という気持ちでいっぱいになった。

返事がもらえないことをわかっていて言ったのに、想いが返されないことで、可南子の心は暗く沈んでいく。

固まった体を強く抱き寄せられ、亮一の唇が重なってくる。すぐに、舌が歯列の間から割り込んだ。呆然とした可南子は全てを受けいれてしまう。

「んっ」

激しく舌を吸われて、思考がますます混乱する。まるで、口にしてくれない言葉をぶつけられているようだった。亮一は可南子の体をベッドに横たえ両脚を広げる。そして濡《ぬ》れた口に尖端をあてがい、一気に貫《つらぬ》いてきた。

「うン、あっ」

押し広げられた中は、みっちりとした質量に満たされた。彼は奥まで繋《つな》がって安心したのか、唇を離すと可南子の顔を愛おしげに見つめる。

心が、そんな顔で見ないでと悲痛に叫んだ。

「可南子、力を抜いて」

「りょう、いち、さん」

彼はゆっくりとしたリズムで、腰を打ちつけはじめた。

「はっ、あっ」

肌を撫《な》でてくれる大きな手に、何もかも委《ゆだ》ねたい。けれど、もしこの先に、亮一に背を向けられたら、浮ついた心は一気に地面に叩きつけられ、きっと散《ち》り散《ぢ》りになる。

想像したその瞬間、かつて体験した、五感が死んだ世界が可南子を手招きした。

亮一の手が、可南子の胸の先を指と指の間で挟むように弄《いじ》る。

「あぁっ」

馬鹿みたいに嬌声《きょうせい》を上げた自分を、どこか冷静に眺めていた。亮一を好きな気持ちを消せないかと、もがく自分がいる。気持ちよさを拾えなくなると、疲れが体に圧《の》し掛かってきた。

こんなに突かれているのに眠いなんて、と不思議に思う。

「……可南子？」

亮一の気遣う声が遠くから聞こえる。この声色で、次は誰の名前を呼ぶのだろう。自分を卑下《ひげ》することに慣れた思考回路は、進んで不快な気持ちを選び取っていく。

……一人でも大丈夫な強さを、ください。

誰にともなくお願いして、可南子は意識を手放した。

好きだと伝えて一週間が経った。

結局、亮一の口からは何も聞くことはできなかった。可南子もあれきり、好きと口にしていない。代わりに、亮一の家を出るまでに気持ちの整理をつけようと、もがいていた。

しかし、仕事帰りに自分の家に帰ろうとしても、亮一は見越したように仕事が終わる頃に電話をくれる。それで一緒に帰れるときは、駅で待ち合わせをする。端から見ると、きっと仲の良い二人に見えるだろう。

けれど、これは同情からはじまった体の関係だ。可南子はぼうっと遠くを見ることが多くなった。

亮一はこれまでと同様に優しい。でも、可南子の心がここにない様子を察してか、毎晩のように可南子を抱く。

毎朝、乱れたシーツを洗濯機にいれて会社に行く日々に、慣れるはずもない。乾燥まで自動でしてくれる洗濯機に、可南子は毎日溜息を聞かせていた。

もう、執拗《しつよう》に刻み込まれる快感を知らなかったころには戻れない。体が、好きな人に求められて達する歓《よろこ》びを知ってしまった。

亮一の手は、逃げようとする可南子の体を的確に悦《よろこ》ばせ、最後には自分から請わせる。いつも嬉しいのに、寂しい。

こんなに淫乱《いんらん》な体なら、好きだと言われてもしょうがないかもしれない。初めて抱かれたときも、はしたないくらいに乱れたのだから。可南子は溜息をついた。

何にせよ、足腰の違和感が日常なのはおかしいと思いつつ、出かける準備をはじめる。土曜日の今日は亮一のジムが終わった後に、近くのカフェで待ち合わせの約束をしていた。可南子の家の、ポストの中身を見に行くのだ。あと一週間後には帰る家なので、留守なのがわかる状態にはしておきたくなかった。

亮一は決して一人では行かせてくれない。先週も二人で行った。

今朝、今日は一人で行けると主張すると亮一は笑んだ。

『一人で行ったら、帰ってこないだろ』

試すように言われて、可南子は目を逸らすしかなかった。


待ち合わせの店には、約束の一時間前に着いた。席が空《あ》いていたことにほっとして、可南子は濃い青緑のソファに腰掛ける。

この店は都心では珍しく、机や椅子の配置に余裕がある。その為か、大抵ジム帰りの体格が良い人で混んでいた。

可南子は店員にハイビスカスティーと、オーソドックスなドーナツをひとつ注文すると、バッグの中からフルカラーの温泉雑誌を取り出す。週の初めに、亮一に手渡されたものだ。

どうしてかわからずに、受け取ったままきょとんとしていた可南子を見て、亮一はみるみるうちに顔を曇《くも》らせた。

『全室離れの、温泉に行くと言っただろう』

可南子は驚いて中を見もせずに、雑誌を亮一に返そうとした。

『あの、ごめんなさい。そんなつもりじゃなくて。忙しいし、きっと、無理だから。その、ごめんなさい』

可南子なりに気を使って断ると、亮一は雑誌を押し付けてきた。

『俺は約束を守る。選んでくれ』

彼は、行為中に交わした旅行の約束を、律儀に果たそうとしていたらしい。

雑誌をぱらぱらと捲《めく》ると、記憶が胸の痛みと一緒に再生された。

気を取り直して髪を耳にかけ、おいしそうな食事や、開放感のある露天風呂、趣《おもむき》のある部屋の写真を見ていく。全室離れの温泉宿は客室数がやはり少ない。オンシーズンの土日に行こうとすれば、半年前から予約が必要だろう。オフシーズンの土日でも、良い宿は三ヶ月以上前から予約が必要な気がする。

亮一はそんなに長い間、一人の女との約束に縛られるつもりなのか。そう考えて、すぐに自嘲《じちょう》する。飽きれば、宿はキャンセルをすればいいだけだ。

可南子は無表情に、ドーナツを一口大にちぎって口に運んだ。

「おい」

突然、太い声を掛けられて、ただでさえ口の中の水分を奪う食べ物が喉《のど》に張り付きそうになる。慌てて水を口に運びながら、声の主を見上げた。

「え……」

思いも寄らない人物が立っていて、可南子の体から血の気が引いた。

「こ、みや、さん」

水の入ったグラスを落としそうになり、机に置く。頭の中に心臓があるようにどくどくと脈打っている。冷たく真っ白になった指先を、自分の膝の上に置いて握り締めた。

小宮はむくみがとれたのか、すっきりした印象になっていた。足元にフィットネスバッグを置くと、何も言わずに可南子の前の木の椅子を引いて座る。

小宮は、可南子が全身で拒絶を示すのを冷ややかに見ていた。

「お前の男、まだジムの中でマシンをしてたから来ないぜ。俺だってこんな所で騒ぎを起こす気はないし」

お前の男、と言われて真っ先に亮一が思い浮かんだ。可南子の顔が一気に青ざめる。

小宮は顔色を失った可南子を満足そうに眺めて、店員にアイスコーヒーを注文した。

胃が捩《ねじ》れるような、永遠とも感じる沈黙の後、小宮は口を開く。

「あの目立つ奴が、お前の男って知ったときは驚いたよ」

可南子の体がびくりと震える。

「な……んで」

「先週、この店から出るのを見た」

確かに、先週の土曜日もこの店で待ち合わせをした。

「同じジムなんだ。つけてるとかじゃないから、変な誤解すんなよ」

小宮はそう言って、財布の中からジムの会員証を出し、発行日という場所を指差す。

確かにそこには三年ほど前の日付が書いてあった。けれど、気持ちは少しも落ち着かない。

小宮は、本来ならするべき引継ぎなども全部無視して有給を消化している為、可南子は小突かれて以来、一度も会っていない。何を言われるのか、何をされるのか、緊張で体が強張っていくのが自分でもわかる。

「……仕事を休んでから、毎日、ジムに入り浸《びた》ってる。酒もやめた」

彼は聞いてもいないのに語りはじめた。外で会ってみると、小宮は会社で暴君のように怒鳴っていた人物とは思えない。でもそれが、可南子にはかえって怖く感じられた。

「なぁ、お前。俺があの書類をなくしてないって言ったら、信じるか」

突然、仕事の話になって、可南子は膝を見ていた顔を上げる。

「答えられません。私は最初に書類が足りないとだけ言ったはずです」

「……俺を疑ったか」

「私に書類を渡そうとしたことは、とても不自然に思いました」

「まぁ、そうだな」

小宮は、運ばれてきたアイスコーヒーが置かれるのをじっと見ていた。

「地元に帰るよ。そっちで仕事を探す」

答える言葉も見つからず、可南子はまた膝に視線を落とす。

「……お前、ちょっと美人だからっていい気になってるよな」

悪意に満ちた物言いに再び顔を上げる。小宮はアイスコーヒーの入ったグラスを持ち上げた。

「上に猫撫《な》で声で取り入って、磯田や瀬名にも気に入られて。あの会社の中では順風満帆《じゅんぷうまんぱん》だ。誰かに足を引っ張られることもないだろ」

酷い暴言だ、と可南子は顔を歪《ゆが》ませる。美人でもなければ、取り入った覚えもない。磯田は忙しくても思い付きで仕事を振ってくるし、結衣も新入社員の頃から可愛がってはくれているが、仕事となると無茶を言う。

仕事でほとんど関わったことがない小宮にそんなことを言われる筋合いはない。さすがにムッとした可南子を見て、彼はニヤニヤと嫌な笑みを浮かべた。

「……まぁ、あれは悪かったな。俺はお前に陥《おとしい》れられたと思ってた。でも確かに変だよなぁ」

『あれ』が、何を指すのかがわからない。可南子は唇を白くなるまで噛んだ。小宮がぼかしながら、なんとなく話を進めようとすることに不快感しかない。

「私には、小宮さんを陥《おとしい》れる理由が全くありません。仕事で、ほとんど関わりがないじゃないですか」

可南子は郵便物を直接受け取ったわけでも、封を開けたわけでもない。井口に謝罪に行ったのも、上司命令だったからだ。ただ、巻き込まれたとしか言いようがない。

「お前、見かけに寄らず、気が強いよな？」

どこまでも人を小ばかにした口調だ。小宮は脚を組み、椅子に背を預け、可南子の反応を楽しんでいる。

確かに、郵便物から書類を一枚抜いたとして、それをシュレッダーにも掛けず、結衣の机の上に置いたのはおかしい。誰かが意図的に書類を抜き取り、わざわざ結衣の机の上に置いたとすれば、小宮自身が誰かから恨みを買っているとしか思えない。けれど、これが全て自作自演だとしたら。

ぞっとして、可南子はごくりと生唾を呑んだ。

小宮は可南子の手元にある雑誌に視線をやる。

「旅行でも行くわけ？　あの目立つのと」

可南子は雑誌を手に取ると、バッグの中に片付けた。

「小宮さんに、関係ありません」

小宮は薄気味の悪い笑みを浮かべる。

「気に入らないからって会社にも行かず、有給消化だけして辞めようなんていう、社会常識のない俺からの餞別《せんべつ》。あれ、女が他にもいるぞ」

「……え」

亮一は何かを隠しているという漠然《ばくぜん》とした疑惑が、急に形を成《な》す。ぐん、と脳が左右に揺れた気がした。

「だいたい、水曜日だな。女がここで待ってる。お前は土曜日の女ってとこか」

くっ、と口の片端を吊り上げるように嗤《わら》って、小宮がアイスコーヒーを飲み干していく。

水曜日は確かに、亮一がジムに行く日だ。小宮が当てずっぽうを言っているわけではないことがわかり、可南子の手が震え出した。

「お前と違って、出る所が出てる良い体の女だったな。何度か見たけど」

小宮はおどけた様子で自分の胸の辺りに手をやって、ふくらみを宙に描いた。背筋に冷たいものが下りていく。

「俺は、あっちのほうが好みだ」

可南子の上半身を舐《な》めるように見て、小宮は薄い唇に笑みを浮かべた。

「慰《なぐさ》めてやってもいいぞ」

あまりにも気持ち悪い申し出に、座ったままなのに視界が揺れた。持てる限りの力を込めて、可南子は小宮を睨《にら》んだ。けれど、とても弱々しいそれは、小宮に一笑される。

「ま、あんな目立つ男に本気で相手にしてもらえるなんて、聡明な相馬ちゃんなら考えないか。慰《なぐさ》める必要もなかったな、すまんすまん」

亮一が相手にしてくれているのは同情からで、一時的なものだろうと、可南子自身も感じていた。だからこそ、小宮の言葉に心を貫《つらぬ》かれる。口の中がからからに渇いていた。

「……どうしてそんなこと言うの」

彼は立ち上がりバッグを手に持つと、可南子を見下ろした。机の上の空《あ》いているスペースに手をついて、上半身を折って近づいてくる。

「俺が、相馬のことを好きだから」

耳を疑った。小宮の顔には、人を蔑《さげす》んで反応を楽しむ、意地の悪い笑みが浮かんでいる。こんな嘘までつけることに、震慄《しんりつ》した。

「あの男に言いつけても無駄だぞ？　俺、今日でもうジムに行かないから。引越しの準備やらで忙しくてさっ」

打って変わって、明るく喋《しゃべ》り出した小宮とは対照的に、可南子はショックで何の反応を示すこともできない。

「じゃ、もう二度と会うことはないけど、元気で。相馬可南子ちゃん」

机の上に置かれた伝票を手に取り、ヒラヒラさせてレジへと向かう小宮の後ろ姿を、可南子はただ見つめるしかなかった。せっかく、飲み会で皆に話を聞いてもらって前向きになったのに、ショックを受けるばかりで言い返せない、そんな自分が悔しい。

レジで会計をしている小宮の真後ろを、人を探すみたいに首を動かしながら亮一がすれ違う。彼が可南子を見つけて笑顔を見せた。

ややあって、店を出る小宮が振り返り、毒が染み出したような冷酷な笑顔で口を動かす。

『どようびの、おんな』

可南子の気持ちが、真っ黒に染まった。

空《から》のアイスコーヒーのグラスに口紅の付いていないストロー。人が座っていたらしい引かれた椅子。亮一はそれらをさっと見まわしてから、唇も真っ白な可南子に話しかけてきた。

「とりあえず、帰ろうか」

可南子は強張った顔をゆるゆると上げて、厳しい目をしている亮一を見た。前はもっと優しく見つめてくれた気がして怖くなり、全く手を付けていないハーブティーのマグカップに視線を落とす。

「……私、家に帰って、ポストの中とか、綺麗にしないと」

「それは、俺がしておく。家に帰ろう」

「私の帰る家は――」

貴方《あなた》の家じゃない。小宮から受けた毒が染み出す。何が言いたいかがわかったのか、フィットネスバッグを持って立ったままの亮一は、わかりやすく苛立《いらだ》ちをまとわせた。

小宮に真っ黒く塗り潰された気持ちが亮一を攻撃しはじめて、可南子は顔を歪《ゆが》める。

こんなことを言いたいわけでも、したいわけでもなかった。

「何があった」

彼の言葉は低くて重く、何もなかったとは言えない。

……水曜日の女の人は誰ですか。

けれども、そんなことを口に出すことができるほど、亮一に対して自信がない。可南子が無感情な目を向けると、亮一に動揺が走った。

「とにかく、帰る」

亮一は可南子の横に置いてあるバッグを取り上げるように持ち、レジへと向かった。

ふわふわして現実感のない感覚を苦く思いながら、可南子は何とか立ち上がり、亮一の後を追う。レジで店員と話していた彼が、歩いてきた可南子に顔を向けてきた。その精《せい》悍《かん》な顔に苦痛が浮かんでいるのをぼんやりと見る。

亮一は空《あ》いている手を伸ばすと、近づいてきた可南子の細い手首を掴んだ。

「い、痛い」

初めて痛いと感じるほどに掴まれて、やや強引にカフェの外へと連れ出される。カフェを出て数メートル進んだ所で、やっと亮一は可南子の手首を掴む力を弱めたが、歩みは止めなかった。ジムから家までは歩いて十五分ほど。

決して離れそうにない亮一の手を見て、可南子は目を潤《うる》ませた。彼は緊張した面持《おもも》ちで前を向いている。

ジムの帰りの亮一はいつもより大きく見えた。スニーカーを履《は》いて、スウェットジャケットと九分丈の紺のストレッチパンツというラフな格好でも、見た目の良さは変わらない。

前から歩いてきた、可南子よりも若い女性二人組が亮一を見て頬を赤らめ、こそこそ話しはじめた。彼女達がすれ違いざま、可愛い声でくすくすと笑い、「かっこいいね」と呟いたのが聞こえてくる。彼女達が何度も振り返りつつ通り過ぎていくのを、可南子も何度も振り返って見た。

水曜日の女の人は、誰なのだろう。冷静に考えれば、何ひとつ証拠がないのに、小宮の話を鵜呑《うの》みにしてしまっている。小宮とあのカフェで会ったのは、本当に偶然なのだろうか。

「……何があったのか、教えてもらえないか」

可南子の手を引きながら、半歩前を歩いている亮一が重い口を開いた。

「さっきのカフェ、出るときに会計は済んでいた。店員が、一緒だった男が払ったと言った」

小宮さんが来ました。私のことを土曜日の女って言っていました。水曜日には誰と会っているんですか。そんなことを聞けるはずがない。けれど、何もないと答えたところで、何かがあったと確信している亮一には通用しない。

可南子は俯《うつむ》いて、目じりを下げて頬を上げ、無理やり笑顔を作る。

「何もかも話せないです。亮一さんも、一緒ですよね」

「……珍しく、好戦的だな。で、何があった」

今の自分は小宮に落とされた闇から這《は》い出そうともせずに、それを周囲にも振りまいている。嫌だ、と思うのに止まらない。

「秘密です」

作っていた笑顔はすぐに泣き顔になった。可南子は手首を握っている亮一の手を、空《あ》いているほうの手でゆっくりと握る。自分の手では決して包み込めない大きさに、頼りがいを感じた。

彼はいつか自分に飽きるだろうと覚悟はしていた。でもまさか、今、誰かと共有しているなんて考えもしなかった。

「……水曜日も、こんなにゆっくりジムにいるんですか?」

自分でも恐ろしいくらい、自然に言葉が出てくる。

「……水曜日は大体、会社が終わって、八時くらいから十時くらいの間でやってる」

八時から十時、頭の中で復唱して暗い気持ちに溺れた。その時間に再びあのカフェに行ってしまいそうだ。小宮の理不尽に打ちのめされて、信じるべきものを疑っている。自信のなさから、最悪な状況を信じようとしている。心臓がずっと、掴まれたように痛い。

亮一は話している間も、歩みを止めようとしない。横断歩道の信号にも捕まらず、家にどんどん近づいている。

「……亮一さん、どうして、私に優しくしてくれるんですか」

顔を上げることもできないまま、彼の手を握って、何の策略もなく問いかけた。こんなに、一途に何かを聞いたのは初めてだった。

大きな体が、手が、自分に優しくしてくれたのが、嬉しかった。好きだという気持ちを持てただけでも前進したんだと自分に言い聞かせる。でも、気持ちが寂しさに耐えかねて、はらはらと散っていく。

「……亮一、さん！」

無駄な努力かもしれないが、最後に縋《すが》るように叫ぶ。

「……何があった」

可南子は頭をゆっくりと横に振る。亮一は歩みを止めない。帰りさえすれば全てが解決すると言わんばかりに、最短距離で家へと向かっている。

やっぱり魅力がないから、ちゃんと相手にしてもらえないんだ。自嘲《じちょう》の笑みが浮かんで、そのまま口が動いた。

「好き、でした……。もう、お世話になれません。今まで、ありがとうございました」

亮一の手がぴくりと動いた。

「可南子」

「ごめんなさい。ありがとうございました」

涙は出なかった。小宮が、嗤《わら》っている気がした。

好きでした。そう伝えた後、また亮一が可南子の手首を持つ手に力を込める。何度か手を振りほどこうとしてみたが、亮一の苛立《いらだ》ちが増すだけで、無駄だった。

引っ張られるみたいにして彼の家へと戻った。彼は玄関のドアを開けると可南子を押し込むように部屋の中にいれて、乱暴に鍵とバーを閉めた。続いてスニーカーを脱ぎ、フィットネスバッグを放り投げ、玄関の端に立ち尽くす可南子を肩に担ぐ。

「うっ」

亮一の肩が胃に入って、小さく声が漏《も》れた。突然高くなった視界に、可南子は抵抗する気を削《そ》がれる。それに、抵抗したところで、力ではどうやっても勝てない。

狭い廊下やドアに可南子の体を全くぶつけることなく、亮一は寝室に足を踏みいれ、ベッドの上の掛け布団を剥《は》いで、うつ伏せに可南子を下ろした。

起き上がろうとした可南子は脚を持たれ、シーツに顔から突っ伏してしまう。まだ洗ってないシーツから、昨夜の熱情の匂いが漂《ただよ》ってきて頬を赤らめた。

彼が可南子のヒールを脱がせて放り投げたようで、壁にぶつかって落ちる音がした。

「志波、さん」

また起き上がろうとすると、亮一が被《かぶ》さってきて、再びベッドに沈む。

「軽い」

亮一がジムで鍛《きた》えてきたばかりの四肢《しし》で檻《おり》を作った。手を可南子の肩辺りに、膝を太腿辺りに突いて、絶対に逃がさないという気迫で囲い込まれる。

「可南子の好きは軽い」

頭をがんと殴られたような衝撃に、亮一の腕の下で固まってしまう。やっと、人を好きだと思えた。それを軽いと言われて、呆然とする。

「俺が最初に俺の子を産んでくれるかって聞いたの、覚えてるか。あれ、本気だ」

熱いのか寒いのか、じわりと汗が浮かんだ。

「順番が違うが、今から役所に行くか」

子供とか、順番とか、役所とか。何を言っているのか理解が追い着かない。

「法的に、俺のものになればいい」

「な、何を」

ジムで汗を流したのか、亮一から石鹸《せっけん》の香りが漂《ただよ》ってきた。体温が近寄ってきて、耳元で苛立《いらだ》ちを押し殺した声で囁《ささや》かれる。

「その覚悟があるのか」

唇が触れるか触れないかの位置で、彼は話し続けた。耳に息がかかって、ゾクリと震える。

「何で優しいのかって、優しくするくらいで俺をちゃんと見てくれるなら、いくらでも優しくする。でも、それだけじゃ駄目なら手段を選ばないから覚悟しろよ。俺は、絶対に離さない。可南子が、自分の好きは勘違いだったと言い出しても、俺は絶対に認めない。離さない」

亮一の絞り出すような言葉を、可南子は瞬《まばた》きを忘れて聞く。耳元で繰り出される、魂《たましい》からの言葉に、どう返していいかわからない。

「重くてしつこいのは、俺のほうだって言っただろ。逃げようとしても、逃がさないからな」

いまだ固まったまま動けずにいる可南子を見て、彼は大きく息を吸った。

「好きだ。……三年前から」

思ってもみない告白に、可南子の体から力が抜ける。亮一は可南子が逃げないように手足で檻《おり》を作ってはいるが、体をまさぐろうとはしなかった。耳元で、苦しそうに、可南子が想像もしなかった想いを吐露《とろ》しはじめる。

「結衣から、ずっと話を聞いていた。……一度、社員旅行の写真も見せてもらった。広信の家の近くで何度もニアミスをしてる。ちゃんと紹介されたことだってある」

確かに三年ほど前から結衣に二ヶ月に一度くらいの頻度《ひんど》で、ホームパーティの手伝いを頼まれている。作った料理を玄関先で渡して帰るだけの簡単な手伝いだ。広信と結衣と三人で食事をするときは、必ず奢《おご》ってもらっていたので、そのお返しだった。

亮一のほうがあの二人と長く親しいのだし、集まりにいてもおかしくはない。けれど、紹介をしてもらった覚えはなくて戸惑う。

「……うそ」

「俺が嘘を言っていると思うくらいに、可南子の気持ちは軽いんだ」

「志波さん」

可南子が呆然と呟くと、亮一はクッと喉《のど》の奥で笑った。

「この期《ご》に及んで、俺を志波さんと呼ぶ。好きだと言った一週間後に、好きだったと言う。……俺との待ち合わせ場所で他の男と会う。その男に二度と連絡してこないように話をつけるから、電話をしてくれ」

「し、しば、さん」

「可南子、俺がこの二週間、ただの良い人でいたと思うなよ。可南子のスマートフォンの画面ロックの解除方法なら覚えた。自分から渡すか、俺が解除するか、選ぶんだ」

可南子の目から涙が零《こぼ》れ落ち、シーツに吸い込まれていく。さっきは涙が出なかったのに、今は瞬《まばた》きも忘れた目から、ぱたぱたと雫《しずく》が落ちていく。

亮一は顔を険《けわ》しく、ぐっと奥歯に力をいれると、言葉を続けた。

「男の、連絡先を――」

「そんなの、知らない」

亮一に自分が男と会っていると誤解されているのがわかって情けなくなった。小宮なんかに会いたくて会ったわけじゃない。連絡先なんて知るわけがない。可南子は声を絞り出す。

「もう、家に帰して……」

「可南子……！」

「だって、し、志波さんには、水曜日に、女の人がいるって。あのお店で、会ってるって。わ、私なんかよりもずっと良い女だって。わ、私は、どようびの、おんなだ……って。亮一さんこそ、私を、軽く」

最後のほうは嗚咽《おえつ》で言葉にならなかった。辛くて、握り締めた手を口元に持っていき、唇を強く押した。

自分だって、女の人と会っているのに、どうして私だけがこんな風に責められるの。スマートフォンの画面ロックの解除を覚えたのは、最初から疑っていたということじゃないの。

可南子は体を縮めて辛さに耐える。

「……水曜日に会ってるのは妹の久実《くみ》だ。誰だ、誰に聞いた」

「そ、それが、本当だって、どうやってわかるの」

可南子が涙声で言うと、冷静な声で返された。

「今から電話する」

亮一は驚くほどの機敏さで可南子の上からどくと、あっという間に部屋からいなくなった。

唖然《あぜん》としたのも束の間で、本当に妹さんだったらと可南子は焦った。涙で顔に貼りついた髪を耳にかけながら、慌ててベッドから下りて亮一の後を追う。

「ま、待って」

ダイニングにはおらず、小走りで玄関へと向かう。すると、玄関に放り投げたままのフィットネスバッグからスマートフォンを探し出して、片手で操作している亮一の姿が目に入った。

「亮一さん！」

可南子の声に、彼がスマートフォンから顔を上げる。

「待って。あの、ごめんなさい……。待って」

可南子に涙で潤《うる》む目で真っ直ぐに見つめられて、亮一はスマートフォンを操作していた手を止めた。

「……疑ってるんだろ」

そう仕向けられた、というのが正しい。良心のない目、歪《ゆが》んだ口元。人を陥《おとし》れようとしたのに、自分が陥《おとしい》れられたと主張していた、異様な小宮を思い出す。可南子は無意識に、自分の肩を抱いた。

「こ、小宮さんが」

「小宮」

亮一は可南子が口にした名前を繰り返した後、はっとして顔を険《けわ》しくする。

「同じジムだって、小宮さんが来たの。先週、亮一さんと一緒にあそこにいたのを、見てたって。私なんかを亮一さんが相手にするはずがないって言い残して、帰っていきました……」

彼はみるみる怒りに肩をいからせ、目を吊り上げた。そこに小宮がいたら、間違いなく握り潰しそうな気迫だ。

亮一は、肩を抱いて顔色を蒼白にした可南子の傍に寄る。そして長い指で、可南子の髪や肩、涙で濡《ぬ》れた頬を、触れるか触れないかの強さで撫《な》でていく。

「……何も、されなかったか」

可南子は頷いた。物理的には、何もされていない。

「すまない、傍にいてやれなかった」

可南子が首を横に振ると、髪がさらさらと揺れる。亮一にゆっくりと抱き寄せられて、腕の中にすっぽりと収まった。腕を彼の胴にまわすと、やはりいつもより大きい気がする。

「……相手にされていないのは、俺だけどな」

亮一が掠《かす》れた低い声で呟いた。可南子が腕をまわしてきたことで安心したのか、彼の怒気が消える。

可南子は、その怒気が、自分の中にするりと滑り込んできた気がした。生きる為に抑え込んでいた感情の蓋を、怒りが振動させる。

可南子は亮一の腕の中で身を固くした。

「……私の好きは、軽くない」

七年前、皆の目から心配の色がなくなるように、いくつもの感情を切り捨て、周りを優先させた。

しばらく食事の味がしなかった。味を思い出したくて、焦って一生懸命に料理をした。

弟はおいしいと食べてくれたけれど、どんなに丁寧に作っても味がわからないご飯を食べるのは、本当に辛かった。

お洒落《しゃれ》や化粧をするのが怖くなった。街で人にじろりと見られる度に、やっぱり自分はどこかおかしいのだと思った。男の人も怖かった。笑顔を見せてくれても、この人も可南子の魅力のなさにすぐに気づいて、手を上げるのだと思った。

見ないようにしていたら、男の人が見えないようになった。

こうやって、人を好きだと思うのに、七年もかかった。

……その七年が、軽いだなんて、どうして言えるの。

可南子は亮一の胴にまわした手で拳《こぶし》を作って、背中をどんと叩く。

「どうして、軽いだなんて言うの。か、彼氏に、自分の家に、勝手に、女の人を連れ込まれて、し、してる所を見てしまって……。叩かれて、顔が紫になって。肩が、肩が痛くて……。ご飯がおいしくなくなって。全部が、世界が、風景みたいになって。人を、人を好きだって。もっと知りたいって。そう思えるまで、七年もかかった……。それなのに、どうして。どうして、私の好きが、軽いだなんて言うの！」

泣きながら、何度も何度も亮一の背中を叩いていた。これは、完全な八つ当たりだと気づいているのに止められない。彼は止めないどころか、頭や背中をずっと撫《な》でてくれた。

気持ちが落ち着いてくると、泣きすぎたせいで頭痛がはじまる。人を叩いた罪悪感がじわじわと押し寄せてきた。口にした内容の深刻さにも震えた。こんなに聞かされて困ることもなかっただろう。

動揺した可南子が亮一から体を引こうとすると、背中にまわされた腕に引き止められた。

「俺、高校まで空手をやってた」

「……あの」

「だから、気にするな。叩かれるがままで押さえ込まなかったのは、俺だ」

「でも」

「大変だったな」

その優しい一言に、亮一が、先ほどの話を、もう終わったこととして捉えてくれたとわかった。たくさんの言葉を並べられるよりも心に響く。

唇を噛んで涙を堪《こら》えながら、頷く。そうだ、もう終わったことなのだ。生々しかった記憶が、砂のようにさらさらと形をなくしていく。

「可南子の好きが軽いだなんて言って、悪かった」

亮一の言葉に、好きだという気持ちがどうしようもなく溢れ出す。七年の間、恋はもうできないと思い込んでいたのに、彼を好きになることを止められない。

「好きでしたって言って、ごめんなさい」

また溢れそうになる涙を堪《こら》えて、震える喉《のど》から気持ちを込めて伝えた。亮一は可南子の頭に唇を落とす。

許してもらえたことがわかって、彼の背にまわした腕に力を込めた。

「……可南子」

唇をしばらく触れさせた後、亮一が覚悟を決めたように口を開く。

「いつでもいい。結婚したいと、子供が欲しいと思ったときは、俺を選んでほしい。俺は、可南子じゃないと駄目なんだ」

亮一はそう言って、可南子を自分の胸から離す。会ってまだ三週間で、結婚や子供など、突飛すぎる話がたくさん出てくるなんて。可南子が反応に困っていると、彼は苦笑いした。

「可南子が自分に全く自信がない理由はわかった。けどな、そういうの、あんまり人に言うな。可南子は、本当に可愛い」

「……でも」

「俺みたいなモテ期が長すぎる男が、嘘をつく必要はないだろう」

妙に説得力があって、つられるように笑ってしまう。

「性格は大雑把で頑固《がんこ》だ。でも、真っ直ぐで、顔も声も可愛い。料理も上手だ。おまけに夜のほうも、素直で覚えが良い」

「なっ」

「話そう、たくさん。帰ると言わないでくれ。頼むから」

可南子は差し出された亮一の大きな手の上に、自分の小さな手を重ねた。

「三年前から好きなんだ。話すよ、全部」

出会って三週間、初めて見る自然な亮一の笑顔は、今までで一番かっこいい。

可南子も本当に久しぶりに心から笑んだ。


冷蔵庫から取り出したペットボトルの水を受け取って、可南子はソファに座った。

はす向かいのソファのオットマンに腰掛けた亮一は、遠くを見ながら水を一口飲む。

何から話すべきか考えているようにも見えた。

「可南子の新入社員のとき、結衣が相談役を受け持っただろう」

「……はい」

その通りだったので可南子は頷く。結衣と可南子が親しくなったきっかけは、可南子が新入社員のときに導入されたメンター制度だった。五年以上のスキルのある社員がメンターとなって、新入社員の仕事やプライベートの悩みの解決を促《うなが》すという制度だ。

面倒見の良い結衣は、会社でもプライベートでも、可南子と一緒にいる時間を作ってくれた。その縁で、可南子は結衣と広信の三人でよく食事に行くようになったのだ。

「結衣は可南子が入社する前から小宮と仲が悪かった。広信もいれた三人で飲むときはその愚痴《ぐち》ばかり聞いてたこともあって、俺は小宮を間接的に知っている。変な奴だとわかっていたから、可南子に俺の家にいろと言ったんだ」

それを聞いて、また少し可南子の気持ちが楽になる。

「だが、可南子が入社してから、結衣はほぼ可南子の話しかしなくなった。……俺は、それで、可南子を知った」

新入社員の頃は、いろんな空回《からまわ》りをしていた。どんな話をしていたのかと身構えた途端、彼は不安を見抜いたのか、微《かす》かに笑った。

「頑固《がんこ》だけど素直だとか、天然だとか、そんな話だ。結衣が可南子をとにかく可愛がってるのが伝わってきた」

悪い話ではないようで胸を撫《な》で下ろす。

「結衣は俺について、モテ期が長いって言い方をしただろう」

今さらながら答えにくくて視線を彷徨《さまよ》わせると、彼は溜息をついた。

「確かに、自分から告白はしたことがないし、彼女もいたが、好きだったかと言われると正直わからない。結衣には、好きじゃないなら付き合うなとよく言われた」

好きじゃないのに付き合われる辛さなら、可南子にもわかる。沈黙が流れる重い空気を払うように、彼が口を開いた。

「ある日突然、広信が可南子のことを好きになっているだろうと指摘してきた。知らない相手の話を、数ヶ月も聞いていられるってことは、そういうことだと」

話を聞いただけで……と、可南子は戸惑いに首を傾げる。

「それくらい、俺は興味のない話は聞かない」

この件についてはあまり突っ込んでほしくないらしく、彼はすぐに続きを話しはじめた。

「俺は最初に、可南子のことを盛って話しているだろって態度をとって、結衣を怒らせてたんだ。だから、絶対に会わせないと言われてた。広信は、社員旅行がチャンスだと言った。結衣が浮かれて可南子の写真を見せてくれるはずだと」

確かに入社した年の秋に社員旅行があった。しばらくなかったものを総務が復活させたそうなのだが、あれきり行《おこな》われていない。

「私の、写真……」

「ああ。浮かれた結衣が見せてくれたよ」

確かに、スマートフォンを構えた結衣に何枚も写真を撮られていた。すっぴんの写真も、大富豪で負けてパーティ用のコスプレをさせられた写真もあったはずだ。

そんな写真まで見られたのかと、可南子は震える。

「ど、どんなの……見たの？」

「普通のだ」

あの写真は誰にも見せないとの約束は守ってくれていたらしく、一安心する。

「……すごく可愛くて、綺麗で、驚いた」

男の人に面と向かってこんなことを言われるのは不慣れで、可南子は耳まで赤くした。

「ああ見えて広信も女には冷めてる。そんな、結衣以外の女を褒《ほ》めない奴が『かなちゃん』と呼んで可愛がっていた。本当に良い子なんだろうなって思ったよ」

二人が褒《ほ》めてくれていたのを知って嬉しくなるが、自分じゃない人のことを話されているようでむずむずもする。

「結衣は一度宣言したことは、絶対に撤回《てっかい》しない。だから広信が、可南子と会いたいならホームパーティで手料理を作って持ってきてくれるときに、すれ違ってみろと言ってきたんだ」

披露宴の日まで広信から亮一の話など聞いたことがなかったので、驚いた。

「初めてすれ違ったとき、可南子はこっちを見もしなかった。俺は目立つから、正直、目が合うと信じて疑ってなかったが。……良い意味でショックだったよ」

可南子は申し訳なくなる。亮一は気にした様子もなく、膝の上に肘を立て、指を組んだ。

「さすがにそれが何度も続くと、おかしいと思った。俺を見ないいんじゃない。見ていないフリをしているわけでもない。見えてないいんだ」

いたたまれなくて、可南子は手元のペットボトルに目を落とす。

「結衣達のマンションのエレベーター前で挨拶《あいさつ》をされたこともあるが、俺を見ないままだった。それで、男が苦手なんだろうと確信したよ」

その通りで、どきりとした。亮一には男の人が苦手だということも、出会う前から気づかれていたのだ。

「あの、もしかして知ってたから、三次会会場で私を送るように言われて嫌そうな顔をしてたの……？」

「そう見えたなら悪かった。緊張してたんだ。男が苦手なのはわかっていたし、嫌がられれば、可南子とは二度と会えなくなる」

亮一がペットボトルを持った手に力を込め、ベコリと凹《へこ》ませる。

「広信に駅で紹介もされたことある。あんなに近距離でも俺を見なかった。結衣も広信も、あれで可南子が、男がダメだと確信したんじゃないか」

上手に隠していたつもりが、とっくの昔に知られていたのだ。身の置きどころのなさに肩を縮めると、亮一に髪を撫《な》でられた。

結衣と広信の家は人の出入りが多く、玄関先で二人の知り合いと鉢合わせすることもあった。そういった場合、紹介はされていたし、礼儀として自己紹介もしたけれど、背の高い人が多かったせいもあって、喉《のど》辺りまでしか見ていなかった。また可南子は、彼らに興味を持とうとせず、記憶に留めないようにしていた。

その中に、亮一がいたのだ。

……私の好きは、軽く思われて当然かもしれない。

「唇」

亮一の指が唇に触れて、可南子は下唇を前歯で強く噛んでいたことに気づいた。

「そんなに噛んでると、切れる」

亮一は、可南子の下唇の内側の辺りが赤く、ぷくりと腫《は》れたようになっているのを見て、目を少しだけ険《けわ》しくする。

「自分で傷つけるな」

気遣いと優しさが詰まった低い声に、どうにか堪《こら》えていた涙が零《こぼ》れた。

「気づかなくて、ごめん、なさい」

「謝る必要はない。そもそも、俺が勝手に好きになっただけだ。謝るな」

可南子は詰まった息を、震えながら吐く。

「……三次会で酔った可南子の隙に付け込んだのは俺だ」

珍しく思い詰めた表情で、亮一が壁を強く睨《にら》んだ。

「だから、可南子が我に返って、俺じゃなくても良いと気づくときがくるのが……怖い」

亮一は握り拳《こぶし》をもう片方の手で強く包んで、口元に当てる。

「好きだと言われたとき、すぐに、好きでいいのかと聞かれて不安になった」

可南子は涙で潤《うる》んだままの目を亮一に向けた。

「……俺が許可をしないと、好きでいてもらえないのか。俺は、可南子が俺を好きじゃないと……他の奴が好きだと言い出しても、好きだ」

亮一の真剣な表情には迫力がある。重いのではないか、迷惑なのではないかと、可南子は不安だった。だから自分の言葉が彼を追い込んだのだと知って、胸が苦しくなった。

「好きだと言われた次の日から、可南子があの目になることが多くなった。……俺が全く視界に入っていない目だ。昔に何かあっただろうことは何となく気づいていて、その上で、俺は弱みに付け込んでいたんだ。だから……なんというか、混乱した。どうしたら良いのかわからなくなったし、ずっと前から好きだと言って、気味悪がられたらどうしようとも思った。そんなことを考えていたところで、今日の男疑惑だ。……好きだったと過去形で言われて、形振《なりふ》り構っていられなくなった」

先ほどからの亮一の告白に、可南子は自分が女だと意識させられていた。

同時に、亮一は自分で作り出した偶像に恋をしているのに、その想いを可南子にぶつけられている気がして、段々と落ち着かなくなる。

これまで可南子は汚く暗い所で、ずっと澱《よど》んでいた。働くことに没頭し、思考も体も麻痺《まひ》させ、毎日をなんとか過ごしていた。

既に開いてしまった感情の蓋は、閉じようともせずに、濁《にご》りを流し続けている。亮一が求める美しい幻影を塗り潰すように、可南子は口を開いた。

「……元彼の話、あれ、大学一年生のときのことです。父が事後処理してくれたみたいで、実は、私は、その後どうなったのかよくわかってないんです。お恥ずかしい話、聞きたくなくてずるずるとここまで来ています。それに、あの後も男の人と接するの、理由があれば大丈夫だったんですよ。昔からの知り合いとか、誰かの彼氏とか、今だったら会社の人とか取引先の方とか。……でも、理由がなくなると駄目でした。素の自分は……ないがしろにされる人間なんだって、どこかで思っているんです。何もされない為には、興味を持たれないことが一番なんだって……そう、思い込むとも、言いますね」

七年間、自分の感情の振れ幅が大きくなった理由を知りたくて、たくさんの本を読んだ。でも、精神分析や心理学系の本を読んで理解を深めても、体と思考の反応が変わるわけがない。

男の人に触れられるだけで動揺してしまう状況を、受けいれるしかないという絶望と、物事に対する冷静さが増すだけだった。

結局、自分は魅力がない人間だと、人から理不尽に扱われる程度の人間なのだと、そう割り切るのが一番生きやすかった。私が何をしたのかと考えるよりも、ずっと楽だった。それがお決まりとなり、異性が絡むと飛びつくみたいにその思考を選び取るようになってしまったのだ。

他人に、この話をする日が来るとは思わなかったので、不思議な高揚《こうよう》感があった。

感情を切り離して、他人事のように淡々と続ける可南子の話を、亮一は黙って聞いている。

「結婚式の日、すごく結衣さんが幸せそうで……当てられてしまって、人肌が恋しくなったんです。それで、お酒を飲みすぎて、広信さんが志波さんを呼んで……。志波さん、大きいのにとても優しかった。だけど、結婚式でも二次会でも女の人に話しかけられて、冷静に対応してましたよね。だから、私が本気で相手にされるはずはないと思ったんです。でも志波さんみたいに、優しくて強そうな人に触れてもらえれば次に進めるかもって……だから、やめてくださいって言いませんでした」

可南子はペットボトルを手の中でまわして止める。そして、それを見ながら泣きそうな顔で笑んだ。

「……私は、志波さんを利用しました」

貴方に想ってもらえるような、綺麗な人間ではない。それを暗に含ませて、可南子は冷静な顔を亮一に向け、口角を上げた。

三年の間、すれ違った回数はどれくらいだったのだろう。片手では足りないはずだ。それなのに全く記憶にないどころか、紹介されたことも忘れてしまうような自分よりも、亮一には、もっと良い人がいる。

「志波さんを好きなのは本当です。あの夜から、惹《ひ》かれていました。それに、三年も好きでいてくれて、すごく嬉しいです。でも、実際の私は面倒で打算的な女ですよ。志波さんも、こんな女だとは思わなかったでしょう」

「可南子の過去や気持ちをどうこう言うつもりはない。だが、俺の気持ちを勝手に想像して決め付けるのはやめてくれ」

亮一に挑むような目を返されて、可南子は怯《ひる》んだ。彼を名字で呼び、壁を作ろうとしたのがバレている。

「俺を志波さんと呼んで敬語を使って距離を置いて。で、なんだ、俺を好きだと言ったその口で、今から俺を振るのか」

だって、いつまた、この歪《ゆが》んだ感情が噴出してくるかもわからない。今、やっと過去が終わろうとしているけれど、落ち着くのはまだまだ先だ。亮一をこんな不安定な自分に巻き込むわけにはいかない。

「志波さん。志波さんにはもっと」

「誰だって、誰かを利用するし、悪いとわかっていても、自分の為だけに動いてしまうことくらいあるだろう。それを、良《い》い子ぶって綺麗ごとで終わらせようとするなよ」

「だって」

「抱えて、前に進めばいいだろ。俺は可南子を離さない」

「志波さんにはもっと良い人が」

「じゃあ、連れてきてみろよ。ここに、今すぐに」

亮一の痛みに満ちた表情に、可南子は俯《うつむ》いて唇を引き結んだ。言葉を介さず飛び込んできた彼の感情に、心臓がどくどくと早鐘を打つ。

「……やっと、生身の可南子がここにいるんだぞ。絶対に離さない……」

低く掠《かす》れた声が、可南子の鼓膜《こまく》にざらっとした感触を残した。追い詰められたような響きが耳から離れない。

離さないと近寄ってくる亮一を、可南子は不思議と気後《きおく》れすることなく見た。

「……その、同情とかなら」

「大変だったとは思うし、気の毒だったとも思う。その男も小宮も許さない。けど、可南子はちゃんと自分で立っている。だから、同情はしていない。むしろ称《たた》えられるべきだろ」

可南子は唖然《あぜん》とした。これまで、事情を知る人の心情を慮《おもんぱか》る視線に、何でもないふりをしてきたぶん、衝撃だった。

亮一は、可南子が何を話しても、全てを受けいれる姿勢を貫《つらぬ》いている。覚悟を決め、逃げ場は作らないという態度と言葉で、気持ちをぶつけてくる。

「離さないからな……」

そう言って、亮一は黙った。その不貞腐《ふてくさ》れたようにも見える横顔を眺めているうちに、もしかして、彼は好きという言葉を言えず、抱くことで補おうとしていたのではないかと感じた。

不器用なのか真面目なのか、こんなに堂々とした大きな体なのにと少し呆れてしまう。

可南子は亮一を叩いてしまった自分の手を見る。

「叩いて、ごめんなさい。謝っていなかったですね」

自分がされて辛かったことを人にして、謝ることも忘れていた。

「気にするなって言ったんだけどな」

亮一は溜息をついて、可南子に手の平を自分に向けるように言う。よくわからないままその通りにすると、彼は可南子の手の腹を、親指と人差し指で弾いた。

「なん、ですか」

「やり返してる。何発やられたかは覚えてないけど」

指で弾かれて手の腹がこそばゆい。明らかに手加減しているのがわかる。

「こうでもしないと、罪悪感とやらが消えないんじゃないのか。だいたい、体格と鍛《きた》え方の差を考えなさすぎだ。空手をやっていたって言ったろ。急所に強めのが入ってみろ。息が止まって動けないんだからな」

「……はぁ」

くすぐったいこれと、拳《こぶし》で背中を叩いたのとでは、いくらなんでも違うはずだ。亮一は左膝の上に肘をついて頬を載せて、手の腹を弾き続ける。

どこかうんざりした亮一の顔を見て、肩肘を張っていたのが急に馬鹿らしくなった。これ以上何を言っても、彼はたぶん、全てに大したことはないと返してくる。だから、つい聞いてしまった。

「……亮一さん、どうして、私に優しくしてくれるんですか」

ジムからの帰り道では、決して答えてくれなかった問い。亮一は指を止めて、力の抜けた可南子を見た。

「好きだから。……そして、嫌われたくないからだ」

「だったら」

ずっと欲しかった言葉をもらったのに、責める口調になってしまう。そんなに想ってくれていたのであれば、もっと早く教えてくれればよかったのに。

「俺は可南子の弱みに付け込んでいるから、なんて答えていいのかが、わからなかったんだ」

「最初に会ったときに、その、三年前からって、言ってくれればよかったじゃないですか」

「後出しジャンケンみたいなことを言うなよ。初対面で三年前から好きだったって三十《み》路《そ》男《じ》に言われてみろ。引くだろ。だいたい、可南子は自分の家に帰るとき、俺と二度と会う気がなかったはずだ。鍵があったから、かろうじて俺のことを考えたんじゃないのか」

図星を突かれ、何とか可南子は答える。

「……ひ、引かな、かった」

「けっこう、頑固《がんこ》だな」

苦し紛れの物言いに、亮一は眉根を寄せた。

「りょ、亮一さんには、その、触れられても嫌じゃなかったから、……たぶん、引かなかった」

「……非常に嬉しいことを言ってくれているのはわかるんだが、それを俺にどう察しろと」

「…………き、気合……」

「ああ?」

驚き呆れ返った亮一を、可南子は上目遣いに見た。その後、二人で顔を見合わせて噴き出す。

結衣と広信の結婚式はとても幸せそうで、あんな風になれたらどんなにいいだろうと思った。二人にあてられて人肌が恋しいなんて思いを持たなければ、お酒を飲まず、亮一と知り合うこともなかった。

抱えて前に進めと言った亮一は、傍にいてくれるつもりなのだ。結婚というのも、きっと冗談で言っているわけではない。

過去をここまで話してしまった理由はひとつしかない。可南子は膝の上で両手を握り締める。

「あの……好きです。でも、その、結婚とかよくわからなくて。……お付き合いからじゃ、ダメですか」

「順番的には、そうだな。飛ばしてた」

傷ついていても傷つけてしまっても、それでも、傍にいたいと思うのが恋。早苗に言われたことが今ならわかる。

「あの、いいの?　……お付き合い、してくれますか?」

可南子は身を乗り出すみたいにして返事を待った。亮一の表情が、堪《こら》えきれなかったように一気に柔らかくなる。

「結婚を前提にってことなら」

「あ、そこにはこだわりがある……」

「あのな、結婚なんてことを伊達《だて》や酔狂《すいきょう》で言える訳がないだろ」

やっと人を好きになれた所で、結婚と言われてもよくわからず、申し訳なく思う。彼は全部わかっているのか、真剣な眼差しなのに声はとても優しい。

「……結婚を前提に俺と付き合ってほしい。最後に言っとくけど、本当に、離さないからな」

「あ、はい！」

可南子は慌てて姿勢を正して返事をした。胸に嬉しさが広がり、照れて顔はどんどん熱くなる。

「まずは、彼氏彼女ってことでよろしく」

「はい！　よろしくお願いします」

亮一が頬を撫《な》でてくれる手は温かい。可南子は心を委《ゆだ》ねるように頬を預けて、目を閉じた。

5

洗面所の鏡に映った自分の顔の酷さに、可南子は大きな溜息をついた。目が腫《は》れ上がり、とても見られたものではない。

顔を洗うと言って、席を外してよかったと思いながら、何度も冷たい水で目元を冷やした。浮かれた気持ちと熱を持った瞼《まぶた》を、水が少しずつ冷ましてくれる。

保冷剤で瞼《まぶた》を冷やそうかどうかと考えつつダイニングに戻ると、亮一がスマートフォンをズボンの後ろポケットにしまっている所だった。

さりげない仕草も前よりかっこよく見えてしまう。今の自分は彼の彼女なのだと思うと、頬が紅潮するのを止められない。

「あの、お茶を飲みませんか」

そわそわしてしまって、座ってもまた立ち上がる用事をつくるほど重症だ。

「無理しなくていいから」

亮一の手が伸びてきて髪の毛をすくった。何とか取り繕《つくろ》っている冷静さは、あっという間になくなる。

「お茶くらい、無理しなくても淹《い》れられますよ。あ、飲みたくないですか？」

手から逃げるように中腰になったのに、彼はムスッともせずにおかしそうに笑った。

「飲みたい」

「よかった。じゃ、淹《い》れますね」

すぐに立ち上がって台所に行ったが、何を飲むかを聞くのを忘れていることに気づく。真っ直ぐに向けられた彼の笑顔にのぼせて、肝心なことが抜けていた。

「しっかりしないと」

両頬を小さく叩いて、亮一のいるダイニングにひょこりと顔を出す。

彼は、声を掛けるのが憚《はばか》られるほど険《けわ》しい顔でスマートフォンを見ていた。仕事のメールを見るいつもの顔より厳しい。とても大変なメールでも届いたのだろうかと、躊躇《ちゅうちょ》してしまう。

邪魔をしてはいけないと、選んだお茶を、時間を掛けて淹《い》れる。ちらりと顔を出して亮一がもうスマートフォンを見ていないのを確認してから、トレイに載せたお茶を持ってダイニングに入った。

「どうぞ」

「ああ、ありがとう」

微笑んだ彼の顔はどこか強張っていて、可南子は違和感に心の中で首を傾げる。

「なぁ、可南子」

オットマンから腰を浮かせた亮一は、可南子が座っている横に移動した。ぎゅっと肩を抱き寄せられて、彼にもたれかかる。

「ど、どうしたんですか」

「小宮、俺と同じジムって言ってたんだよな」

ギクリと強張った肩を、彼は宥《なだ》めるように撫《な》でてきた。小宮の悪意に満ちた顔は、思い出すだけで気持ちが悪い。

「……会員証を見せられたから、たぶん」

「こういうデザインか」

体を離した亮一が出してきた彼の会員証を見て、ちゃんとは覚えてはないけれど、こんな感じだったと可南子は頷く。

「知ってる人……なの？」

「いや、顔は知らない」

亮一はすぐに否定した。

「……小宮さんのほうは、知っている様子だったから」

あの目立つ男、と言っていたので、小宮が一方的に亮一を知っていただけかもしれない。確かに亮一はとても目立つし、それはありえる。

そんなことを考えつつ、可南子は付け足す。

「地元に帰るって、会社もこのまま来ないみたいなことを言ってました。だから、ジムにはもう行かないんじゃないかな……」

亮一は顎《あご》を撫《な》でて、冗談に聞こえないことを口にする。

「顔がわかれば、文句を言いたいところだな」

「危ないことはやめてくださいね」

可南子が唇を尖《とが》らせると、亮一は意味深に笑む。

とはいえ、可南子も小宮に言われたことを思い出すと、今ならこう言い返せたのにと悔しくなる。いつもそうだ、だからこそその場で言い返せる結衣を尊敬していた。きっと亮一も同じ人種だ。

「でも、文句を言えるって、すごいですよね」

「可南子だって俺にすぐに言い返してくるじゃないか」

「そういうのじゃなくて」

軽く睨《にら》むと、また肩を抱き寄せられた。体の力を抜いて身を委《ゆだ》ねると、体温にほっとする。

「小宮さん、失礼なことを言いすぎなんです。私を好きだなんて嘘をつくし……」

亮一の妹の体のほうが好みだとか、慰《なぐさ》めてやろうかとかも言われた。ふざけないで、と怒れたらどんなに楽だったろう。昔から、怒りを表すのはとても苦手だ。

「好き？」

亮一が不愉快そうに眉をひそめた。

「あ、どうせ嘘ですよ。私がすごく嫌いなんだと思います。何を言っても、何をしてもいいと思ってるみたい。こんな話、気持ち良くないですよね。そうだ、今日の夜ご飯はどうしますか」

「他にも何か言われたのか」

急に察しが良くなった亮一が少し憎い。その勘の良さをもっと前に発揮してほしかった。

「可南子」

頬を包まれて、目をじっと見られる。心の奥まで見透《みす》かされそうな強い視線に、可南子は降参して口を開いた。

「……体が細いことを言われて、寂しいなら、その、慰《なぐさ》めるって。……私が怒れないから、調子に乗らせちゃうんですね」

明るく言ってみたが、どこか暗くなってしまう。やっぱり言わなければよかったと、しゅんと項垂《うなだ》れた。

「……小宮が全部悪い。簡単に自分を責めるな」

頬から離れた彼の手が後頭部にまわってきて、そのまま肩に引き寄せられる。亮一がどんな顔をしているかはわからないが、怒っているのだけはわかった。自分の為に怒ってくれていることが、不謹慎にも嬉しい。

「変な話をして、ごめんなさい」

「俺が聞いたんだ。……悪かった」

亮一の指に輪郭を辿られ、顎《あご》を上げられる。触れるような優しい亮一のキスに、可南子は目をつぶった。好きだと告げられて初めてのキスは、すぐに鼓動を速くする。

「んっ」

亮一は再びじっくりと唇を重ねてきた。逞《たくま》しい腕に抱き竦《すく》められて、何度も角度を変えながらされるキスに蕩《とろ》けそうだ。唇の感触にすっかり馴染《なじ》んだ肌は、ぽつぽつと熱を持つ。

「ふ、あ……ん」

キスで全てを委《ゆだ》ねたくなるほど高揚《こうよう》することは、亮一が教えてくれた。彼のキスでいっぱいになると、小宮のことが遠くに押しやられていく。

「好きだ」

告白にくらくらと溶けそうになった。ゆっくりと入ってきた彼の舌を受けいれながら、可南子も拙《つたな》く伝える。

「私も、好き」

呼吸の合間に吐息のように囁《ささや》いて、亮一の腕をぎゅっと掴む。すると、いっそう強く抱き締められて、幸せを感じた。隅々までもっと触ってほしいと体が疼《うず》き出す。

彼の手がそれに応えるみたいに服のボタンを外しはじめた。肌にたくさん唇を落とされる。耳、うなじ、鎖骨、肌。触れられた場所は、じんじんと痺《しび》れ、熱を持った。

「シャワーを」

熱の渦に呑まれてしまう手前、わずかに残った理性が、流されそうになるのを押し留める。

「昨日浴びただろ。……綺麗にしすぎても、味気ない」

どんな自分でも受けいれてくれる彼の言葉は、恥じらいも一枚ずつ脱がしていく。

ブラウスを脱がされ、亮一の手がスカートの中に潜《もぐ》った。ショーツの上から割れ目をなぞられる。

「あっ」

「濡《ぬ》れてるな」

「い、言わないで」

染み出た蜜でしっとりしたショーツの上から、指で押すように円を描かれる。濡《ぬ》れた生地が入り口を刺激して、羞恥《しゅうち》がお腹の中に火を灯す。

「んん……っ」

「指、いれるぞ」

彼の指が下着の間を潜《もぐ》って入ってきた。滴《したた》り具合を確かめるみたいに、指をくるくるとまわしながら、蜜をたっぷり絡ませる。濡《ぬ》れ切った指が奥までつぷりと沈みこむと、可南子の呼吸は乱れた。

「あ、やっ、あ」

「そうか？　動いてるぞ」

亮一の指はひくひくと動く中を楽しむように、どこまでも優しく捏《こ》ねる。長い指が奥に当たり、彼の二の腕を握り締めていた。指の動きが速くなってすぐ、可南子は小さな声を上げて、快感の高みを迎える。

「ぁ、あっ」

軽く達して力の抜けたこめかみにキスをされた。脱がされた服や下着が床に散乱しているのを見て、可南子の気持ちは高まっていく。露《あらわ》になった胸の先を舐《な》められ、もう片方を揉《も》まれながら、フローリングのカーペットの上に押し倒される。

「電気を消して……」

「見えないじゃないか」

亮一は可南子の膝の裏に手をいれて持ち上げた。空気が触れてひやりとした、その部分に亮一の視線を感じる。

「み、見ないで！」

「綺麗だ」

自分で見たこともない場所を、亮一は何度も見ている。でも、慣れることなんてできるはずがない。手で顔を隠しながらも、好きな人に与えられる熱に浮かされる。

「すぐに反応してくれるのは、嬉しいな……」

蜜で濡《ぬ》れそぼった入り口に、薄い膜で覆《おお》われた尖端が擦《こす》りつけられた。窪《くぼ》みを探すみたいに上下に動かされ、焦《じ》れた腰は彼を欲しい場所に導くように勝手に動く。

「……そういう可愛いことをされると、こっちも我慢ができなくなる……」

言葉とは裏腹に、可南子の反応を確かめながら、彼はじわじわと入ってくる。

「ああっ……んっ」

指とは違う質量に押し広げられて体が仰《の》け反《ぞ》った。受けいれた中は溶けるくらいに熱い。彼の大きさにすっかり馴染《なじ》んだそこが、ぎゅっと締まる。

彼と繋《つな》がれたことに、眦《まなじり》に涙が浮かぶ。すると、彼が指でそれを拭《ぬぐ》った。

「悪い。痛かったか」

「痛くない……です。その、嬉しくて」

亮一は泣きそうな顔で笑う。

「……好きだ、可南子。言わなくて、悪かった」

彼の腕の中で好きだと言われて、心の中に喜びが広がり指先にまで伝わった。彼の厚い背中に腕をまわして抱き締める。

「私も、好きです」

「……他の男に、冗談でも好きだなんて言われないでくれ」

独占欲を向けられて、肌が熱を持った。ぐっと腰を押し付けられて、喉《のど》の奥から声が漏《も》れる。

「好きなのは、亮一さん……ッ」

奥まで隙間なく埋《う》められて、きつく抱き締められると渇望《かつぼう》を覚えた。

「私も、会ったときから、好き……」

亮一の三年間が重いなら、可南子の男の人に心を開けなかった七年間はさらに重い。

腰を打ち付けられて揺らされているのに、もっと欲しいと思ってしまう。啼《な》かされては痙攣《けいれん》するのも、こんな風になるのも、全部、亮一だからだ。

「可南子、好きだ」

指と指を絡ませて握り合った手に、可南子は力を込める。

もっと、言ってください。熱に浮かされたようにねだる。何度も囁《ささや》かれる亮一の告白に満たされて、可南子はその幸せに蕩《とろ》けた。

次の日の日曜日、亮一はジムに行くと家を出た。ジムに行くのは、水曜日と土曜日のはずだったので、可南子は不思議に思いながら見送る。とはいえ、自分がここにいることで、亮一の生活のリズムを壊しているのは事実だ。自由な時間を持ってもらえて、ほっとしている。

それなのに、何か、違和感が拭《ぬぐ》えない。

可南子はそのままダイニングに戻って、ソファの上で膝を抱き締める。昨日、夜中まで繋《つな》がっていたせいか、亮一の体温と重さをずっと抱えたままだ。抱かれた余韻で体はどことなく熱い。

ソファに寝転んでいると疲れからかいつの間にか寝ていて、スマートフォンの着信音に起こされた。亮一かと思って逸《はや》る気持ちで手に取ると、画面に結衣の名前が出ている。

亮一の家にいることは、結衣に直接は話していない。少し気まずくて躊躇《ためら》ったものの、鳴り続ける電話を放置もできず、緊張しながら出た。

「もしもし」

『結衣です。ごめん、可南子、今、大丈夫？』

結衣の声にどことなく元気がない。亮一の家にいることを聞かれるのだろうかと身構えたが、もしそういう話なら勢いよく喋《しゃべ》ってくる気もした。

「大丈夫です。……あの、どうかしましたか」

『休みの日の朝から仕事の話でごめん。小宮の、書類の件なの』

ドキッとして、上体を起こす。

「結論から言うと、鈴木が私の机の上に置いたって、昨日の夜、泣きながら電話してきた」

営業で庶務をしている鈴木のことだ。彼女が営業の中で健気《けなげ》に頑張っている姿を思い浮かべ、額《ひたい》を押さえた。全く想像もしていなかった人物の名前が出てきて、喉《のど》がきゅっと締まる。

何故、どうして、そんな疑問の前に、鈴木の人柄が思い出された。

「……鈴木さん、隠すような人じゃない、ですよね」

『うん、そう言ってもらえると私も嬉しい』

結衣の声が少しだけ明るくなる。

『あの日、提出してない小宮の伝票があるって、鈴木が経理から言われたんだって』

可南子は眉をひそめる。伝票は経理のシステムを使って作るのだが、作成して未承認のままだと経理側から丸見えになる。それを消し込むのも彼ら経理の仕事で、定期的に未提出書類のチェックをしているのだ。

だが、伝票の種類と一緒に作成者もわかるはずなので、小宮が作成した伝票のことを鈴木に聞くのはおかしい。

「小宮さんが作成した伝票を、鈴木さんに、ですか？」

『そう、しかも、立て替え費用のもの』

立て替え費用は自分の口座へ直接振り込まれる。領収書を添付しなくてはいけないこともあり、部長クラスでもない限り自分で作成するのが基本だ。小宮の伝票、ましてや立て替えたお金の伝票を鈴木が作成しているはずがない。

「どうして鈴木さんに聞くんですか」

『小宮に聞きにくいからでしょう。よくアイツがいないときに来て、聞いといて、と言って帰っていくんだって』

結衣は忌々《いまいま》しげに、電話越しでもわかる大きな息を吐く。経理にも非常にクセのある中堅がいるので、あの人かなと目星はついた。どこにでも、面倒なことを弱い立場の人に押し付ける人がいる。可南子の腹の底に、苛立《いらだ》ちが宿った。

「そういうこと、しそうですね……」

『まぁね』

結衣も可南子と同じ人物を思い浮かべているのか、お互い名前を出さなくても通じている。

『あの日もそうだったらしくて、いつものように小宮の机を漁《あさ》っていたら、欠番だった先生の書類が山の中から出てきたそうよ』

結衣の声に、疲れが滲《にじ》んだ。

小宮の机に積まれた、雪崩《なだれ》が起きそうなファイルと書類、中身が変色した飲みかけのペットボトル。いつ配られたわからないお菓子類。書類でも何でも紛失しそうな机ではある。

『それで、そのときは他の急ぎの仕事に気を取られてて、とりあえず私の机の上に置いたらしいの。こんなに大事《おおごと》になると思わなかった、ごめんなさいって。月曜日に可南子にも話すとは言っていたけど、先に伝えておこうと思って電話した』

「……小宮さん、俺は知らないって。俺じゃないって」

『あの人、都合が悪いことを器用に忘れるから、言うことを信じちゃいけないの』

昨日も、小宮は俺じゃないと可南子に言った。しれっと吐かれた嘘が、気持ち悪い。

『取り急ぎ、それだけなんだけど……あと、亮一はいる？』

結衣は可南子が亮一の家にいると疑っていないらしい。話していない手前、気まずさから声のトーンが落ちた。

「……ジムに行っています」

『ジム。……そう、行動を起こしたか』

行動、と可南子は心の中で反芻《はんすう》する。亮一が出かけてすぐに覚えた違和感が、急に色濃くなった。

『大丈夫だった？　小宮、可南子に接触してきたんでしょう。本当に、嫌な奴』

結衣が知っているということは、亮一が話したのだろう。二人はずっと可南子の知らない間に、情報共有をしている。誰から聞いたのかを尋ねるのも今更な感じがした。

「偶然、会いました。実家に帰ると、言ってたんです」

『……それも嘘じゃないかな。昨日、亮一から小宮の写真を見せろと言われたの。これは、小宮を探しにジムに行ったね。珍しく怒っていたからなぁ』

「結衣さん、小宮さんの写真を持っているんですか」

『私、ずっと小宮に嫌がらせを受けているから、何かあったときの為に何枚も持っているの。それを、亮一に送った』

何かあったときという言葉の不穏さに、二人の仲の悪さを改めて感じた。それでも同じ部署で働いていた結衣は、やっぱりすごいと感心してしまう。

昨日の亮一の険《けわ》しい横顔を思い出す。何を飲むかを聞こうとして台所から顔を出したときの、怖い顔。あれは、メールで結衣とそういうやりとりをしていたのだ。

黙った可南子に慌てたのか、結衣が続けた。

『暴力とか、そういうのはない奴だから大丈夫。……ただ、体も心も強いぶん、昔から怒ると相手と直接、話をつけるのを選ぶ所があって』

「でも、小宮さん、昨日でジムは辞めるって」

『あのケチが、月の半《なか》ばにそんなことするわけないと思う。飲み会だって一円単位で煩《うるさ》いもの。立て替え費用の伝票も、添付すべき領収書をなくした癖に、押し通そうとしていたから』

昨日から覚えていた違和感の正体がハッキリした。可南子は息を呑む。

「私、亮一さんと話さないと。ごめんなさい、切りますね！　また明日。電話ありがとうございました！」

結衣の電話をほとんど一方的に切って、亮一に何度も電話をするが出ない。

また、迷惑を掛けようとしている。

可南子は身支度を整えると、衝動的に家を出た。

＊　＊　＊

『小宮が戦意を喪失《そうしつ》する程度にどうぞ。胸がすく報告を待っています』

幼馴染《おさななじみ》の結衣からのメールの返信は、実力行使に出ても全く止める気がなさそうな内容だった。お陰で、亮一は正気になる。内心、好戦的な幼馴染《おさななじみ》に、広信と結婚できてよかったなと苦笑した。

だが、送られてきた小宮の写真に、亮一はすぐに険《けわ》しい顔をする。

……知っている。

通うジムは、所謂《いわゆる》、人気スポットと言われる街にあった。通う人間の中にはそこに通っている自分が好きで、それだけで満足している奴がいる。小宮はそれに属していた。自分で会費を払って来ているのだからどう過ごそうと勝手で、邪魔されなければ問題ない。

だが、小宮は壁に寄りかかって、ニヤニヤとトレーニングをしている人を見ていた。それで目が合って睨《にら》み返すと、見ていませんでしたよ、といった風にすぐ目を逸らす。気味の悪い奴だなと思っていた。

そして、いつだったか、亮一は小宮に絡まれていた受付の女の子を一度助けている。もう辞めてしまったが、元気で顔立ちが愛らしい大学生のバイトだった。

夜、ジムの帰り道、困っている彼女がいたので、目を凝《こ》らしてみると小宮が見えた。彼女はバッグを抱えるように肩を丸め、小宮に背を向けて早足で歩いているのに、それでも小宮は接近して絡んでいたのだ。

さすがに危ない感じがしたので彼女に声を掛けた。勘違いなら謝って去れば良いと思ったのだ。

しかし、彼女はほっとした顔をした。小宮は言い訳がましく何かを言いつつ、去り際に睨《にら》んできた。バカバカしいと思いながらすぐに睨《にら》み返すと、慌てて顔を逸らして逃げ出すようにいなくなった。

……怖いなら、最初から睨《にら》むなよ。

そう思って呆れたのを覚えている。

最寄り駅まで彼女を送りながら話を聞くと、彼女は小宮がしつこく絡んできて困っているので、バイトを辞めると言った。他人を辞めさせるまで追い込む意味がわからず驚いたので、印象に残っている。

ほどなくして受付の子は辞め、その後は時折、小宮がこちらをじっと見ていたのを覚えている。睨《にら》んだらすぐに目を逸らすし、実害もないので放置していたが。

もしかしたら、根に持たれていたのかもしれない。

……俺に、やり返せよ。

小宮の目にも、可南子と一緒にいた亮一は浮かれて見えたのだろうか。そんなにわかりやすいのかと思うと苦笑いが浮かぶ。

それにしても、結衣が愚痴《ぐち》っていた相手と自分に面識があったとは思わなかった。

結衣は営業で唯一の女性で、一年後輩の小宮から嫌がらせを受けていた。彼との確執《かくしつ》が生まれた当時の幼馴染《おさななじみ》は今よりも若く、もっと単純で、かつ短気だった。最初は受け流していたが、ある飲み会の日、人を陥《おとし》れようとする小宮の持論を聞いているうちに、手に力が入ったそうだ。

『私、空手をずっとやっているの。そんなに文句があるなら、今から、手合わせをしましょうか。男って、強くて偉いんでしょう？　だったら、防具も要らないよね。やろうよ、今すぐ、ここで。どっちか強いか、みんなに証人になってもらおうじゃないの！』

決闘だと言わんばかりに、座っている小宮に白い布のおしぼりを投げつけたらしい。白い手袋がなかったからおしぼりでやってやったと言っていたが、小宮はそれを拾わなかった。つまり決闘を受諾しなかったのだ。結衣は周りの人達に落ち着くように宥《なだ》められ、その場は収まったのだとか。

それから、小宮は敵視はしつつも、結衣に何を言うこともなくなったらしい。

小宮に可南子が小突かれた、次の日。その場にいたという結衣に事情を聞こうと連絡をすると、結衣は珍しく弱った声を出した。

『あいつが執念深いのには気づいてはいたけど、さすがに、取引先からの書類を紛失させるとは思わないよ。それに、普通、関係ないはずの可南子に手を出すとは考えないでしょう……いったい、いつまで根に持っているつもりなんだろう。可南子が入ってくる前の話だし、そもそも、喧嘩《けんか》を売ってきたのはあっちなのに』

結衣が可愛がっている可南子のことを、ずっと観察していたのだろうと、あの周りばかりを見ている陰気な目を思い出す。

小宮は二人の仲に亀裂でも入れば良いとでも思ったのかもしれない。けれど、予想以上に可南子が状況に流されず、着々と周りを味方につけながら仕事を進めたのが気に入らなかったのだろう。

だが、どんなに小賢《こざか》しくても、亮一と結衣が繋《つな》がっているとまではわからないはずだ。顔は割れていないと踏んでいる。

……あいつは、可南子を巻き込んだ。

怒りを通り越したとても鋭利な感情を抱え、亮一は握った拳《こぶし》をとんっと自分の膝に打ち付けた。

いつもは水曜日と土曜日と決めているジムに、日曜日に来たのは初めてだった。

亮一は衣類ロッカーの扉を殴るように打ち付けて閉める。重い金属音が広い更衣室に響き、居合わせた何人かに見て見ぬふりをされたのには気づいたが、構っていられなかった。

今日でなくとも、小宮は絶対にジムに来るはずだ。

普段のトレーニングウェアではないパーカーを着て更衣室を出る。フードを被《かぶ》ると作られる影で、顔の彫りの深い部分がさらに濃くなり、迫力が増す。以前、警察官に職質を受けたので封印したパーカーだった。

小宮は、亮一が水曜日と土曜日にしかジムに来ないと知っている。また、端から見ても抱え込むタイプに見える可南子が、何があったかを亮一に言うとは思っていないだろう。

結衣は小宮のことを、飲み会の精算にも一円単位で煩《うるさ》いケチだと言っていた。日割り精算ができないこのジムを辞めるとしても、月の半《なか》ば辺りで辞めるとは思えなかった。

いろいろ論理立てて考えた結果、今日はジムに行くことにしたのだ。

ジムに行くと言ったときの、可南子の顔が浮かぶ。

『いってらっしゃい』

手を振ってくれたその顔には、笑みしかなかった。ほんの少しも、引き止めない。

……ああやって、俺を自由にしようとする。

だから今は絶対に離れてはいけないとわかっているのに、いるかもわからない小宮を探そうとしている。

亮一はフェイスタオルを手に持って、二階のマシンルームへと続く階段を上る。マシンの鉄やゴムの匂いがしてきた。ランニングマシンで走る人の足音と、ウェイトトレーニング用のマシンの金属がぶつかる音も聞こえる。

広いマシンルームには、ありとあらゆる筋肉を鍛《きた》えるマシンが綺麗に並んでいた。

いつもと同じ風景の中、亮一は小宮を探すが見当たらない。まだ筋肉痛が残っている体を鍛《きた》える気にはならず、ランニングマシンに足を向けた。二十分ほど歩いた頃、階段を上ってくる男の姿が見えてくる。

一日中でも待つつもりだったのに、こんなに早く現れた。

亮一は無表情にランニングマシンを止める。徐々に減速し止まるのをやり過ごす間、小宮がしたり顔で周りを見まわしているのを窺《うかが》った。

そのにやつきぶりに、全く反省をしていないことを悟る。

いつもと違った様子が少しでもあれば、なかったこととして可南子の所に帰ろうと思っていた。彼女は、事を荒立てることを好まない。

……あいつは、駄目だ。

肩にタオルを掛けると、亮一はランニングマシンから下りた。パーカーのフードを被《かぶ》り、ポケットに手を突っ込み、小宮との間を詰めていく。

小宮がマシンルームの端の自動販売機に小銭をいれたところで、亮一は彼の真後ろに立った。そして、突然できた影にびくりとした男を見下ろす。

「どうも、小宮さん」

自動販売機のボタンが、チカチカと光っている。十五センチほど見下ろした所にいる小宮からは、埃《ほこり》っぽい匂いがした。身長は百七十もないだろう。亮一は小宮の髪の中に混じる若白髪《わかしらが》を感情のこもらない目で見ながら続ける。

「昨日は俺の彼女を口説いてくれたみたいで。ちょっと話がしたいのですが、時間、いいですか」

小宮がついた嘘でショックを受けている可南子に、『慰《なぐさ》めてやる』と言った、厚顔無恥な男に普通に接する自分を褒《ほ》めたかった。

「買わないんですか？　俺が何か代わりに選びましょうか」

自動販売機のボタンは無機質に点滅している。亮一は小宮の目の真横から、急に手を出してボタンを指差す。出てきた手に、小宮はぎょっとして縮こまった。

「話をする時間をいただけませんか」

低い声で言うと、小宮は震える手で炭酸飲料のボタンを押す。ガコンと、取り出し口にジュースが落ちる。動けない小宮の代わりに、亮一は身を屈《かが》めてそれを取った。

その際に、小宮の顔をじろりと見る。彼は際立った印象もない顔を真っ青にして、床を凝視《ぎょうし》していた。

……睨《にら》み返すこともできないのか。

亮一は小宮が着ているトレーニングウェアのズボンの後ろポケットに、無理やり缶を詰め込む。不自然に膨らんだ後ろポケットから、ぐらぐらと缶が顔を出した。

「あっちに座りませんか」

自動販売機の横、円卓が三つほど並んでいるその奥に、誰もいない三人掛けのソファがふたつ並んでいる。小宮は大人しくそこに座った。その横に亮一は脚を広げて座る。パーカーのポケットに手をいれたまま、背後の壁に後頭部を付けて隣の小宮を見た。

小宮は、ポケットから手に取ったジュースを持ったまま、真っ青になっている。

こんなに弱いのに、さらに弱いものを追い詰める小賢《こざか》しさに吐き気がした。穏やかな可南子なら、絶対にやり返さないとわかっていたはずだ。

険《けわ》しさが増した顔を小宮に向けず、亮一は斜め上の天井を見ながら口を開く。

「で、どういうつもりで、俺の彼女を口説いたんですか」

小宮の耳に、可南子という名前を聞かせるのも嫌で、彼女と繰り返す。パーカーのポケットの中で、軽く手を開いたり閉じたりしつつ返答を待った。

「……し、知りませんでした」

「小宮さん、卑怯ですね」

お前の男、と言ったのなら、付き合っているのだと見当をつけていたはずだ。

「……ほ、本当に、知らない」

「卑怯な上に、嘘つきだ」

亮一はわざと微笑んだ顔を小宮に見せた。パーカーから出した右手で拳《こぶし》を作ると、左の手の腹に打ち付ける。重量のある音が鳴って、小宮の体がびくりと震える。

「あの受付の子のことを根に持っていた、とかですかね。それなら三年前に、俺に直接言えばよかったはずだ」

また拳《こぶし》を強く打ち付けた。左手にじんじんとした感覚が広がる。興奮しているせいか痛みは曖昧《あいまい》だ。

「ここじゃ話せないなら、移動しますか」

「……ちが、い、ます」

「何を違うと言っているのか説明してもらえますか」

真っ白な顔の小宮が、がくりと項垂《うなだ》れる。

「……すいません、でした」

「何に対して謝っているのかわからないですよ。小宮さん」

苛々《いらいら》を逃すように、亮一はマシンルームの天井を睨《にら》みつける。

「……か、勘弁してください」

「卑怯で、嘘つきで、弱い。本当に最低ですね、小宮さんは」

亮一は奥歯をぎりと噛んだ。

三年も恋煩《こいわずら》った相手を、やっとこの手の中に捕まえた。それをゼロじゃなく、マイナスの状態にされそうになったのだ。

酔っている状態でしか自分を見てもらえなかったかもしれない。それでも、三年もかかってやっと触れることができた可南子を、大事にして、心を開いてほしかった。

……だから、あれでも、必死だったんだ。

小宮は、二股と暴力という、可南子が耐えるしかなかった過去を汚い手で抉《えぐ》り、晒《さら》した。

怒りが亮一から陽炎《かげろう》のように漏《も》れ出す。

「本当に、小宮さんって本当にどうしようもない人ですね」

「す、すいません」

「その場限りの謝罪ですよね。また勝手に逆恨みして、機会を待ってやり返すんだ。お前みたいな卑怯な嘘つきは、どうしてやればいいんだろうな」

同じ場所まで堕ちたくはないと思うのに、思い知らせないと気が済まない。亮一は自分の手の腹をまた拳《こぶし》で打った。

「どうかしましたか」

二人の前に、ジムのベテラントレーナーが気さくな笑顔で近寄ってきた。目が、何が起こっているのかを汲《く》み取ろうとしている。さすがに不穏な空気だったらしい。

亮一はパーカーのフードを取って、何事もないように笑顔を返した。見知った、よく世間話をする彼へ親しげに答える。

「小宮さん、会社を辞めて地元に帰るそうですね。さすがに住んでいた場所を去ると思うと、いろいろと感じることがあって、泣けてきたみたいですよ」

小宮は体を強張らせたまま、慌てて頬に流れていた涙を拭《ぬぐ》う。

「そうでしたか」

トレーナーが、肩の力を抜いた。猜疑《さいぎ》の目が緩《ゆる》んだのを見て、亮一はさらに親しげに話し掛ける。

「あ、そういえばトレーニングの内容を相談したかったんですよ。受付を通さないと駄目ですよね。もうちょっと鍛《きた》えたいんですが、太くはしたくなくて」

営業で磨かれた、どんなときでも笑顔になれるという技を如何《いかん》なく発揮する。

「有酸素運動を増やしますか。相談は受付を通さなくても受けますよ。トレーニング内容を詳細に作ってほしいとかなら、パーソナルトレーニングになるので、受付を通してもらうことになりますね」

「ありがとうございます。じゃ、とりあえず相談だけでもいいですか」

その場で硬直して二人のやり取りを聞いていた小宮を置いて、亮一は立ち上がった。顔を上げようともしない、真っ青な小宮を見下ろす。

「小宮さん、さようなら。お元気で」

俺達の前に二度と顔を出すな。……出したら、わかっているだろうな。

冷ややかな声色に脅《おど》しを含ませた。

小宮の前を通る際、まるで歩いているときに当たったというように、亮一は軽くソファを蹴った。驚いて顔を上げた小宮の、怯《おび》えて焦点が定まらない目を、上から睨《にら》みつける。

……忠告はしたぞ。

マシンルームの蛍光灯の光を背後に、陰影が増した亮一に見下ろされた小宮の喉《のど》が「ひっ」と鳴る。彼の心が完全に折れたのを見てとって、亮一はその場を去った。

＊　＊　＊

亮一に電話やメールをしているが返事がない。可南子はジムがある向かいの建物の壁際に立って、スマートフォンとジムの出入り口を交互に忙《せわ》しなく見ていた。ジムの中に入れないと意味がない、あと何時間待つの、そんな声が頭の中でぐるぐるとまわっている。

足が痛んできて、爪先《つまさき》が尖《とが》っているローヒールの靴に視線を落とす。亮一の家に世話になるときに、会社用にとヒールのある靴を二足だけしか持ってこなかった。こんなに長く亮一の家にいるつもりはなかったからだ。

迷惑を掛けたくないと言いながら、そうなることしかしていない。助けてもらうばかりではなくて、一人の人として向き合いたいのに。

可南子が沈んだ表情のまま顔を上げると、亮一がスマートフォンを手にジムから出てきた。それを耳に当てる姿はモデルのようで、やっぱり近寄りがたい。でも、可南子は迷いなく駆け寄った。
「亮一さん！」
「可南子」
亮一は近づいてきた可南子の腕をとると、ジム側の道の端に連れて行く。それから
フィットネスバッグを足元に下ろして頬に触れてきた。
「顔色が悪いぞ」
人の視線がある中での親密な態度に、じわじわと頬が熱くなる。
「そ、そうですか？　でも、そんなことはどうでもよくて、結衣さんから電話があって、
小宮さんの写真を」
「どうでもいいのは小宮のことだ。帰るぞ」
「亮一さん」
話を聞いてほしくて、亮一の腕を掴む。そのとき、ジムの自動ドアが開いて人が出て
くるのを、可南子は目の端で捉えた。亮一が身構えて前に立ち、可南子は彼の背中越し
にその人物に視線をやる。
「……小宮さん」
心臓が不自然な鼓動を打って、耳が遠くなる。ジムを昨日で辞めると言った小宮が、
そこにいた。

また堂々と嘘をつかれたことに、可南子は愕然《がくぜん》とする。

同時に飲み会で聞いた話や、結衣からもらった電話の内容を思い出す。会社では、彼がついた嘘のせいで、多くの人の仕事が増えた。それだけじゃなく、苦しんだ。

「帰るぞ」

亮一は人通りなどお構いなしに、可南子を腕の中に庇《かば》うように抱き寄せた。

小宮はこちらに気づいたものの、すぐに顔を隠すみたいに首を垂れた。そして、足元を見つめながら足早に通り過ぎようとする。昨日は大きく見えたのに、丸まった背中のせいか小さく見えた。

可南子は、明らかに小宮を威嚇《いかく》している亮一の腕から出る。すぐに抱き寄せられそうになったが、その腕を払った。

亮一に睨《にら》まれれば小さくなるのに、弱いと思った人間には強く出る小宮の態度が、どうしようもなく悔しかった。

「小宮さん！」

結衣が井口の仕事を持ってくるまで苦労したのを知っている。会社の信用を失いかけただけでなく、損害だって与えかけた。新入社員の鈴木も、庶務の仕事を教育してくれる人がいない中、試行錯誤で頑張っている。

憤《いきどお》りが、体を貫《つらぬ》いた。

「わ、私、小宮さんが嫌いです！」

大声で言った直後、小宮がこちらを振り返った。睨《にら》まれて、少しだけ怯《ひる》む。けれど、ここまで多くの人を馬鹿にするのは許せない、と可南子は拳《こぶし》を握り締める。

「皆に、謝ってほしい。会社に、来てください！」

ぎょっとした小宮が嘲《あざけ》るような笑みを口元に浮かべたが、目だけは離さなかった。

亮一に手をそっと握られて初めて、手が微《かす》かに震えているのに気づいた。守るようにぎゅっと握られて、急に泣きそうになる。

可南子の呼びかけに立ち止まっていた小宮に、亮一は鋭い目を向けて顎《あご》をしゃくった。

「行けよ」

萎縮《いしゅく》した小宮が小走りに去る後ろ姿を放心して見つめていると、亮一のもう片方の手が額《ひたい》に触れた。

亮一は呆れたような顔を可南子に向けて、溜息をつく。

「熱いぞ。具合が悪いなら、家で寝てないと駄目だろう」

「具合、悪くないです……」

握られていないほうの手で頬を触ったところ、確かに熱かった。きっと、興奮して火照《ほて》っているだけだ。必死だったとはいえ変な所を見せてしまい、可南子は気まずさと恥ずかしさで口を噤《つぐ》む。

そんな可南子の手を、亮一は自分の口元にゆっくりと寄せた。

「っ！」

指の甲にキスをされて、可南子は辺りを見まわした。ちらちらと向けられる視線が痛くて、ここから一刻も早く立ち去りたい。

「ひ、人が、見てます……」

「見せつけてるんだ。危なっかしいことをするな。心配になる」

「でも、私の、問題だから……」

「可南子が問題だと感じるなら、それは俺の問題でもある」

指の甲に唇を押し当てられた。柔らかくて熱い。

「とにかく、帰ろう」

手が心臓になったみたいに、どくどくいっている。もう、たとえ彼を嫌いになれと言われても無理だと心が叫んだ。

呼吸をする度に体に根付いていく想いは、心の奥深くで熱を持つ。可南子は離された手に残る熱さを感じていた。

「結衣から連絡があったんだよな」

少し前を歩く亮一が、フィットネスバッグを肩に掛け直す。

「はい……。会社の話と、写真を見せたから、気になったって電話が」

どことなく重い雰囲気の中、亮一は道端にある、最近話題の濃厚なカスタードシュークリームを売っている路面店を指差した。

「食べよう」

可南子が頷き、二人は甘い香りが漂《ただよ》ってくる店の前に立つ。注文を済ませると、奥にいる店員が作り置きのパイシューの中にカスタードを詰めはじめた。

「……俺が嫌になってないか」

嫌どころか、申し訳ない。さっきの小宮の怯《おび》えた様子を見れば、亮一が接触をしたことは疑いようがなかった。そんなことまでさせてしまったのだ。

可南子が沈黙している間に店員が会計をしはじめた。可南子も財布を出そうとしたのに、亮一が先に支払う。一緒に住みはじめてから大抵こうで、亮一にはお金の面でもかなり負担を掛けている。

「いつも、ごめんなさい」

精神面でも、金銭面でも、もう数えきれないほど助けてもらっている。

「受け取ってもらえるだけで、嬉しいんだけどな」

亮一の独り言のような言葉は寂しげに聞こえた。ふっと、素直に感情を表す結衣や早苗を思い出す。あんな風に喜べたらな、と羨《うらや》ましくなる。

「亮一さんこそ、私が嫌になりましたか」

シュークリームの入った紙袋を店員から渡された。袋から漏《も》れ出したパイとカスタードの香りは、甘ったるい。

「ならないな」

即答した亮一は、硬かった表情を和《やわ》らげた。可南子はいつの間にか俯《うつむ》いていた顔を上げる。

「小宮さんが嫌いです、って。俺は聞いてて気持ちよかった」

公衆の面前で大声を出した恥ずかしさがじわじわと押し寄せてきて、可南子の顔が熱くなった。

「だ、だって、小宮さん、酷いんです。……いろいろと」

しどろもどろな言い訳の語尾が消えていく。

「ちゃんと、会社に来るべきだと思うんです」

「それは確かにそうだな。しかし、出社したところで四面楚歌《しめんそか》なのがわかってるんだろう。人に過剰な文句を言う奴は大抵、言われ慣れてない。攻撃されるとすぐ逃げる」

「……そうなの？」

「そういう傾向があると、俺は感じるな」

とても冷静だ。そんなことを思いながら、可南子は亮一に促《うなが》されて再び歩き出す。

「亮一さん、すごく、強いですよね」

「強いにも種類があるだろう。可南子は我慢強い。それに、嫌いな人間に嫌いと言える強さがあるじゃないか」

亮一はまた、相好《そうごう》を崩す。

「笑いすぎじゃないですか」

可南子は顔を赤くしたまま、唇を尖《とが》らせる。考える前に大声が出てしまったのだから、なおさら恥ずかしい。

「可南子がやり返してくれてスッとした」

彼の自分を見つめる目の輝きに、からかう色はない。

「……小宮さんに、何を言ったんですか」

何気なく聞くと、亮一は浮かべていた笑みを消した。

「俺達に、二度と近寄るなとだけ。……嫌になったか」

二度目の問いに、可南子は首を横に振った。可南子がジムまで来なければ、亮一はきっと小宮に会ったことなど、一言も話すつもりはなかったのだろう。全てを一人で抱えたまま、優しくしてくれたはずだ。

「嫌なことをさせて、すいません。でも、ありがとうございます」

自分だけでは、小宮にあんな怯《おび》えた顔をさせることはできなかった。あの顔を見たからこそ、小宮に声を掛けることができたのかもしれない。

「……お陰で、私も言いたいことが言えたんです」

卑怯かもしれないけれど、亮一が傍にいて守ってくれていたからだ。

束の間の沈黙の後、可南子が持っていたシュークリームの入った袋を亮一が持った。

甘い香りが、移動していく。

「一応、言っておくが、手は出してないぞ」

可南子はきょとんとした。そんなこと、思ってもみなかったのに。

「わかってます」

昨日、亮一の指に弾かれた手の腹にこそばゆさがよみがえった。彼がそういう手段を選ぶはずがない。

少しずつ、いろんな彼を知っていることが嬉しい。可南子は亮一の腕に手を伸ばす。

「好きでいて、いいですか」

心臓の鼓動が速くなった。亮一の逞《たくま》しい腕——服の袖を遠慮がちに掴む。

「いてくれないと困る。……好きじゃないと言われても、俺は好きだけどな」

どこか勝とうするような響きは子供っぽくて、可南子の笑いを誘った。

亮一の家に来てもう二週間になる。秋は深まって、持ってきた服だけでは少し肌寒い日もあった。亮一と帰宅した可南子は寝室のクローゼットを開けて、家に置いてきた洋服を何枚か思い浮かべる。

三次会で亮一と会ってから、閉ざしていた心に小さな穴が開いた。どんどん大きくなったそこから、新しい風が吹いてきて、古いものを追い出していく。

ついさっき公衆の面前で小宮に『嫌いです！』と叫んだことを唐突に思い出した。恥ずかしさに顔を手で覆《おお》って、その場に屈《かが》み込む。大声を出したのは、どれくらいぶりだっただろう。

「一人で何をやってるんだ」

コンコン、と寝室のドアを叩かれて顔を上げる。亮一が寝室のドアの側に立って、こちらを見ていた。彼のどことない不機嫌さに首を傾げながら、可南子は微笑む。

「小宮さんに、大声を出したことを思い出してしまって」

「ああ、あれか」

亮一は笑って可南子に近寄ると、立つことを促《うなが》すように腕に触れてきた。それから、クローゼットの扉を閉める。洋服が視界から消えて、可南子はその扉に手で触れた。

「俺はよかったと思う」

「……小宮さんの件、もう大丈夫ですね」

「ああ、大丈夫だ」

クローゼットの扉を押さえたままの亮一の手は、可南子がこの部屋を出るまでそのままな気がする。

もう大丈夫だと、ひとつの区切りを自分でつけることができた。それは、亮一の家にいる理由がなくなったということだ。

「シュークリーム、とりあえず冷蔵庫にいれておきました」

「ああ、ありがとう。コーヒーと紅茶、どっちがいい。俺が淹《い》れる」

亮一の両手はクローゼットの扉から動かない。可南子も扉に触れたままだった。

会話は全く関係がないのに、二人は同じことを考えている気がする。空気に、息が詰まるような重さがあった。それを破るみたいに扉から手を離して、可南子は亮一の肘に手をかける。

「私は小宮さんの件で、亮一さんの家にお世話になっていました。だから……」

表情が消えた亮一の顔を見て、彼の肘にかけていた手に力を込めた。彼の射《い》るような視線とぶつかって、可南子はゆっくりと口を開く。

「亮一さん。私は、家に帰ろうと思います」

冷笑を浮かべた亮一が扉から手を離した。

「私――」

言葉を続けるより先に、唇を塞《ふさ》がれる。絡まってきた亮一の腕に、すぐ後ろにあったベッドへと押しやられた。膝裏がベッドに触れると、ゆっくりと座らされる。唇は離れずに、言葉も息も全て亮一が呑み込んでいく。

「……俺が優しくないから、小宮に近寄るなと言いに行ったから、離れるのか」

「ちがう」

亮一には聞こえていないのか、着ていたシャツの中に手を潜《もぐ》らせてきた。そのままブラジャーを押し上げられて、存在を確かめるように胸をぎゅっと揉《も》まれる。彼の手の中で形を変える胸は、不思議と痛くない。

「違います。話を聞いて」

「ああ、聞く」

亮一の唇が首筋を辿り、鎖骨を舐《な》めた。服が邪魔だと言わんばかりに腕から抜かれ、床に落とされる。跨《また》がってきた彼に、もっと触れてほしいと体の奥が熱くなった。けれど、誤解をされている心許《こころもと》なさに、可南子は体を囲う両腕に触れて名を呼ぶ。

「亮一さん」

強く呼ばれて我に返ったように、亮一は可南子の顔の横のシーツに額《ひたい》を付けた。そのまま動かない。全くこちらを見てくれないのは、初めてだった。

小さく、亮一さん、と呼んでも何も言ってくれない。彼の沈黙に、ずんと喉《のど》が詰まった。さすがに嫌われたのかもしれない。

「……私のこと、嫌になりますよね」

いい大人なのに、自分のことを自分で解決できない。可南子は弱く微笑する。トラウマに囚われて迷惑を掛けて、恋愛は初心者で、つくづく面倒な女だと思う。

体から熱が引いていき、晒《さら》されたままの胸が寒くて手探りでシーツを探した。だが、彼にその手首をシーツに縫い付けるように押し付けられる。

「俺は離れないと言ったよな。俺は、可南子と結婚を前提に付き合っている。いきなり帰ると言われれば、動揺もするだろう。付き合っている今、帰る意味がわからない」

亮一が低い声で吐露《とろ》する内容は、言われてみればその通りだった。

でも、はじまりが、おかしい。

「ちゃんと、したいです……」

嫌われたくないからと、このまま一緒に住むのは簡単だ。けれど、元彼のことがあって以来、父親に心配をされていた。亮一が結婚を考えてくれているのであれば尚更、信用してもらう為にも、話をしておいたほうがいい。

「私、ずっと父に心配を掛けています。だから、父に話をしてから一緒に住みたいです。……いい年なのに、すいません」

「そういうことか」

嫌がられるだろうと可南子は委縮したが、亮一の反応は違った。納得したと言わんばかりに頷き、目を左右に動かして何かを考えている。

「お互いの家の承諾が取れ次第、一緒に住むってことだよな」

さすがに引かれると思っていた可南子は、亮一がすぐに理解を示したことに面食らう。もっと尻込みされると思っていたのだ。

「はい。それに……」

心臓がどきどきした。可南子はシーツに縫いとめられた手首を少し動かしたが、離してくれそうにない。亮一の気持ちがそのまま表れているようで、胸が締め付けられた。

縛り付けられている手首に彼の体温を感じながら、声を絞り出す。

「お酒とか、小宮さんとか、そういうのじゃなくて。彼氏と彼女として、ちゃんとはじめたい……」

一人の女の人として、見てほしい。我儘《わがまま》かもしれないけれど、本心だった。亮一がまた黙ったので、可南子はいけないことを口にしたと目をつぶり、みるみる熱くなっていく顔を隠したくて顔を背《そむ》ける。

「……そうだな」

亮一の顔が下に下りた気がしたかと思うと、手首を解放された。寂しがる間もなく、なだらかな胸の先を舌でぐるりと舐《な》められる。

「あ」

もっと、と乞うように立ち上がった先を歯で軽く挟まれると、下腹に熱い期待が宿った。

「最初から、やりなおそう」

脱がされたスカートが床に落ちて、可南子は深く息を吸う。ショーツが引き抜かれる間に、内腿に溢れた蜜の跡が伝った。つぅっと脚の間を撫《な》でた亮一の指は、ジリジリとした甘い痺《しび》れを残して離れる。

「あっ」

「いつから濡《ぬ》れてたんだ」

亮一を受けいれたいと体が雄弁に語っていて、言葉に詰まった。キスをしたときからかもしれないし、手を繋《つな》いで帰ってくるときからもしれない。痺《しび》れはじめた脳は、彼のからかうような声の響きも全て喜びに変えていく。

「だって」

恥ずかしさに体を隠すものを探そうとしたが、見つからない。

その間にも膝を立てた状態で脚を広げられて、あわいに息を吹きかけられた。熱く蕩《とろ》けはじめたそこに感じる風に、太腿がびくんと震える。

「待って、お願い、あの、シャワー!」

外出してシャワーも浴びていない。

「舐《な》められたいのか」

喉《のど》を鳴らした彼に煽情的《せんじょうてき》に言われて、カッと頬が熱くなった。すっかり、しどろもどろになる。

「ち、ちが……う。あの」

太腿を閉じようとしたものの、がっしりと掴まれて広げられた。期待と羞恥《しゅうち》が頭の中を真っ白にする。

「可南子はどこも綺麗だ」

しっとりと濡《ぬ》れて、ぷくりと顔を出しはじめた赤い小粒を舌先で突かれた。

「や、あっ」

びくんと体が波打ってすぐ、追い打ちをかけるように舌で転がされる。唾液を垂らしながら舌で弄《いじ》られ、唇でじゅっと吸われると、腰がびくびくと跳ねた。

きっと、そこはもうとろとろに蕩《とろ》けている。彼がそれを見ているかと思うと、淫《みだ》らな興奮が体を駆け抜けた。

「ふ……ぁ」

「感じてるか、声で教えてくれ」

懇願《こんがん》するような言葉と一緒に、濡《ぬ》れて膨らんだ芽をきつめに吸われる。強い刺激が背骨を這《は》い上がって、頭の中を甘い痺《しび》れでいっぱいにした。

「ンン……あっ‼」

「もっとだ」

彼は乞いながら、舌で突起を舐《ねぶ》り続け、長い指をゆっくりと中に埋《う》めていく。指は迷いなくお腹の内側の、ある部分を優しく撫《な》でた。

「ふ、ぁぁ……っ」

「ここだよな」

「やあっ、ダメッ……」

けれど、彼はそこを焦らすことなく擦《こす》り続ける。

「もっと力を抜けよ。ほら、イケるだろう?」

囁《ささや》かれる誘惑に固く目をつぶる。鋭くなった五感が、中も外もぐちゅぐちゅと攻められるのを鋭敏《えいびん》に感じて、押し上げられるみたいにして頂点に達してしまった。

「あぁっ……あ……、はぁっ、はぁっ」

「本当に、かわいいな」

気づくと体の横に手を付いた彼に見下ろされていた。落ち着く前に指の本数が増やされて、的確な動きで奥のほうを突かれる。

「ああっ、待って、お願い」

「舌、出して」

呆《ほう》けた顔できょとんと見つめ返すと、唇を塞がれた。歯を舌で舐《ねぶ》られながらの指での愛撫《あいぶ》は執拗《しつよう》だ。達したばかりで敏感になっている可南子は、ゆるゆると口を開けはじめる。

「可南子、舌」

優しく言われれば、従わないのも変な気がした。でも、人前で舌を出すなんて行為は、はしたないと、わずかに残った理性が舌を歯の裏で止めさせる。

彼は全てを見通したようにふっと笑んだ。亮一の指がごく自然に口の中に入ってきて、可南子は驚きに固まる。

彼の硬い指が頬の内側を撫《な》でた後、つんと舌に触れた。

「ふグ……ウンッ」

「これだ、舌」

彼の指で舌を撫《な》でられる間、体の奥にあった指の動きは止まる。快楽を探すように腰が動いて、彼と視線が合った。

「いろんな可南子を見たいんだ」

口とお腹の中。ふたつを指に支配されて、震える声を吐息で誤魔化す。可南子がのろのろと自分から舌を差し出すと、亮一は口を解放して頭を撫《な》でてきた。

「いい子だ」

止まっていた指が動き出して、舌をぎゅっと吸われる。

「ぁふっ」

陶酔《とうすい》に戻されて、手加減のない彼の愛撫《あいぶ》に翻弄《ほんろう》された体は、びくびくとシーツの上で跳ねた。

「ふあぁっ………っ!!」

高みに連れて行かれた可南子は、気怠《けだる》さの中を漂《ただよ》いながら、燃え尽きたようにベッドに沈む。

「その顔、俺にしか見せてないと思うと、たまらない」

「顔……」

じんじんする指先で自分の頬に触れた。

「力の抜けた、かわいい顔」

彼の言葉は乾いていた心に染み込んで、胸のつかえがどんどん消えていく。

服を脱ぎ捨てる亮一の体は、何度見ても慣れない。目を逸らしていると問いかけられた。

「いれていいか」

期待に疼《うず》く達したばかりの体は、貪欲に蠢《うごめ》いた。

何をと尋ねるのもおかしな話だろうと、可南子がこくんと頷くと、薄い膜に覆《おお》われた猛《たけ》りに入り口が割られる。蜜で馴染《なじ》んだ太い尖端が内側を広げつつ、じりじりと奥へと進んでいく感覚は、指の比じゃない。

「ンンッ……ッ……ぁッ」

「可南子……」

名を呼ばれ、みっしりと満たされていく。彼に広げられる隘路《あいろ》から、火照《ほて》りが全身に広がって、すすり泣きめいた声が漏《も》れた。

もっと奥まで繋《つな》がりたくて亮一の背に手をまわす。体が密着すると、彼から石けんの香りに混じってかすかに汗の匂いがした。

「締まってるのは、わざとか？」

亮一の形を覚えようとするかのように、お腹の中がゆっくりと蠢《うごめ》く。こんな複雑で強い力は、自分ではいれられない。

「……ち、ちがいます」

「ほんと、可南子は可愛いな」

息を吐いた彼は腰を打ち付けはじめた。敏感な場所を抉《えぐ》るみたいに突きこまれて、快感はどんどん大きくなる。粘《ねば》り気のある水音と、打ち付けられる音。どちらも耐えられないくらいに淫《みだ》らだ。

「あっ……！　う……ッん」

ぐちぐちという音の間に、亮一に胸の辺りをきつく吸われる。痕《あと》をつけられていると
わかると、胸がいっぱいになった。

体の間に手を差し込まれ、敏感な粒を捏《こ》ねられて、高みに一気に駆け上がっていく。

「い、あ、んっ……い」

「すぐだ」

膝裏を抱えられてさらに奥へと埋《う》められると、当たる場所が変わってぞくりとした。

腰がふわりと浮いて、背中がシーツに擦《こす》れる。

胸に散らされた痕《あと》を、彼が愛しげに撫でた。

「これが消える前に、また一緒に住む」

息が苦しくなったのは、体勢のせいだけじゃない。心も体も深々と満たされて、呼吸
さえ忘れそうになる。

蜜をまとった芯を捏《こ》ねられつつ、亮一の荒く熱い呼吸を聞く。

「また、一緒だ」

「あっ、ああっ」

何度も高まりを迎えたのに、再び大きく達して痙攣《けいれん》した。体は緩《ゆる》みながらも、まだ中
にある猛《たけ》りを奥へと誘うように蠢動《しゅんどう》している。

「はっ……ッ、すごくいい」

亮一の貫《つらぬ》く動きはよりいっそう速くなった。首筋に甘く噛みつかれて、そのまま舌で肌の上を撫《な》でられる。

「ふぅっ……ッ」

また弾けようと愉楽を拾い続ける体と、速い呼吸に似た声。光がチカチカと目の前で散って、可南子は終わらないでと願った。

「また、イけるか。……一緒に、イきたい」

敏感な場所を捏《こ》ねられながら、何度も腰を押し上げられる。可南子は、くぐもった声を出して覆《おお》いかぶさってきた亮一の背中に腕をまわした。

「イ……あっ」

耳を甘噛みされ、舐《な》められる。敏感になりすぎた肌は粟立《あわだ》ち、解《ほぐ》され切った体はまた高みに連れて行かれてしまう。

あまりにもあっけなくて、可南子は亮一に心を委《ゆだ》ね切っているのを痛感した。

「……も、う、ダメ……」

「ああっ、良すぎる……ッ」

亮一は何度か大きく腰を打ち付け、切なげに眉間に皺《しわ》を寄せる。彼の熱情を薄い膜越しに受けいれて、可南子は長い息を吐いた。

嵐の後のような静けさが部屋に落ちる。息を整える亮一の呼吸の音だけが大きく聞こえた。

亮一はジムの後で疲れているはずだ。なんとか腕を動かして、可南子は黙ってしまった彼の髪にそっと触れる。

「あの……大丈夫、ですか？」

そう紡《つむ》いだ唇は、はにかんだ亮一のキスで優しく塞《ふさ》がれた。さっきまでの激しさが嘘のような柔らかい唇に、温かいものが胸に広がる。

目を閉じたところ、そのまま眠りの世界に誘われて、可南子は寝息を立てはじめた。

余韻で体がだるい。目が覚めても動けないまま、可南子はベッドにうつ伏せになっていた。

亮一は水と、可南子のスマートフォンを持ってリビングから寝室に入ってくる。

「大丈夫か」

「……なんとか」

すっかり服をまとった彼に情事の名残はない。少しだけ距離を感じて寂しくなる。

帰るなと引き止める彼を振り切って帰ろうとしているのに勝手だな、と可南子は苦笑した。

「可南子、親に連絡できるか」

亮一は可南子の肩まで肌掛けを掛け直し、ベッドの脇に座る。二日連続でジムに行った上に、可南子よりも動いていた彼だが、既に元気に見えた。

「……今、ですか」

「帰るというなら、それが条件だ。可南子の親に会う日時を決定してからじゃないと帰さない」

彼といると呆気に取られてばかりだ。抱かれた余韻を残したまま、親に電話をしろと言われても、ハードルが高い。

「に、日時を決定って、そんな仕事みたいな。……帰さないって、私、家に帰るだけなのに」

「ほら、動くぞ」

亮一は立ち上がると、床に散らばった可南子の服を拾い集める。その中にくしゃりと丸まった下着が見えて、可南子は慌てて体を起こした。

「自分でできます！」

「そうか？」

さっきまで普通すぎるほどだったのに、急に情事を匂わせた亮一はズルい。可南子が言葉を詰まらせている間に、下着も全て拾われて渡された。

「ありがとう……ございます」

「俺はあっちで電話をかけてくるから、終わったら話そう。可南子、来週の土日の予定は特にないか」

「……ないですけど」

つい、不承不承《ふしょうぶしょう》といった顔でスマートフォンを受け取ってしまう。

「何だ」

「……何でしょう」

自分の今の気持ちをなかなか言語化できない。最初に見た彼は、女の人を近寄らせない壁を張り巡らせながらも、如才《じょさい》なく彼女らに接していた。まるで、女には興味がないと言いたげで……

「亮一さんはもっと、こう、余裕があるような印象だったから」

どこか焦った様子の彼が不思議だった。

可南子の疑問にも似た呟きに、彼は真顔になる。

「余裕がないのは、嫌か」

「嫌じゃないですよ。でも、一人でどんどん決めて、進まれるのは嫌かも」

けれど、そのお陰でいろいろな壁を乗り越えられた。今思えば、彼の態度や口調は、独占欲と愛情が伝わってくるものだった。

可南子は表情を綻《ほころ》ばせる。

「電話はします。けど、父も忙しいから、すぐに日にちは決められないと思うんです。だから、電話をしたら、帰ってもいい？」

「……帰るという決定は、覆《くつがえ》さないのか」

強情だな、と亮一は嘆息する。

「亮一さんの家でお世話になっていたことがおかしいの」

普通の彼氏彼女として、ちゃんと付き合いたい。その想いには計算も含みもなかった。

ふわふわ浮ついたどこか甘い気持ち。これがきっと恋だ。

「父に電話しますね」

「ありがとう」

亮一は、可南子の言葉に力を抜いたように見える。

ゆっくりこの関係が育っていけば嬉しいと可南子が考えていると、亮一の声が降ってきた。

「またすぐ、一緒に住むぞ」

そう言い残して寝室を去っていく彼の背中を、呆然と見つめる。

可南子は胸元に散らされた赤い痕《あと》を思い出して頬を赤らめた。さっき、抱き合いながら、これが消える前にまた一緒に住むと言っていなかっただろうか。

彼なら有言実行してしまいそうな気もして、火照《ほて》ってきた頬を両手で押さえた。

次に彼に住むときは、幸福にのぼせる日々がはじまるのかもしれない。
亮一の言葉は可南子の心の中で軽《かろ》やかに響き続けた。

温泉旅行

亮一が予約した全室離れの温泉宿は、山の中の緩《ゆる》やかな坂道を登った所にあった。

大棟《おおむね》から瓦《かわら》で葺《ふ》き下ろされた急傾斜の屋根が車から見えたとき、可南子は瞬《まばた》きを忘れた。古民家を移築した本館が姿を現し、感嘆の吐息が漏《も》れる。

淡いクリーム色の漆喰《しっくい》で塗られた壁。窓や戸の、日焼けした薄茶の木枠。出入り口にある大きな丸い陶器の壺《つぼ》には、小さな白い花が咲いた枝が生《い》けてあった。辺りを見まわすと桜や紅葉《もみじ》の木が目に付く。春や秋には優美な趣《おもむき》に包まれるのだろう。

全室離れの温泉だということはわかってはいたが、想像以上だ。完全に好みの宿なだけに、一泊の宿泊代がおおよそわかる。

……これは、どうしよう。

可南子は心の中で頭を抱える。

亮一の宣言通り、可南子が家に帰ってからお互いの両親に許可をもらい一週間で同棲《どうせい》がはじまった。

一緒に生活をして一ヶ月ほど。ここ最近の亮一の忙しさは、帰宅が午前になるのが当たり前の異常さだった。週末もずっとパソコンを睨《にら》むことが続いていたある日、彼は唸《うな》るように言った。

『俺は、頑張った』

傍目《はため》にも大変そうなのはわかったので、可南子はこくこくと頷いた。

『お疲れ様でした』

『寂しい思いをさせて悪かった。契約が取れたから温泉旅行は全部俺が持つ。行くぞ、温泉』

旅行の為に仕事を頑張ったような言い方だ。営業報酬というものがあって、契約を取ると給料に上乗せされるらしい。

『……ありがとうございます』

寝不足と疲労でギラギラした彼に、お金の話はできなかった。可南子の返事に亮一は嬉しそうに笑うとベッドに倒れ込み、すぐに寝息を立てはじめた。

しかし、こうして実際に宿を目の当《ま》たりにすると、出してもらうのにも限度というものを感じる。ちらりと横目で窺《うかが》えば、亮一は旅館の雰囲気に臆《おく》することなく堂々と仲居に車のキーを渡していた。

今は切り出せそうになく、可南子は小さく溜息をついた。

チェックインを済ませ、部屋になる棟に案内されながら石畳の歩道を歩く。その両脇には腰高の、青々とした緑の垣根があった。鳥のさえずりや木の葉の擦れる音を聞きつつ進むと、違う世界に足を踏みいれていくようだ。

道の先に昭和の別荘を思わせる平屋造りの家が見える。そこが泊まる部屋だとわかるまでに、数秒かかった。

可南子は、仲居と談笑しながら少し前を歩いていた亮一の服の袖をゆっくりと掴んだ。

「どうした」

亮一がその手に手を重ね、顔を覗き込んできた。心臓がきゅっと締め付けられて、頬はじわりと熱くなる。

「あの……ありがとうございます。すごく素敵で、なんて言ったら良いか」

「気に入ったならよかった」

いつの間に、こういう場所や建物が好きだと知られていたのだろう。話したことはあった気はするが、はっきりと覚えていない。些細《ささい》な会話の中から汲《く》み取ってくれていたのかと思うと、彼を好きだという気持ちがまた大きくなる。

玄関の軒先《のきさき》には小さな王冠が連なったような、鎖縦樋《くさりたてとい》が垂れ下がっていた。それに惹《ひ》きつけられ、人差し指で軽く触れる。その感触に、高まった気持ちを抑えられなくなってきた。三和土《たたき》で靴を脱ぎ、床《とこ》の間と床脇《とこわき》がある和室に通される。お茶を淹《い》れながら宿の説明してくれた仲居が去ると、可南子は全ての部屋を見たいという衝動に駆られて立ち上がった。
その様子を亮一がおかしそうに見ていたが、気にしていられない。
床の間には掛け軸があり、その下に季節の花が生《い》けてある。床脇《とこわき》の違い棚。筆返しの
装飾がつけられた上棚には香炉《こうろ》が置かれていた。茶の香りが、ほんのり鼻をくすぐる。
一番楽しみにしている、温泉が湧き出る浴室への期待はいやが上にも高まった。
「お風呂を見てきますね！」
可南子は、亮一の返事を待たずに和室を出る。暖房が効いていない廊下との温度差に
気を取られることもなく、軽《かろ》やかな足取りで浴室へと向かった。湯気《ゆげ》で曇《くも》った戸をカラ
カラと開けると、「わあ」と自然に声が出てしまう。
石をくり抜いた円形の湯船になみなみと張られた湯。水面《みなも》には窓の外の風景が鏡のよ
うに映っている。磨かれた小さなモザイクタイルの床は、窓から入ってきた陽できらき
らと光っていた。
可南子は感動しつつ浴室の戸を閉めると、亮一のもとへと急ぐ。
「亮一さん！」

しかし、亮一はいなかった。廊下を挟んだ向こうの部屋から「こっちだ」と呼ばれる。声を辿って襖《ふすま》を開けると、彼は作りつけられた観音扉《かんのんとびら》のクローゼットに上着を片付けていた。

高揚《こうよう》した可南子の姿を見て、亮一は顔を綻《ほころ》ばせる。

「探検は終わったのか」

「……まだ途中です」

子供扱いされて顔を顰《しか》めそうになるが、夢中で部屋を見てまわったのは事実だ。見てきたことを話したくて亮一を探していたのだから、言い返せない。

「あのね、お風呂がすごく大きいの。それで」

ふと畳の上に敷かれている二組の布団が目に入った。和室の天井が低いせいか、昼間なのにどことなく暗い。縁側と部屋を隔《へだ》てる障子は開いているのに、光は奥まで届いていなかった。

白熱灯の間接照明の灯りに浮かび上がる真っ白なシーツに、可南子は我に返る。

「どうした」

扉を閉めながら、亮一は黙った可南子を見た。

「あ、えっと」

布団から視線を離せないまま、何を話そうとしていたかを必死に考えるが見つからない。

「言葉を失うほど、気に入ったのか」

亮一は軽口を叩きつつ、可南子の上着のスナップボタンに手を掛けた。自分でできますと言うタイミングを失って、ボタンが外されるのを待つ。

「可南子が好きそうだと思ったんだ。驚かそうと黙っていてよかった」

肩から滑らせるみたいに上着を脱がされると、裸にされたときと同様の恥じらいが湧き上がった。最近の亮一は射《い》るような目で見てこなくなった代わりに、こういったことを自然にしてくる。

頬を染めた可南子が上着を受け取ろうとすると、亮一はそのままクローゼットに片付けた。

「……すいません。ありがとうございます」

「どういたしまして」

つと、亮一は可南子の髪を丁寧に指ですくい、肩に落ちるのを見つめる。また親密に触れられて、可南子の頬はさらに赤らむ。

「あの……ここのお宿代、本当に甘えてしまってもいいんでしょうか」

付き合いはじめてからも、亮一はとても大事にしてくれる。優しさに底がないのではないかと思うほどに。だから、やっぱりちゃんとしておきたくてと言うと、彼は案の定、顔を曇《くも》らせた。

「その話は終わっていたと思っていたが」

「そうなんですけど……。ちょっとここは」

「さっきみたいに素直に喜んでもらえると嬉しいが、無理か」

「……甘えっぱなしになると、良くない気がして」

亮一はふっと切れ長の目を緩《ゆる》ませ、指の腹で頬に触れてきた。そのまま顎《あご》を辿って首筋まで撫《な》で下ろされる。熱く湿った吐息が漏《も》れそうになり、可南子は息を止めた。

「なら、払ってもらおう」

掠《かす》れた声がざらりと耳の中を触る。亮一の大きな手が顎《あご》に触れて、くいと上を向かされた。天井が視界に入るとすぐに、彼の端整な顔で塞《ふさ》がれる。唇に亮一の息が掛かって、瞼《まぶた》がゆるりと半分だけ落ちた。唇が羽のように触れてくる、優しいキスに気持ちが昂《たかぶ》って目が潤《うる》んだ。

もっと深くて親密なものが欲しい。

古い家と洗いざらしのシーツの匂い、そんな非日常に背中を押されて、可南子は亮一の背に手をまわす。

「支払い終了」

唇が離れたと同時に、置いてきぼりにされたような寂しさを感じた。支払いだというには、あまりにも甘くて優しい。

「……これだけでいいの？」

不満げな口調に、可南子の頬を愛おしげに撫《な》でていた亮一が噴き出した。

「他にも何かしてくれる、と」

「何がいいですか」

聞いた後にはっとする。亮一が自分の趣味を把握してくれたのと同じように、自分もちゃんと考えて、彼が喜ぶことを用意しようと思った。

「あ、やっぱり、私が選び――」

言葉の途中で、亮一は言葉を制止するみたいに手の平を向けてくる。

「俺が、選べるんだな」

亮一が一瞬だけ悪い笑みを浮かべた気がした。ひっかかりを感じながらも可南子は頷く。

「亮一さんが、そのほうが良ければ……」

「よし、乗った」

亮一はそう言うなり、可南子の肩を掴んで体を反転させた。

「見てきた部屋を案内してくれ。それで俺を呼んだんだろう」

「あ、そうでした」

見てまわった素敵な部屋を思い出して、可南子は手を叩き、亮一に押されるように寝室を出る。

「調子に乗らないように、気を付けているんだけどな」

タンと襖《ふすま》を閉めた音に彼の小さな声が消されて、可南子は振り向いた。

「ごめんなさい。今、何か言いましたか。聞こえなくて」

「聞こえていなくて問題ない。部屋を見てまわったら周辺を散歩しよう」

「わ、嬉しいです」

キシキシと音を立てながら、二人で手を繋《つな》いで廊下を歩く。宿と亮一の手の温かさが嬉しい。

やりとりの最中に覚えた違和感は、徐々に可南子の頭から消えていった。

可南子は湯船の縁《へり》に肘を置いた。浴室の窓の外には目隠しの竹の囲垣《いがき》があり、それに隠され、外から中は見えない。窓と竹垣の上のほんのわずかな隙間より覗く空は、とても青く見える。

部屋の探検をした後、亮一と丹念に手入れがされている宿の庭を散歩し、夕食への期待や、明日はどう過ごすかなど、たわいのない話をたくさんした。可南子はそのときにずっと繋《つな》いでいた手を湯の中から出して、小さく溜息をつく。

『冷えてる。夕食まで時間があるから風呂で温まったらいい』

亮一がお湯を勧めてくれたから、てっきり二人で入ると思っていた。開く気配のない戸を見つめて、可南子はまた小さく溜息をつく。

仕事で疲れているのに、亮一は宿までの長距離を運転してくれた。休憩で寄ったパーキングで、目頭を指で押していた彼の姿を思い出す。

部屋で寝ているのかもしれない。少しでも体を横にしていたほうがいいとわかっているのに、心の中にある寂しさは消えてくれなかった。

「夜は一緒に入れるかな」

ぽつりと呟いて空をまた見上げる。熱めのお湯が肌をちくちくと刺す感覚に寂しさを紛《まぎ》らわせながら、温まってほんのり赤くなった腕を撫《な》でた。

「可南子」

風呂に低い声が響いて振り返ると、脱衣所に亮一が立っていた。

「亮一さん」

「返事がないから心配した」

嬉しいという気持ちが溢れて、可南子の顔が綻《ほころ》んだ。亮一は目元を緩《ゆる》めると、袖口を捲《めく》って靴下を脱ぎ、裾を上げる。手にはタオルとペットボトルがあった。

服を着たままの彼を、可南子はきょとんとした顔で見つめる。

「お風呂、広いよ」

湯船は両手を広げても余る大きさで、二人で入ったとしても余裕がありすぎるほどだ。なのに、入らないのだろうか。

「広いな」

傍に寄ってきた亮一は、可南子の頭の上にタオルを載せてきた。ひんやりと冷たいそれを、可南子は落ちないように押さえる。

「あ、ありがとう」

気にかけてもらえたことは嬉しいし、火照《ほて》りはじめていた体には気持ちが良い。けれど、心はもやもやする。

「ほら」

水の入ったペットボトルを渡されたので、タオルから手を離して受け取った。

「ありがとう、ございます」

「どうしたしまして」

ペットボトルも冷たくて気持ちがいい。亮一は湯船の中に手をいれて、「熱いな」と呟いた。

「のぼせる前に上がったほうがいい」

確かにお湯の温度は高めだ。頭の上のタオルを軽く上から押さえられ、可南子はさすがに顔を曇《くも》らせた。

「……入らないの？」

思いのほか寂しげな声が出た。彼は浴室の戸を見ながら肩を竦《すく》める。

「夜でいい」

「そうですか……」

言葉にできない気持ちに、ツンと胸の奥が痛んだ。亮一なら絶対に一緒に入ると言うと思っていたのに。何か気に障るようなことをしただろうか、と考えはじめた所で、またタオル越しに頭をポンと軽く叩かれる。

「考えすぎるなよ」

可南子はできるだけ落ち込んだ顔をせずに頷いた。亮一が眉間を強く揉《も》みながら、一瞬だけ難しい表情をしたのが目に入る。

……亮一さん、疲れてるのかも。

今ごろ気づいた自分に、可南子は愕然《がくぜん》とした。亮一はどんなに忙しくても、今みたいに可南子の体調を気にかけてくれる。それなのに自分は、と唇をきゅっと引き結んだ。疲れている彼に気がまわらないほど、旅行と宿に浮かれていた自分が恥ずかしい。

「亮一さん、お風呂にさっと入ってから、少し横になりませんか」

ぱっと顔を上げると、頭に載せてもらったタオルが湯の中に落ちた。

「ああっ」

慌てて湯の中に手をいれて、ゆらゆらと沈んでいくタオルを拾い上げた。すると、縁《へり》にしゃがんだ亮一が、可南子の手から濡《ぬ》れたタオルを取り上げる。

「急にどうした」

真っ直ぐに見据えてきた彼のわずかに皺《しわ》が寄った眉間に、可南子は少し躊躇《ためら》った後、指先で触れた。

「ここ」

亮一がさらに皺《しわ》を深くしたのがおかしくて、可南子は柔らかな笑みを浮かべる。

「運転もしてもらったし、疲れていますよね。私はもう上がるから、一人でゆっくりしてください」

「ああ、そういうことか」

タオルを絞りながら亮一は笑い、そのタオルを洗い場に持っていくと水でまた濡《ぬ》らした。

彼が背中を見せた所で、チャンスとばかりに可南子は持ってきたタオルを手に取り、前を隠して立ち上がる。

「あ、あの、私は上がるから」

振り向いた亮一の目に、熱情が宿ったのがわかった。濡《ぬ》れたタオルが隠す肌を、ゆっくりと視線で撫《な》でられる。

場の緊張を解いたのは、タオルを絞った水が、タイルの床に落ちる音だった。

「無自覚に煽《あお》るの、得意だよな」

湯船から出るタイミングを逃した可南子の前にしゃがんだ彼は、困ったように笑む。

「一緒に入らないのは嫌だからじゃない。一緒に入ったら抱きたくなる。今、抱いたら……」

すう、と息を吸った亮一の手が、顎《あご》の線を辿るみたいに触れてきた。

「離せないと思ったからだ。夕食も楽しみにしているのなら、体力は温存しておかないといけないだろう」

聞き間違いようがないくらいはっきりと言われ、親指で唇に触れられ、心臓が一段と煩《うるさ》くなった。

「でも、疲れて……」

「可南子が喜んでくれれば、疲れなんて吹き飛ぶ」

彼の言葉が耳の奥に甘く残る。自然に重ねられた唇は少し冷たかった。自分より亮一のほうが体温が低いのは珍しい。彼も気づいたのか、唇を離して尋ねてきた。

「寒くないか」

寒いと言って、この時間がなくなったら悲しい。芯まで体が温まったお陰で、少しの寒さなら心地よく感じる。

「寒くない」

頬に添えられていた彼の手に手を重ねると、片方の腕が腰にまわった。しゃがんでいた亮一が立ち上がり、そのまま軽々と湯船から引き上げられ、彼の胸に体を預ける形になってしまう。

「急に、やめてっ……！」

「俺の彼女は、俺の我慢を何だと思ってるんだろうな」

「亮一さん、服、濡《ぬ》れて」

「問題ない」

体についた水滴が、亮一の服に吸い取られていく。可南子は体を離そうとしたけれど、より一層強い力で抱き締められた。

「昼から、本当に煽《あお》ってくる……」

かろうじて体の前を隠していた濡《ぬ》れたタオル越しに、胸を手で包まれて息を呑んだ。亮一の手の甲に押され、荒い布地に擦《こす》られた胸の頂《いただき》が硬さを持っていく。

「……っ」

「タオル、冷たいな」

体の間からするりとタオルが抜かれて、胸を揉《も》まれる。指の間に尖端を挟まれると吐息が漏《も》れた。

「は……」

「無自覚に煽《あお》るのは、俺だけにしといてくれ」

耳に唇をつけて熱く囁《ささや》かれた。声に肌を刺激されぞわりと粟立《あわだ》つ。耳殻《じかく》の裏を舌で舐《な》められて、可南子は亮一の背中へまわした指で、服をぎゅっと掴んだ。

「煽《あお》って、な……っ、ふ……ぁ」

「風呂に入ったら、これだけじゃすまないだろ」

求められているのがわかると脳が痺《しび》れて、お腹の底に歓《よろこ》びがとくとくと溜まっていく。湯で濡《ぬ》れた肌を亮一の舌が這《は》っていく。くすぐったさから逃れるように彼の肩を押した。

「亮一、さん」

「他にどこを舐《な》めてほしい」

悪戯《いたずら》っぽく囁《ささや》かれた言葉に思考はふらつく。右の胸の尖端を舌で舐《ねぶ》られながら、左の胸を捏《こ》ねられて、中が痛いくらいに甘く疼《うず》き出した。

「もう、いい。ふ……服が、濡《ぬ》れて」

日が差している場所で肌を晒《さら》す恥じらいが、理性を手繰《たぐ》り寄せた。それっぽい理由に彼は口の端で笑い、敏感になりすぎた胸の尖端を、舌で強めにぐるりと一周する。

「あっ」

「誤魔化すなよ」

　胸を離れた亮一の指が茂みを掻き分けて花唇へと下り、過敏な芽を掠める。割れ目に入った指先がするりと滑って蜜唇をなぞり、突然走った悦《えつ》に可南子は喘《あえ》いだ。

「ちょっ、待って、待っ、あ、んっ……」

がくっと膝から力が抜けて亮一に体を預けたが、ぬるついたそこを攻める指先は止まらなかった。くちくちと捏《こ》ねられて引《ひ》き攣《つ》りそうなほどの快感が背筋を上り、圧倒的な質量を欲して中はぎゅっと締まる。

「どうしてほしい」

見透《みす》かされたような一言に、体はわかりやすく震えた。濡《ぬ》れた目で助けを求めるみたいに彼を見上げると、唇が重ねられる。

「んんっ」

熱い舌が歯の上をなぞり、歯列を割って舌を吸われた。短い呼吸と唾液が絡む音が湯《ゆ》気《げ》の中に混じりあってのぼせそうだ。

「そんな目で見られたら、やめられなくなるだろう」

自分はそんなに物欲しそうな目をしているのだろうか。彼の指はぬかるんだ蜜唇を撫《な》で続け、溢れてくる蜜は亮一の手を濡《ぬ》らす。体のほうが饒舌《じょうぜつ》に彼に訴えていて、可南子は息を乱しながらぎゅっと目を閉じた。

「も、もう、上がろう」

「……こっちのほうが正直で、わかりやすい」

亮一が動く気配を感じて目を開けると、彼は足元に跪《ひざまず》いていた。舌を伸ばして、薄赤く膨れた芽に触れようとしている。

「だ……めっ」

「本当かにダメか、こっちに聞く」

彼は姿を現した敏感な粒を濡《ぬ》れた舌で転がした。指先まで痺《しび》れが駆け巡って、堪《こら》えきれず声が漏《も》れる。

「あ……ンンッ、……はぁ」

「ダメじゃなさそうだな」

一度、顔を離した亮一と目が合う。熱に潤《うる》んだ可南子を認めた彼は、にっと笑って唇を舐《な》めた。彼がまた顔を埋《うず》めるのを、可南子は呆然と見下ろす。腹部の奥からとろりと蜜が零《こぼ》れた。初めての行為ではないのに、迫《せ》りあがってくる悦《えつ》に眩暈《めまい》がしそうだ。

「舐《な》めにくいな……」

呟いた亮一が浴室を見まわし、流し場のアメニティを置く為に一段高くなった棚で視線を止めた。普通の浴場では見ないような大きな鏡は薄く曇《くも》っている。

「いい場所があった」

何が起こるか容易に想像できて、可南子の額《ひたい》にじわりと汗が浮かんだ。脳を侵《おか》すじくじくした感覚を抑えつけながら、か細い声で訴える。

「あの、もう、上がろう」

「まだ、可南子のイッた顔を見てない」

「……っ」

返事をする前に抱きかかえられ、洗面台の傍に下ろされた。体を隠すタオルが湯船の傍に落ちたままなのが視界に入ったが、手を伸ばしたくても伸ばせない。

「りょ……っ」

開きかけた口をキスで塞《ふさ》がれ舌を吸われて、鋭い感触に体がビクビクと震えた。空気を求めて喘《あえ》ぐと、さらに唇を押し付けられる。

「っ……ぁっ」

「この髪に触れられるのも、俺だけだ」

首筋の後《おく》れ毛に触れていた亮一の大きな手が、髪をまとめていたクリップを外した。濡《ぬ》れた肩に乾いた髪がひっついて、そんな小さな刺激にも身悶《みもだ》えてしまう。

びくともしない腕を掴んでキスを受けいれていると、臀部《でんぶ》を撫《な》でていた彼の手が太腿を持ち上げて、片脚を棚に誘導した。

「やっ」

「脚、ちゃんと乗せて」

爪先《つまさき》が冷たい棚に躊躇《ためら》っている間に、脚の付け根に彼の顔が埋《う》まる。先ほどのキスで濡《ぬ》れた亮一の唇が、ぷくりと腫《は》れた芽を咥《くわ》えた。

「んぁっ」

卑猥《ひわい》な音を立てながらも、ひとつひとつ反応を確かめるような動きをする舌に翻弄《ほんろう》される。熱い吐息が漏《も》れる度にそこが潤《うるお》いを増していくのがわかって、可南子は身を捩《よじ》った。

「駄目だ」

「や、だってっ」

腰をしっかり掴まれて、舌を蜜口へ這《は》わせられ、じんと強い痺《しび》れが全身を駆け巡る。そこに舌を差し込まれると、甘い声を堪《こら》えられなかった。

「はぁッ……ンッ」

声が浴室に大きく響いて手で口を押さえる。寒いはずなのに肌にはじわりと汗が滲《にじ》んでいた。下肢からくちくちと湿った音が聞こえる。唾液と蜜が震える内腿に伝って、喉《のど》の奥からせり上がる声を噛み殺す為に強く目をつぶった。

「誰も聞いてないんだ。声、出せよ」

舌が抜かれた蜜口へ、指がぐっと差し込まれた。敏感な花芽を親指で押さえられて、あっけなく限界は訪れる。

「い、ああっ……、ンッ、ッ……」

ドクドクと脈打つ中が、亮一の指を締め付けるのがわかった。頭の中が真っ白になって、息をするだけで精いっぱいだ。

「寒かったよな。すまない」

すまなさそうに言いながら指を抜かれて、中がひくついた。滾《たぎ》りが体の中に残っている。可南子が棚の上から脚を下ろすと、亮一は着ていた服を脱いで可南子に頭から被《かぶ》せた。

「大丈夫か」

「う、うん……」

服には体温が残っていて温かい上に、彼の匂いがして安心する。柔らかく抱き寄せられ、これで終わりなのだとわかった。

もっと、と言うにはここは明るく、恥ずかしさを隠してくれない。体の中がじんじんして、太腿をすり合わせる。

「出よう。俺も着替えたいし、可南子も少し髪が濡《ぬ》れた」

「うん……」

不服そうな口調にならないように気を付ける。けれど、敏《さと》い亮一に気づかれないはずもなく、ぐいっと腰を押し付けられた。硬くなった猛《たけ》りがズボンの中で窮屈そうに主張している。

「あの」

「夕食の後まで、お預けだ」

焦《じ》れた声で囁《ささや》かれた。まるで、自分がとっておきのデザートか何かになったような感覚に、頬が赤くなる。

亮一にとって、甘くておいしいのなら嬉しい。

彼の背中に腕をまわしてぎゅっと抱き締めながら、可南子は「うん」と答えた。


「一度、どれくらい酒に弱いかを見てみたい」

夕食の後、亮一に言われて連れてこられたのは、宿の敷地内の、食事もできるバーだった。古い洋風の家を移築した店は宿泊客でなくても利用できる。週末の夜なのもあって、不便な場所にあるにもかかわらずほぼ満席だ。

ビールを三口ほど飲んだだけで手まで赤くなった可南子に、亮一は顔を顰《しか》める。

「悪い、予想を上まわった。頼むからこれからも外では飲むなよ」

弱いのを気にして食事の後に飲んだのだが、意味はなかったらしい。彼は店員に水を頼み、そのまま会計まで済ませてしまう。

大丈夫だと言いたかったが、介抱してもらったことがある手前、強くは出られない。

西洋アンティークの椅子に、主《あるじ》のようにゆったり座る亮一の整った横顔をもっと見ていたかった。お酒に強ければ長くここに一緒にいられたかもしれないと思うと、弱い自分が嫌になる。

店の外から部屋までの歩道の両端には、電灯がぽつぽつと立っていた。それでも都会と違って暗く、冬の澄んだ空には星座も紛《まぎ》れるほどの星が大小とりどりに煌《きらめ》いていた。

繋《つな》いだ手は温かい。綺麗な夜空の下を二人で歩いているだけでも気持ちは昂《たかぶ》ってしまう。暗さと酔いを言い訳にして、部屋へ帰る道でも、彼の端整な横顔をちらちら盗み見た。

「俺の顔に何かついてるか」

視線を感じたのか亮一がこちらを向く。彼は口元を触りながら、困ったような顔をしていた。

おいしい食事と、心地よい酔い。可南子の口は自然と口は軽くなる。

「何もついていませんよ。かっこいいなと思って」

「奇遇だな。俺は可南子を綺麗だと思ってた」

可南子は唇を尖《とが》らせた後、ふぅと溜息をつく。亮一は容姿を褒《ほ》めてくれるが、なかなか慣れない。

「そんなこと言ってくれるの、亮一さんだけですよ」

「可南子は男の視線に気づかないから、そう思うんだろう」

亮一が言葉の端に不機嫌を匂わせた。可南子は首を傾げて尋ねる。

「視線？」

亮一は優しく微笑んで、繋《つな》いだ手に少し力を込めた。痛くはなかったが、彼の不機嫌が可南子の中で確定する。

「さっきの店で、男の二人連れに見られてたの、気づいてないのか」

「誰が？」

「誰がって、俺が見られてたら、それはそれで問題だろ……。可南子が、だ」

「え、そうなの？　気づかなかった」

即答すると亮一が呆れた顔をする。店は満席に近かったし、席の間隔が広かったので、隣を気にする必要はなかった。

何よりも、大好きな人が目の前にいるのに、周りを気にしている余裕はない。

「亮一さんを見てたから、他を気にするヒマなんてないよ」

可南子が素直に答えると、亮一は目を瞬《しばた》かせた後に大きな溜息をついた。

「どうかした？」

「どうもこうも」

力が抜けた笑みを浮かべた彼を、可南子は柔らかい眼差しで見上げる。見つめ返された眼差しには、目を逸らせないほどの熱情が宿っていた。

「困らせたくないから我慢してたが……限界だな」

息が苦しくなるほど鼓動が喉《のど》を詰まらせて、可南子は生唾を呑んだ後、呟くように繰り返した。

「我慢」

服越しに下腹にあたった彼の猛《たけ》りを思い出し、きゅっとお腹が切なげに締まる。彼の長い指と唇に浴室でされた愛撫《あいぶ》を思い出して眩暈《めまい》がした。

可南子は明るく曖昧《あいまい》にぼかす。

「そ、そうなんですね」

「あれでもな」

手の甲を親指で撫《な》でられて、手袋越しでもその部分が熱を持つ。

もっと、触れてもらえるだろうか。

歩くスピードを上げた亮一に、可南子は黙って従った。

三和土《たたき》でブーツを脱ぐと、待っていたかのように亮一に軽々と抱き上げられる。

「なに、どうしたの」

「限界だって言っただろう」

性急に運ばれた寝室はしっかりと暖房が効いていて、歩いて帰ってきたばかりでは暑い。

布団の上に下ろされると、可南子の心臓は痛いほどに早鐘を打った。額《ひたい》にじわりと汗が滲《にじ》む。

しばらく見つめ合った後、亮一が上着を脱ぎ放りながら口を開いた。

「可南子、昼間の宿代の話。代わりに何が良《い》いか、俺が選んで良《い》いって言ったよな」

「……やど、だい」

部屋を探検した後に宿代の話をしたことを、酔った頭でぼんやりと思い出す。羽のようなキスをされたことも一緒に思い出して、唇がほんのり熱くなった。

意図が掴めないまま、可南子は頷く。

「はい」

「自分で服を脱いでいるのを、見たい」

可南子は瞬《まばた》きを忘れた。亮一の目に宿った貪欲な煌《きらめ》きに、冗談ではないらしいと息を呑む。

「ふ、服……」

庭を照らす照明の明かりが、閉められた障子越しに部屋に淡く入ってきていた。部屋の明かりは消えていても部屋は暗くない。

服を脱いでと言った彼に、可南子は助けを求めるみたいに問い返す。

「自分で……?」

「ああ、見たい」

自分で裸になれと言われて、簡単に「はい」と返事のできるはずがない。さらに速くなった鼓動は酔いとは別の理由だ。可南子は動揺に、短い呼吸を繰り返す。

「嫌か」

亮一が表情を和《やわ》らげた。彼はいつだって強要はしてこない。「無理」と言えば、きっと受けいれてくれる。

無理です。喉《のど》まで出かけた言葉は、部屋の雰囲気と、呼気からする酒の匂いによって形を変えた。

彼の期待に応じる為の言い訳が、するりと口から出る。

「……あの、私、酔ってますか」

彼は目を細めて、囁《ささや》く。

「酔ってる。……すごくな」

出会ったときに、本当に介抱が必要なほど酔った所を見られている。だから、すごく酔っているはずがないのに、彼は逡巡《しゅんじゅん》を汲《く》み取ったように答えた。脈はさらに速くなり、甘くむずがゆい幸せが体中に広がる。

可南子は座ったまま上着を脱ぐとセーターに手を掛けて、理性が顔を出す前に、頭から一気に抜く。

服で一瞬塞《ふさ》がれた視界が開《ひら》けて亮一と目が合った。彼は乱れた髪に手を伸ばして優しく整えてくれる。

「次は？」

耳に唇を押し当て言われ、肌がわずかに粟立《あわだ》った。インナーも脱ぎ、背中に手をまわしてブラジャーのホックに手を掛けたが、それを取る勇気はない。

「あの……」

縋《すが》るみたいに亮一を見たが、彼の焦《こ》がすような視線に、後戻りはできそうにないと覚悟を決める。気持ちの抵抗が少ないスカートに手を滑らせて、ファスナーを下ろした。ウエストが楽になって体から少し緊張が抜けたが、立ち上がらないとスカートは脱げない。

亮一の熱量を増した目はその先を待っている。

可南子はスカートに視線を落とした。紺色がベースの、花柄の刺繍《ししゅう》がちりばめてある膝丈のスカート。旅行への期待を込めて選んだ。

……脱がされたくて、選んだのに。

浮かんだ気持ちを打ち消し、ホックを押さえてふらふらと立ち上がる。息を止めて手を離すと、スカートは花びらのように膨らんで足元に落ちた。

自分から酒の匂いを感じるくらいには、酔いは覚めている。目をつぶり、追い立てられるみたいにタイツを脱いだ。残ったのはブラジャーとショーツ。身を守る布が限界まで小さくなる。心許《こころもと》なさに、また助けを求めて亮一を見た。

それでも彼の視線は、次を促《うなが》してくる。なんとか背中のホックに持っていった指先が強張った。これ以上は恥ずかしいと固まると、亮一に二の腕をくいと引かれる。

彼に倒れ込むような姿勢になり、そのまま胸に寄り掛かる。服越しにも熱い体温にほっとすると力が抜け、深く体を預けた。

「何度見ても、とても綺麗だ」

少し息が乱れた亮一の声がこめかみにかかる。ぞく、と背中に震えが走った。

「そ、そんなこと、ない……」

照れ隠しもあって口にした言葉に、彼はふっと笑う。

「髪も、肌も、耳も、全部がいい」

反論は許さないとばかりに、耳を軽く唇で食《は》まれた。体の中がカァッと熱くなって、声が漏《も》れる。

「んあ……っ」

「俺だけだ。こうやって、触れられるのは」

湿った唇が首筋をくすぐるように這《は》い、かかる吐息にも肌がさざめく。亮一は器用に下着のホックを外すと、可南子の肩から紐をするりと落とした。

「可南子を隠してしまえたらいいと思うことがある」

他の男を寄せつけまいとする彼の言葉に、お腹の中がますます熱くなる。

「わたし……」

それでもいい、と考えてしまったのは、非日常のせいだろうか。

可南子の恍惚《こうこつ》とした眼差しに、亮一は唸《うな》ると、華奢《きゃしゃ》な腰を強く抱き寄せ、貪《むさぼ》るみたいに唇を重ねた。

「ふ……っ……」

「抱いても抱いても足りない」

なぶられて赤くなった可南子の唇へ、亮一は親指で触れる。

「今日は、優しくできないな」

独りごちて、亮一は服を脱ぎはじめた。暗がりの中に現れた彼の彫刻めいた肉体に可南子は目を見張る。彼は手早く薄い膜を猛《たけ》りに被《かぶ》せると、可南子に手を伸ばした。

「おいで」

ビクリ、と体が震える。亮一が誘ってきたのは可南子が拒《こば》んできた、太腿の上に乗る体勢だった。

元彼が女を上に乗せていた姿が頭にチラついてしまう。過去にいるわけではないのに、と自分を叱っても、体が固まったままだ。

「あの……」

気づけば、自分を守るように腕を抱いていた。

「大丈夫だ。おいで」

気持ちが強張りかけたのがわかったのか、亮一は顔を近づけてきた。少し身構えた可南子の瞼《まぶた》、頬、頬骨、こめかみ、顔中に音を立てながら口づけをしてくる。

驚いて彼を見ると、鼻の頭にも唇を落とされた。

「く、くすぐったい」

「もっと欲しいってことか」

亮一が子供にするように頬に唇を強く押し付けてきたせいで、可南子はくすくすと笑ってしまった。彼が自分の気持ちを緩《ゆる》ませようとしてくれているのがわかって胸が温かくなる。

「……亮一さん」

急に、名を呼びたくなった。彼は温かい額《ひたい》を自分の額《ひたい》につけてくる。

「可南子」

亮一に名を呼ばれると、自分の名前が特別になった気がするのが、いつも不思議だ。

一度離れて、どちらからともなく、惹《ひ》かれ合ったように軽く唇を重ねた。

腕を掴まれ膝立ちにさせられる。残っていた下着を脱がされると、一気に淫《みだ》らな空気が濃くなった。亮一の手が内腿を触り、脚を開くように指で示される。少しだけ膝を右に動かすと、彼の指が蜜でぬかるんだ蜜唇をなぞった。

「ふっ、ぁ」

「どんどん溢れてくる」

「やだっ」

長い指は蜜口をこじ開けるまでもなく、ぬるりと中に入る。途端に熱がぱあっと体中に広がった。ぐちゅりという音を立てられて、唇から泣くような声が漏《も》れる。

「いつからこうなってたのか、聞きたい所だな。……風呂からか？」

意地悪な質問と一緒に、中の指がばらばらと動く。

「ああ……ッ」

「自分で脱ぎながら、こうなったのか」

「違うっ」

強い否定は、肯定も同然だ。亮一は満足そうに可南子が感じる箇所を捏《こ》ね、お腹の内側を、とんとんと叩くみたいに指を動かす。

「あ……やっ……いっ」

背筋に悦《えつ》が上り、高みに駆け上がる数歩手前で、彼は指を動かすのをやめてしまう。それが何度も続くと体の中に苛立《いらだ》ちのような濃い疼《うず》きが溜まって、可南子は彼の両肩を強く掴んだ。

「りょ、亮一、さんっ」

「何だ」

とぼけたように言う彼の指がまた動きはじめて、止まる。

「んん……っ。やぁ……ッ」

「可南子の中は熱くて柔らかい……。中がこうなると、良《い》い顔をする……」

お腹側の敏感な場所を、指で擦《こす》られた。激しく抜き差しされて、再び悦《えつ》が膨れ上がる。

「ふぁっ……ッ」

「ほら、良《い》い顔だ」

「言わない、……でっ」

彼の指に翻弄《ほんろう》されて蕩《とろ》けた中は、とても無防備だ。されるがままになって、ぐちゅぐちゅと淫《みだ》らな音を出す。

「この音、聞こえるよな。風呂場でもすごかった。舐《な》めても出てくるんだ。これ、わざとか」

「知らない……っ。そんな、こと……っ」

茂《しげ》みの中から顔を出した紅い膨らみまで捏《こ》ねられて、体がガクガクと震えた。達すると思った所で、彼の指が抜かれる。

蜜で濡《ぬ》れた指で、ぽてりと腫《は》れた蜜唇に円を描かれた。

「はぁっ……あぁっ」

「イくなよ」

「ど、どうして」

亮一の口の端が不敵に上がり、指がまた奥まで挿《さ》しいれられる。膝を立てているのも難しい快楽に、可南子は彼の首に腕をまわした。

「お願いっ……」

達しそうになっては、高みへ続く扉を閉じられる。

やるせなさは極限を迎えて、亮一の耳元で可南子はもう一度お願いする。

「亮一さん、お願い……します」

「上だ」

彼の短い言葉には頑《がん》として譲らない響きがあった。粘《ねば》り強く可南子が腰を落としてくるのを待っている。

「上は……」

可南子の愉楽が息を潜《ひそ》めそうになったのを感じ取ると、亮一は中から指を抜いた。そして、可南子の太腿の裏に手をやり、体を引き寄せて両腿の上に乗せる。

「あの」

下腹に反《そ》り返った亮一の猛《たけ》りが当たった。どきりとして彼の目を凝視《ぎょうし》する。

「嫌か」

切ない顔を向けられて、体から力が抜けた。亮一は元彼じゃないし、とても大事にしてくれている。頑《かたく》なに過去にこだわっていることが急に申し訳なくなった。

「……嫌じゃ、ない」

可南子が呼吸を整えるように息を吸い、膝を立てて腰を浮かせると、亮一は尖端を蜜口にあてがった。蜜につるりと滑り、はがゆさが伝わってくる。

「腰、落とせるか」

「う、うん」

言われるまま、起立した猛《たけ》りに腰を落としはじめた。ぬかるんだ蜜口から、じりじりと奥に埋《う》まっていき、隙間までいっぱいになる感覚に熱く震える。

「ああ……っ」

奥まで呑み込んで圧迫感に心も満たされ、安堵の吐息が漏《も》れた。亮一は両手で可南子の頬を包み込み、目を覗き込んでくる。

「大丈夫か」

「うん」

彼の腕が背中にまわされ強く抱き締められた。その抱擁《ほうよう》に、喜ばれていることを感じて目が潤《うる》む。

「動けるか」

おずおずと腰を浮かせて落とすと、体の重みで再び奥に当たる。ズン、と突かれて体中に走った快感に浅い息を吐き、また腰を動かした。

「あ……っ」

すると、止まらなくなった。亮一の硬い猛《たけ》りを自分の動きで抽送《ちゅうそう》する。彼の形がわかるくらい中が吸い付いているのがわかった。

亮一がわずかに眉間に皺《しわ》を寄せながら、指で胸の蕾をきゅっと抓《つま》んだ。

「い……っあ……っ」

「可南子……」

掠《かす》れた声で名を呼ばれ、胸を舌で弄《いじ》られ、可南子は高みの階段をトントンと上りはじめた。体が密着しているせいで、花唇《かしん》の上にある紅い実が擦《こす》られ、繋《つな》がった部分からは粘着質な水音が聞こえる。

恥ずかしさよりも、頂点に辿りつきたくて、体が動き続けてしまう。

「はっ、あっ、イッ、あっ」

「好きなときに、好きなようにイけよ……」

「あっ……う、ンッ」

甘い声が吐息と一緒に口から零《こぼ》れる。快楽に自分が溶けるような浮遊感《ふゆうかん》。亮一といると、知らない自分がたくさん出てくる。きっと、彼がどんな姿でも受けいれてくれるからだ。

「どうした」

高みを探し動いていた体が疲れで緩慢《かんまん》になると、亮一が胸から顔を上げた。

「ちょっと……休憩……」

恥ずかしそうに苦笑して、かすかに汗の匂いがする彼の首筋に額《ひたい》を置く。体の中では、うずうずとした熱が解放されたいと訴えていた。

「動くの、疲れるよな」

うん、と答える前に、亮一の手が可南子の臀部《でんぶ》を掴んで持ち上げる。

「や、あぁっ」

彼の大きな手に揺さぶられて、泣きそうな声になった。

「手伝う」

「ふあッ……ッ、うん、いッ」

誘導されて、また自分の腰が動きはじめる。凝縮された甘痒《あまがゆ》さが背中を上っていき、じっとりと肌に汗が浮かんだ。

疲れよりも大きな悦《えつ》に、歯がジンジンと痺《しび》れ出す。

「私、もう……ッ、あっアッ」

亮一は可南子の乳房を口に含み、乳首を強く吸った。刺激がそのまま腹部へと伝わる。

「あああっ……、はぁっ、あっ、ハッ」

「可南子……」

彼の腿《もも》の上で跳ね、震えながら背中を弓なりにした。力が抜けて後ろに倒れそうになった体を、亮一に支えられる。ふわりと舞い上がって、落ちていくこの感覚はいつも不思議だ。

瞼《まぶた》に口づけをされて、目をつぶっていたのだと気づき、そろそろと目を開ける。

「大丈夫か」

「う、うん」

中の猛《たけ》りは硬いままだ。亮一の心配そうな目を、可南子は窺《うかが》うように見つめ返した。するると、彼は涼やかに笑う。

「そうか」

可南子を背から布団に寝かせ、亮一が圧《の》しかかってきた。一度尖端近くまで抜くと、中の感触を確かめるように徐々に押し込んでいく。敏感になった粘膜が、ひくひくと彼の侵入を迎えいれる。

「ああ、いい」

亮一は緩《ゆる》やかに腰を打ちつけ出した。最初は揺らすように、それから奥を攻めるように。中を彼自身で捏《こ》ねまわされて、弾けたはずの熱がまた一ヶ所に集まりはじめた。

「可南子」

流されるまま喘《あえ》ぐ可南子に、亮一が声を掛ける。

「声まで、かわいい」

亮一さんは、私を、甘やかしすぎる。

言葉にしないまま可南子は背を仰《の》け反《ぞ》らせた。そして、激しく揺さぶってくる彼の動きに翻弄《ほんろう》されながら、亮一さん、と名を呼び続けたのだった。

「ちょっと、まって……っ」

「何でだ」

大きな湯船の中で、二人が動く度に湯が縁《へり》からパシャパシャと溢れる。

「力が違うと思うの！」

「それはそうか」

亮一があっさりと手を解《ほど》き、可南子はホッとした。

「亮一さん、すごく子供っぽい！」

「男だからな」

性別を言い訳にする彼の横顔はあっけらかんとしている。

汗を流そう、と二人で浴室に来たまではよかった。湯船で、可南子が手で水鉄砲を作ってみると、興味をもった亮一がすぐに真似してきたのだ。そして、どうしたらそんな勢いの水が出るのというようなものを、ビシビシと壁に向かって打ち、壁を的にして本気で遊びはじめた。そして、これで勝負しようと言い出したのだ。

可南子はぶんぶんと首を横に振った。

彼と付き合ってから、いつの間にか亮一のペースになっている。

思い返せば、その度に何かしらの条件を呑まされている気もする。

「残念だな」

「……何がですか」

「勝ったほうは、負けたほうに願い事を叶えてもらえるんだろう」

「……それは初めて聞きましたよ」

ニッと笑った亮一は、既にいくつか願いを考えていそうだ。負けるのが決まっている可南子は唇を突き出した。洗ってまとめた髪を触りながら、肩まで湯に浸《つ》かる。

「それ、私が負けるの前提ですよね」

「……そうでもないぞ。また今度にしよう」

彼の遠くを見る横顔に浮かんだ熱情に、可南子のほうが顔を赤らめる。

「次はいつ旅行をしようか」

彼が当然のように先の話をしたことに、心臓がとくんと打った。

「次……」

「どこに行きたい？」

亮一は白いタオルを頭の上に載せ、縁《ふち》に腕を置いてもたれかかる。

……亮一さんと一緒なら、どこでも。

この関係がもっと育って。同じものを見て、笑ったり怒ったりして。そういう時間が続くなら、嬉しい。

「どんな無茶でも聞くぞ」

嘘のない彼の笑顔は、心の中に入り込む。

「考えて、おきます」

可南子は満面の笑みを浮かべて、亮一の傍に寄った。

書き下ろし番外編

終電を逃したら

スマホで時刻を確認すると、ちょうど午前一時に表示が変わった。暗いタクシーの中で眩《まぶ》しく光る画面は少し目に痛い。

可南子は眠気も飛ばすように、強めに瞬《まばた》きを繰り返した。

車窓から外を眺めれば、クローズした店のシャッターばかりが目につき、住んでいる街の夜の顔に少し怖気《おじけ》づく。

『タクシーで帰ってきてくれ』

帰宅が深夜になると報告すると、亮一の声からは不機嫌が少しだけ感じられた。

迎えに行きたいが会社の付き合いで飲んだので無理だ、と亮一は言い、タイミングの悪さにむすりとしていた。

可南子の帰宅が深夜になることなど今までなかったから、想定外だったのだろう。

出会った頃は、亮一が眉間に皺《しわ》を寄せただけで自分のせいだと感じていた。懐かしいなと、可南子はくすりと笑う。

夜中に歩いて帰る勇気はなかったから、最初からタクシーを使うつもりだった。素直に返事をすると、亮一は安堵の息を漏《も》らした。

この甘やかしはいつまで続くのか。

そんな不安は常にあって、自分のことは自分でと、常に自分を律してしまう。

そんな可南子に、広信はにこにこと人たらしな笑顔を浮かべていつも言うのだ。

『あの執着は一生続くから、覚悟していないとね。逃げたら首に縄を付けて連れ戻されるよ。その後は軟禁だよね』

全く笑えないことをさらりと言ってのける広信だから、亮一と親友なのだろう。

『ごめんね、可南子。あんな亮一だけど、末永く、末永ーく、よろしくね』

結衣は申し訳なさそうな顔をしながら、痛いくらいに手を握ってくる。すごい力だし頷くことでしか解放されないので、いつも首を縦に振るしかない。

二人が亮一のことをとても愛しているから、彼が本当の意味で孤独になることはないと思っている。

可南子はタクシーのメーターが上がるのを、ぼんやりと見つめた。

帰宅が深夜になった理由は、大学時代の友人の集まりだった。元彼との事情を知る人がいるから、ずっと避けていた人間関係だ。

ソーシャルネットワークを使って、当時仲が良かった友人から会わないかとメッセージがあった。以前の自分なら過去に囚われて、それらしい理由を述べて断っていただろう。あの頃のことを聞かれるのが怖いと思いながらも、当時の友人達に会うという新しい一歩を踏み出せたのは、亮一と過ごした時間のお陰だ。

事情を察しながら変わらず接してくれていた友人に、良い報告をしたいという純粋な気持ちもあった。

久し振りに再会した友人達は皆大人になっていて、可南子の『あの頃』にわざわざ踏み込んでくることはなかった。

昔話や近況報告に花を咲かせたのは最初だけで、次第に深刻な話へと変わっていく。友人の一人が夫の不倫に悩んでいた。話を聞きながら、じくじく、と古傷が痛んだ。人生に何が起こるかなんて自分で決められない。決められるのなら敢えて痛みなど選ばないはずだ。

友人の夫は謝罪後しばらくしてほとぼりが冷めると、また別の女性を追いかけるらしい。

疲れた顔に笑顔を貼り付けていた彼女が痛々しかった。自分の価値がどこまでも下がっていくような無力感を言葉にするのは難しい。

立ち直る方法も立ち直るまでの時間も人それぞれだ。アドバイスなんて欲しくないときがある。いつでも話を聞くから連絡して、としか言えなかった。

可南子は自分自身を振り返る。

仕事、結衣という先輩、広信という先輩のパートナー、そして亮一。たくさんの出会いが自分を強くしてくれた。感謝しかない。

そんな出会いが友人にも早く訪れるようにと、心からそう願う。

タクシーがマンションの前に差し掛かったとき、可南子は「あ」と声を出した。

真夜中のマンション前、低木が植えてある花壇の縁で、亮一が不機嫌そうに眉間に皺《しわ》を寄せ腕を組んで座っていた。

鍛《きた》えた体躯《たいく》を浮かび上がらせる薄手のパーカーと、七分丈のジョガーパンツ姿。タクシーの中に可南子の姿を見つけると、すっと立ち上がった。

真夜中だからか、迫力が増している。可南子は焦った。

過保護な彼氏はエントランスから家に帰るまでの距離も危ないと判断したのだ。

慌てて運転手にお金を払ってタクシーを降りると、すぐに声を掛けられた。

「おかえり」

「ただいま帰りました。遅くなってごめんなさい。でも」

走り去ったタクシーを横目で見送りながら、申し訳ないと思いつつも出迎えてくれた彼氏に伝える。

「こんな時間に亮一さんが座っていたら、通りかかる人が怖いかもしれません。その、遅くなった私が悪いんですけど……」

寝静まった夜だからか、小さな声でもとても街に響いた気がした。

夜中に一人で帰路に着く女性だっているはずだ。亮一を見かけ、怖くて違う道を選んだとしても、その道が安全とは限らない。

しどろもどろに伝えると、亮一は苦笑する。

「ああ、その通りだと思う。気を付ける」

遅くなったことへの小言はあるかなと覚悟していただけに、可南子は首を傾げた。

亮一は当然のように可南子の手からハンドバッグを取り、その空《あ》いた手を握る。

「あの」

「とりあえず、中に入ろう」

そのまま引っ張られるようにオートロックを解除してマンション内に入り、エレベーターのボタンを押した。

それから亮一は肩から力を抜き、可南子に顔を向けて微苦笑する。

「怪しかったんだろう。さっき、職質を掛けられた」

「わ……。それは……大変な思いを」

本当に怪しい人として扱われたらしい。

これを結衣と広信に話せば、間違いなくしばらくの間ネタにされる。

「帰ってくる彼女を待っているとは言った。でもまぁ、後でまた巡回してくるだろうな」

自分がこんなに遅く帰ってきたせいだと、可南子は項垂《うなだ》れた。

「すいません……」

「可南子が謝ることじゃない。俺が勝手に待っていただけだ。それに、慣れている」

「警察に声を掛けられることになんて慣れませんよ」

そんな経験などない可南子が顔を渋らせると、亮一は急に顔を近づけてきた。

ボディソープの香りがふわりと漂《ただよ》ってきて、可南子の頬が赤くなる。

「どうしたんですか」

「酒は飲んでないな」

「飲んでないって、電話でも言ったじゃないですか」

出会いのきっかけもお酒の失敗だったので、飲酒をしている可能性を心配されたらしい。

「今日は楽しかったから遅くなったんだろう。そういうときは何となく、一杯くらいは飲んでるんじゃないかと思ったんだ」

可南子は今日の集まりの話題を思い出して、視線を彷徨《さまよ》わせた。楽しかったというよりも、ついつい話し込んでしまった、が正しい。だが、楽しいとは言い難い友人のプライベートな出来事を話す必要もない。

「うん。皆で会うのが久しぶりだったから、話が終わらなくて」

「良かったな」

男性が飲みの場にいた場合を除いて、亮一は言おうとしないことを無理に聞き出したりはしない。こういう所もほっとする。

友人の表情を思い出すだけで、また胸が痛んだ。彼女の夫がどうして浮気をするのか、不思議でならない。

亮一は鍵を開けたドアを押さえて、可南子が入るのを待ってくれている。さりげなく廊下の周りを見渡して、安全も窺《うかが》ってくれているのがわかった。

「ありがとう」

「どういたしまして」

玄関を潜《もぐ》りながら亮一を見上げる。もし、彼が浮気をしていたら……

結衣が烈火のごとく怒り、木刀《ぼくとう》を手に亮一を成敗しにくる映像が浮かんで、思わず噴き出してしまう。

「今日の思い出し笑いか」

「あ、うん。そう」

可南子は誤解をそのままに、壁に手を添えてヒールのストラップを外した。

亮一の好きな所を数え始めると、自分が彼を尊敬していることを自覚する。

彼は人の可能性を信じている気がするのだ。プレッシャーの掛かる仕事をこなし、ストレスに健全に対処する力。そういった積み重ねが、亮一をさらに強くするのだろうか。

ヒールを脱げば、亮一との身長差がまた広がった。

疲れのせいか、いつもなら絶対に口にしない言葉がぽろりと口をついて出る。

「もし、私が浮気したら、どうします?」

「可南子に言い寄った男は、潰すだろうな」

間髪容《い》れずに答えてくれたが、質問と回答が合っていない気がする。

亮一は頭を優しく撫《な》でてきたが、言葉と触れ方の乖離《かいり》が少し怖い。

手は離れたが頭にまだ温もりはあって、可南子は自分の手をそこに重ねるように置いた。

「……やっぱり、酒を飲んだんじゃないか」

滅多に言わないようなことを口にしたせいか、亮一が訝《いぶか》し気に聞いてくる。スニーカーを脱いだ彼がまたアルコール臭を探るように顔を近づけてきた。

息がうなじにかかって火照《ほて》った箇所を、手で冷やすように押さえる。

「飲んでません。亮一さんは誰にでも優しいって、広信さんが言ってたから、つい」

「他人に礼儀正しいだけだ。彼女に一番優しくしないで、誰にするんだよ」

ドアロックを掛けた亮一がうんざりとした顔を向けてきた。

「俺が浮気したと思ったら、本気だと勝手に信じて、可南子は身を引いてしまうんだろうな」

ありえそうな話で、ぐっ、と言葉に詰まったが、可南子は静かに首を横に振る。

「それは、ないと思います」

亮一が片眉を上げた。

「意外だ」

「……どうしていいかわからなくなるとは思いますけど、亮一さんが私のことを少しでも好きでいてくれるのなら、私を選んでほしいとお願いするかも……」

亮一が嬉しそうに顔を綻《ほころ》ばせたので、可南子の頬は赤くなる。

「それ以前に、俺は可南子以外の女に興味ないから、無駄な心配だな」

機嫌よさげにあっさりと言いきった亮一を見たとき、可南子は腑《ふ》に落ちた。

友人が浮気する夫を諦めきれない理由。

結婚しているからというだけでなく、好きという気持ちがまだ残っているのだ。過ごした年月への執着、ともいうかもしれない。

だから、許してしまうし、違う一歩を踏み出せない。

異性にモテてしまう人と一緒にいるのは覚悟がいることだと、改めて思った。

「……好きになることって大変ですね。モテる人が相手だとなおさら」

可南子の言葉に、亮一は口元に不穏な笑みを浮かべた。

「モテることに無自覚なのが一番怖いんだよ。可南子は隙だらけだから、気を付けるように」

なぜか自分に返ってきて、可南子は唇を突き出す。どう考えても、モテるのは亮一だ。街を歩けば異性だけでなく同性の視線も集める。

「俺はモテるという自覚があるから、対処できるんだ」

「もう、その開き直りが清々《すがすが》しいです」

可南子の表情の意味を見事に受け取って、淀《よど》みなく言った亮一が王様に見えた。結衣は女王様気質なので、似た者同士の二人は仲良くもぶつかるのだろうなと、ふと思った。

リビングのソファに座ると、疲れがどっと肩に圧《の》し掛かってきた。瞼《まぶた》がとろんと落ちてくるが、自分の体から居酒屋の臭いがするのが気になってしまう。

シャワーを浴びたいが、立ち上がるのに恐ろしく気合いが必要だ。ソファに腰掛けたのは間違いだったと、可南子は目をつぶって小さく息を吐いた。

「私、シャワーを浴びるので、先に寝ててください。遅くまで待っていてくれて、ありがとうございました」

横に座ってきた亮一に感謝を込めて顔を向けると、亮一の唇がうなじを辿る。

「んっ……まっ……て」

「シャワーは後で」

一気に背筋を駆け上がった甘い痺《しび》れは、両脚の間に熱をじわりと滲《にじ》ませた。亮一の鼻が耳の後ろに触れ、体がびくりと強張る。

「シャワーを浴びるとこれが消える」

「な、何の話ですか……っ」

亮一の胸に手をやり押し返そうとしたが、当然びくりともしない。彼が満足げに息を吐けば、肌は快感を拾い体の深くに刻み込む。

「におうから、シャワーを浴びさせて」

恥ずかしさに身を捩《よじ》らせたが、亮一は離してくれない。それどころか首に軽く歯を立ててきた。

「んっ……」

「いつもは俺のほうが帰ってくるのが遅いから、今日のこの機会は逃せない。シャワーを浴びた可南子の匂いも良《い》いが、これはもっと良《い》い」

可南子はぎょっとした。この人は何を言っているの、と思った次の瞬間には、薄いニットの裾から入ってきた手が背中にまわり、慣れた手付きでブラジャーのホックを外された。

ニットと一緒に頭から脱がされ、ひんやりとした空気に鳥肌が立つ。明るいリビングで晒《さら》される自分の白い肌に言葉を失っていると、ツンと屹立《きつりつ》したピンク色の尖端を咥《くわ》えようとしている亮一と目が合った。

「ちょっと、待って」

零《こぼ》れてきた蜜で下着が濡《ぬ》れて、可南子はそれを隠すように両腿をぴたりと閉じる。動揺しながらも熱に潤《うる》んだ目で抗議をすると、亮一はにやりと笑った。

「かわいいな」

「そういう話をしているんじゃなくて、あっ、もうっ……」

乳首を唇で焦らすように愛撫《あいぶ》されながら、座面の広いソファの上に押し倒される。背面に置いてあるクッションを下に落とした亮一は、可南子の腰あたりを両膝で挟むように膝立ちした。

いつも無理強《じ》いはしてこないものの、その手際の良さに抵抗できたことはない。

「疲れているなら、やめる」

場違いなほど真っ直ぐな目を亮一に向けられて、可南子は黙った。既に亮一の愛撫《あいぶ》に従順に応えた体は甘美な刺激を待っている。

誘うような目をしている気がした。唇を引き結んで黙る可南子に、亮一は表情を綻《ほころ》ばせる。

「そんな素直な目をされたら、弄《いじ》り続けたくなるだろう」

可南子は羞恥《しゅうち》から顔を逸らそうとしたが、唇へのキスで止められた。口腔《こうこう》を舌でねっとりと舐《ねぶ》られて、何も考えられなくなっていく。

「……ふ、ぁ……」

溢れそうな唾液は吸い上げられ、小ぶりながらふっくらとした形の良い膨らみは、大きな手に包み込まれ揉《も》みしだかれる。

亮一の頬に手を添えるとひどく熱く感じた。この体温を全身で感じることを想像するだけで、胸が高鳴り心臓が痛くなった。

蕩《とろ》けるような深い口づけに応えていると、亮一からいつものような余裕が消えた気がした。

スカートを腰の辺りまでたくし上げられ、下着が足から抜かれる。亮一が服を脱ぎ始めたので、可南子は慌てて目を逸らした。

「暗くしませんか」

「そうだな」

淡々と受け流されただけで、明かりを消す素振りはない。自《みずか》ら動こうとしても、腰を膝で固められているので動けない。

可南子は諦めと恥ずかしさから腕で顔を覆《おお》う。幾度、体を重ねても明るい部屋には慣れない。それでもピリッという避妊具の袋が破られた音に、媚肉はぴくりと動いた。

少しの愛撫《あいぶ》ですっかり濡《ぬ》れそぼった秘裂に、猛《たけ》りの尖端が擦《こす》り付けられる。

「あ……っ、の……」

暗くしてほしいお願いを再びしようとしたが、滾《たぎ》り勃《た》つ楔《くさび》の切っ先が蜜口に浅く押し込まれ、その機会を失った。

「んっ、あ……」

蜜口を焦らし嬲《なぶ》るような動きに、可南子の目が潤《うる》んだ。亮一に許しきった体は、既に奥まで受け入れようと潤《うる》みきっている。

亮一の射貫《いぬ》くような視線が、顔を隠す腕の合間から見えた。息が浅くなった彼に体だけでなく、心までも貫かれそうだ。

「ベッドに運ぶ余裕がなくて、悪い」

熱情を抑えた低い声で謝罪しながら、猛《たけ》りが媚肉を割り入ってくる。ゆっくりと挿入されるせいか、痛みはない。徐々に満たされていく蜜洞が、肉棒の侵入を防ぐように締め付ける。

最奥までぴたりと収まると、腕に口づけられた。

「痛くないか」

「大丈夫」

掠《かす》れた声で答えると、亮一に両手首をまとめて掴まれた。

「なに」

「顔が見えない」

そのまま頭上に押さえつけられる。

「せっかく明るいのに」

亮一のきらめく目は心底嬉しそうで、可南子は驚きに言葉を失いつつも、なんとか絞り出す。

「く、暗くしたい」

「たまに真夜中に帰宅ってのもいいな。俺も理性を働かせる余裕がなくなる」

いつもは手加減をしてくれていると言っているようではないか。可南子の動揺を他所《よそ》に、亮一はゆっくりと動き出した。

頬を赤く染めながら愉悦の吐息を漏《も》らし出すと、亮一の動きは激しさを増していく。

体の奥で愉悦が弾《はじ》け飛ぶ。心も体も弛緩《しかん》させられる関係が、こんなに近くにある。本当に、想像もしていなかった。

いつのまにか亮一の背中に手をまわして、可南子はその快感に溶けた。

「朝ですよ……」

快楽の渦《うず》に呑み込まれたまま、ベッドに移動して亮一の熱情を何度も受け止めた。

体中がだるいのは絶対にそのせいだ。上半身を起こすのがやっとなほど、激しかった。

シャワーを浴びることもできなかった可南子は、涼しい顔でジムに行く用意をしている亮一に複雑な視線を向ける。

「よく眠れたか」

「眠れませんよね」

つい、攻撃的な口調になったが、亮一はおかしそうに笑うだけだ。

ベッドから起き上がれない可南子と、何事もなかったかのようにジムに行く準備をしている亮一。

年齢なら可南子のほうが若いが、体力では雲泥《うんでい》の差がある。

「……私もジムに行こうかな。体力がなさ過ぎる気がしてきました」

「お、今日から会員になるか」

相変わらず発想もスピーディだ。可南子は力なく首を横に振った。

「今日は無理。それに始めるとしても同じジムには行かかな……」

可南子ははっとして口を閉じたが遅かった。剣呑《けんのん》な雰囲気をまとわせた亮一が、ベッドの縁に腰掛ける。

「ジムにも力を入れている分野が様々だ。スタジオメインの所なんて、マシンの台数自体が少ないんだぞ。それに、体力作りの基礎は筋力のトレーニングだ。筋肉を作るにはマシンの使い方を間違ったら意味がない。ちゃんとしたトレーナーがいて、通いやすいジムなんて限られている。間違った所に行ってみろ。金だけじゃない、時間も無駄になるぞ」

亮一がとうとうと語り出したので、可南子は寝転んで毛布の中に潜《もぐ》り込んだ。

そうだった。ストレス解消といいつつ、効率的に長年鍛《きた》えている人だ。うんちくがあって当然だ。

「もう、行ってください」

「明日、体験に行かないか。俺が付いて教える」

「そういうの、いらない……」

「今、なんて言った……」

毛布を剥《は》ぎ取られそうになって、慌てて腕に巻き込んだが足元から捲《まく》られる。裸の可南子は叫んで起き上がった。

「私、裸なの！」

「それはそうだろう。俺が脱がしたからな」

「もう！」

他人にこんな口を聞ける日がくるとも、思わなかった。
亮一は全く悪びれていないし、可南子も本当に怒っているわけではない。
誰だって、いつだって、幸せになれるんだ。
心の中に浮かんだ友人に話し掛ける。それは、昔の自分へだったのかもしれない。
だから、幸せになるのを諦めないでほしい。
亮一のキスを受けながら、可南子は心からそう思った。

結婚を約束した彼との幸せな未来を夢見る絵梨《えり》。ところが、ようやく迎えた婚約披露の日、彼の隣で笑っていたのは何故か自分の後輩だった！　絵梨はどん底まで突き落とされたが、思いがけない転機が訪れる。なんと、偶然知り合った謎のイケメン、雅翔《まさと》から、元カレたちへの“復讐”を提案されたのだ。戸惑う絵梨だったが、気付けば雅翔のペース。彼のおかげで本来の美しさを引き出された絵梨は周囲からも注目を集めるように。しかも雅翔は、会うたび恋人のように甘くて…

B6判　定価：704円（10%税込）　ISBN 978-4-434-28985-9

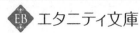

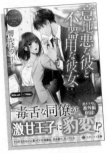

本書は、2018 年 2 月当社より単行本として刊行されたものに、書き下ろしを加えて文庫化したものです。


この作品に対する皆様のご意見・ご感想をお待ちしております。

おハガキ・お手紙は以下の宛先にお送りください。

【宛先】

〒 150-6008 東京都渋谷区恵比寿 4-20-3 恵比寿ｶﾞｰﾃﾞﾝﾌﾟﾚｲｽﾀﾜｰ 8F
（株）アルファポリス　書籍感想係

メールフォームでのご意見・ご感想は右のＱＲコードから、
あるいは以下のワードで検索をかけてください。

アルファポリス　書籍の感想　検索

ご感想はこちらから

エタニティ文庫

優《やさ》しい手《て》に守《まも》られたい

水守《みずもり》真《まさ》子《こ》

2021年7月15日初版発行

文庫編集－熊澤菜々子
編集長 －倉持真理
発行者 －梶本雄介
発行所 －株式会社アルファポリス
〒150-6008 東京都渋谷区恵比寿4-20-3 恵比寿ｶﾞｰﾃﾞﾝﾌﾟﾚｲｽﾀﾜｰ8F
TEL 03-6277-1601（営業）　03-6277-1602（編集）
URL https://www.alphapolis.co.jp/
発売元－株式会社星雲社（共同出版社・流通責任出版社）
〒112-0005 東京都文京区水道1-3-30
TEL 03-3868-3275
装丁イラスト－天路ゆうつづ
装丁デザイン－ansyyqdesign
印刷－中央精版印刷株式会社

価格はカバーに表示されてあります。

落丁乱丁の場合はアルファポリスまでご連絡ください。

送料は小社負担でお取り替えします。


ISBN978-4-434-29101-2 C0193